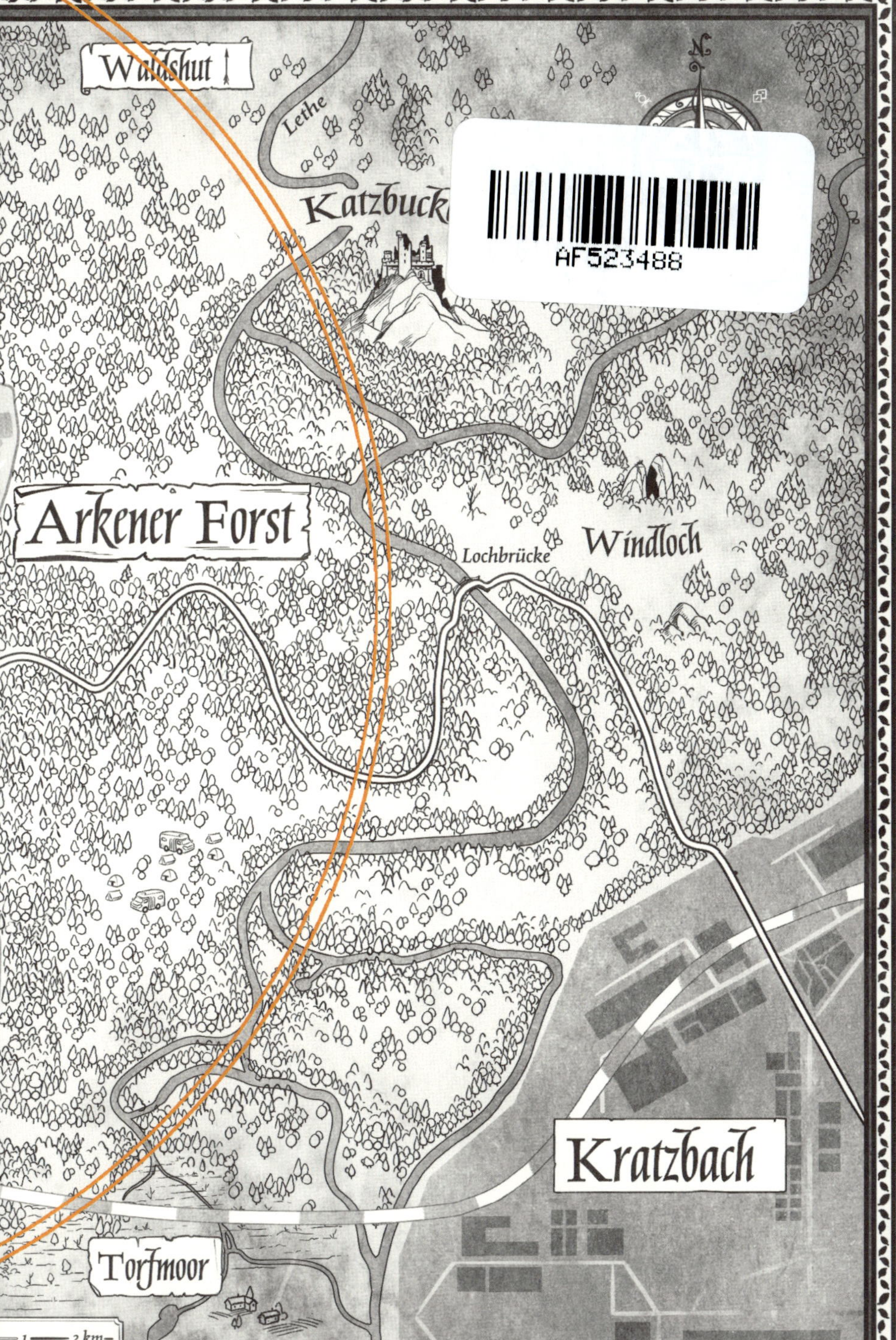
Waldshut
Lethe
Katzbuck
Arkener Forst
Lochbrücke
Windloch
Kratzbach
Torfmoor
1 — 2 km

FALK HOLZAPFEL

MILLENIA MAGIKA

Der Schlüssel zur Vergangenheit

Text und Illustrationen
von Falk Holzapfel

SCHNEIDERBUCH

Bisher bei Schneiderbuch erschienen:
Millenia Magika. Der Schleier von Arken (Band 1)
Millenia Magika. Das Vermächtnis der Raben (Band 2)
Millenia Magika. Der Schlüssel zur Vergangenheit (Band 3)

1. Auflage 2023
Originalausgabe

Falk Holzapfel wird vertreten durch die Agentur Brauer.
Illustrationen und Umschlagidee: Falk Holzapfel
Umschlaggestaltung: Designomicon | Anke Koopmann, München
Gesetzt aus der Stempel Garamond
von Fotosatz Amann, Memmingen
Druck und Bindung: GGP Media GmbH, Pößneck
Printed in Germany · ISBN 978-3-505-15045-6

www.schneiderbuch.de
Facebook: facebook.de/schneiderbuch
Instagram: @schneiderbuchverlag

Inhalt

Hammer und Amsel

Einsam ist man nur in Gesellschaft anderer.

Und mit Einsamkeit kannte sich Merle aus. Spätestens, seit sie in Arken lebte. Doch erst jetzt, eingesperrt in einem Van, der durch die dunklen Straßen jagte, verstand sie den Unterschied zwischen Einsamkeit und Alleinsein.

Sie rutschte mit gefesselten Händen über die Ladefläche, während sich der Wagen scharf in die Kurve legte. Um sich abzulenken, dachte sie wie so oft zurück an jene Nacht, die alles verändert hatte.

Alle waren sie da gewesen. Adrian, Juri, sogar Jazz. Sie waren ihretwegen gekommen, hatten alles für sie riskiert.

Noch immer echote Adrians Stimme in ihrem Kopf.

»Ihr könnt gehen, aber meine Freundin bleibt hier!« Die Worte hatten Merle berührt und ihre Einsamkeit mit sich genommen, auch wenn sie letztlich nichts genutzt hatten.

Der Wagen raste um die nächste Kurve. So gut es die gefesselten

Hände zuließen, hob Merle die Schultern, um den Aufprall zu dämpfen. »Autsch!« Das kalte Blech der Karosserie presste sich gegen ihre Wange. Wie lange lag sie jetzt schon hier eingesperrt? Sie konnte es nicht sagen. Außer ihrem Hunger blieb ihr nichts, um das Verstreichen der Zeit zu messen, denn der Van hatte im hinteren Teil keine Fenster. Durch die schmale Scheibe zur Fahrerkabine drang kaum mehr als ein schwacher Schimmer.

Immer wieder fiel Merle in einen unruhigen Schlummer, aus dem sie das Poltern des Wagens riss. Die bunten Haare hingen ihr wirr vor dem Gesicht. Anfangs hatte sie noch die Kurven gezählt, die sie in ihrem Gefängnis hin und her warfen. Wann hatte sie damit aufgehört? Vor Stunden?

Es war auch egal. Und solange sie hier allein im Frachtraum kauerte, geschah ihr zumindest nichts Schlimmeres. Wer wusste schon, wohin sie die Männer in den eisernen Rüstungen brachten? Sie ahnte, dass es ihr dort noch weniger gefallen würde.

Merle streckte die Finger und ballte sie dann zu Fäusten. Sofort breitete sich das vertraute Kribbeln über ihre Arme aus. Sie blickte auf ihre dunklen Fingernägel, die sie in der diffusen Dunkelheit kaum erahnen konnte. Immerhin zeigte ihr das Prickeln, dass ihre tauben Hände wieder aufwachten.

Sie schob sich in eine hockende Haltung, lehnte sich gegen die Wagenwand und tastete mit steifen Fingern nach der löchrigen Decke, die dort lagerte. Sie war rau und roch nach Staub. Aber Merle drückte sie an sich wie einen Schatz. Warum hatte ihr Entführer sie ihr gegeben? War es ein Zeichen des Mitleids? Das Gesicht des jungen Mannes hatte keine Regung gezeigt, bis auf die Augen, die hart wie Smaragde auf sie herabblickten. Genau wie in der Nacht, als er Merle gefangen genommen hatte. Harte Finger hatten sich ihr in die Schulter gebohrt. Der Ritter hatte sie gepackt wie ein Falke eine Taube. Sie hatte nach ihm getreten, geschrien, versucht, sich aus seinem Griff zu winden, aber seine Hände waren die reinsten Schraubstöcke gewesen. Als schließlich seine Kameraden in ihren funkelnden Rüstungen erschienen waren, hatte Merle gewusst, es war vorbei. Auch Adrian hatte nichts mehr tun können.

War es das letzte Mal gewesen, dass sie ihn gesehen hatte? Oder würde er ihr auch diesmal folgen?

Merle ließ ihre Finger knacken. Nein, sie fühlte sich nicht einsam. Nicht mehr. Sie hatte Freunde. Juri, der stark genug war, um durch Wände zu stürmen. Jazz, die Zauber wirken konnte. Die Ritter würden sich noch wundern, mit wem sie sich da angelegt hatten. Denn ihre Freunde würden sie finden.

Ein Schlagloch ließ Merle hochschrecken. Die Stoßdämpfer schlugen durch, als der Wagen über die unebene Straße holperte. Vergeblich suchte sie nach Halt, wurde aber gegen die andere Seite des Wagens geschleudert.

»Warum fahren wir nicht langsamer, wenn die Straßen so schlecht sind?«, stöhnte sie. Von einer Biegung schossen sie in die nächste. Etwas Hartes rammte sich ihr in die Seite. »Ahh!« Sie schrie auf. Dann spürte sie Holz unter ihren Fingern. Sie lächelte, tastete kurz und umfasste dann den Hals ihrer Gitarre. Wenigstens sie war ihr geblieben.

Plötzlich drehte sich alles. Reifen quietschten. Grelles Licht blitzte auf und erstarb genauso schnell. Merle überschlug sich, verlor die Gitarre. Ihr Kopf wurde nach hinten geworfen. Schwärze.

Merle blinzelte die Dunkelheit fort. Alles war verschwommenes Grau und Schmerz. Der Geschmack von Eisen erfüllte ihren Mund. Es roch nach Abgasen und Benzin. Sie lag auf der Seite. Überall waren Glassplitter. In ihrem Kopf hämmerte es, sobald sie sich regte. Alles um sie herum schwankte. Sie stützte die Hände auf den Boden und wartete, bis das Schwindelgefühl nachließ. Stirnrunzelnd schaute sie zu dem kleinen Fenster. Irgendetwas stimmte da nicht. Es war viel zu nah am Boden. »Der Wagen muss auf dem Dach liegen«, murmelte sie vor sich hin. Und tatsächlich: Das Fenster war geborsten und ihr so nah, dass sie hindurchblicken konnte.

Warnlampen blinkten bunt. Rauch stieg von der Motorhaube auf. Die Fahrerkabine war verlassen. Ein Blick auf die zerbrochene Glasscheibe machte ihr klar, dass sie nicht hindurchpassen würde, ohne sich dabei aufzuschlitzen. »Mist verdammter!«

Sie rollte über ihre Schulter und zuckte zusammen, als erneut Schmerz in ihrem Arm aufflammte. Mit ungelenken Bewegungen robbte sie zum anderen Ende des Wagens.

Durch einen Spalt im Heck drangen Straßenlicht und finstere Nacht. Die Tür musste sich aus der Verankerung gelöst haben. Das war ihre Chance! Sie legte sich auf den Rücken und rammte ihre Stiefel gegen die Tür. Wieder und immer wieder ließ sie die Sohlen gegen das Metall hämmern, aber das Ergebnis war stets das gleiche: Die Tür blieb verschlossen.

Schreie erklangen in der Nähe. Ein Knall wie von einer Explosion zerriss die Luft. Dann noch einer. Merle erstarrte. Was war da draußen los? Sie musste hier raus, so schnell wie möglich. Mit steifen Fingern tastete sie nach dem Spalt, der sich aber nicht verbreitern ließ. Sie drückte ihr Gesicht dagegen und spähte nach draußen. Etwas huschte an der Tür vorbei, zu schnell, um es zu erkennen.

Dann sah sie nackten Beton, der von Kratern aufgerissen war. Eine Straße mit verblasster Fahrbahnmarkierung. Unweit ein schwarzer Van. Rauch stieg von ihm auf. Dahinter duckten sich zwei Männer in Rüstungen. Sie hielten lange Stangen in ihren Fäusten. Nein, keine Stangen. Lanzen!

Was zum Henker geschah hier?

Eine Gestalt in einem schwarzen Anzug kam über die Straße gerannt. Ein Mann mit flatternder Krawatte und einem Aktenkoffer. Die beiden Gerüsteten entdeckten ihn und rannten ihm hinterher, die Lanzen weit von sich gestreckt. Wieder erklangen Schreie. Zorniger diesmal. Danach weitere Schüsse und ein klagendes Kreischen, wie es kein lebendes Wesen von sich geben sollte. Schließlich Stille. Schlagartig war es so ruhig, dass Merle das Knacken des Motors hören konnte. Ihr Atem bildete Wolken. Mit jedem Luftzug wurde es kälter. Sie blickte erneut durch den Spalt. Ein Ritter lief die Straße hinunter, dem qualmenden Wagen schenkte er keinen Blick. Stattdessen lief er geradewegs auf sie zu. Jeder Schritt trug ihn näher zu ihr. Sein Umhang wogte hinter ihm wie zerrissenes schwarzes Segel. An seiner Hüfte baumelte ein Schwert, und über den Brustpanzer zogen sich frische Kratzer. Aber Merles Blick war nur auf den Helm gerichtet. Auf den schmalen dunklen Spalt in dem Visier. Sie ahnte, dass die Augen dahinter smaragdgrün waren. Als der Ritter nur noch zwei Schritte entfernt war, hob er seine Lanze und richtete die Spitze auf Merle. Hastig wich sie zurück und versuchte, sich mit den Stiefeln von der Tür wegzuschieben. Dann verschwand der Spalt, und alles wurde dunkel.

Merle achtete nicht auf die Scherben am Boden. So schnell sie konnte, kroch sie fort. Sie musste es zu dem zerbrochenen Fenster schaffen. Wenn sie sich durch die Öffnung schieben konnte, könnte

sie durch die Fahrerkabine entkommen. Während sie sich quälend langsam über die Ladefläche schob, hörte sie das Knirschen von Metall auf Metall. Die Tür gab mit einem protestierenden Laut nach. Kalte Nachtluft, der Gestank von brennendem Gummi und das flackernde Licht von Straßenlaternen erfüllten den Laderaum. Die Gestalt des Ritters war ein Schattenriss vor der tintenblauen Nacht. In der Faust funkelte sein Schwert. Metall ächzte unter den gepanzerten Stiefeln, als der Ritter in den Wagen stieg.

Arkens Äpfel

Als sich die Ladentür öffnete, bereute Adrian spontan, mit Juri befreundet zu sein.

Die Milchglasscheibe der Eingangstür ließ nur einen verschwommenen Blick auf die Gestalt hinter der Tür zu. Doch die Silhouette war Adrian von seinen Botengängen vertrauter, als ihm lieb war.

Vielleicht konnte er sich noch verstecken? Wenn er sich augenblicklich zu Boden fallen ließe, hinter der Verkaufstheke abtauchte … Doch es war zu spät. Die Frau, die über die Schwelle stapfte, hatte ihn bereits erspäht. Schon schob sie das Kinn vor, straffte ihre Schürze und hielt mit der Entschlossenheit eines Panzers auf ihn zu. Die Comics, Brettspiele und Bücher, die sich in den Regalen des Seetrolls bis zur Decke türmten, würdigte sie keines Blickes.

Adrian unterdrückte ein Stöhnen und machte sich eine mentale Notiz, nie wieder für Juri einzuspringen.

Jeder in Arken kannte und fürchtete die widerborstige Apfelverkäuferin. Adrian hatte mit eigenen Augen gesehen, wie sie den riesigen Björn Eriksson mit einem einzigen Blick auf die andere Straßenseite zwang. Und nun war der einen Meter fünfzig große »Albtraum von Arken« hier im Seetroll. Adrians Blick schoss durch den Verkaufsraum. Es gab nur den einen Eingang, zwei Tische, auf denen sich Miniaturen und Manga-Neuheiten sammelten, und meterhohe Regale, die den ovalen Raum säumten. Vielleicht könnte er sich in den angrenzenden Raum flüchten, in dem sich Juris Rollenspielrunde jeden Samstag traf?

Du könntest auch einfach einen Herzanfall vortäuschen, Kleiner. Bleich genug dafür bist du jedenfalls.

Wenn Katze Kommentare wie diese machte, bedauerte Adrian es, nicht von einem anderen Totem auserwählt worden zu sein.

Du glaubst doch nicht etwa, dass sich irgendwer sonst mit dir abgegeben hätte?

Adrian rollte nur mit den Augen. Dass Katze seine Gedanken lesen konnte, machte es nicht einfacher.

Ein Blick in das verkniffene Gesicht der Alten machte klar, dass sie das Augenrollen missverstand. Um ihren Zorn nicht herauszufordern, hob Adrian beschwichtigend die Hände und kämpfte sich ein falsches Lächeln ab:

»Äh, Frau Giersch-Grantowitz, was kann ich …«

»Du gefährdest dein Seelenheil, Bursche!«

Adrian klappte den Mund zu und blinzelte zweimal. Die Alte richtete den gekrümmten Zeigefinger wie eine Waffe auf ihn. Der pralle Jutebeutel an ihrem Handgelenk pendelte gefährlich.

»Wie könnt ihr dieses Teufelszeug zum Verkauf anbieten? Wisst ihr denn nicht, wie gefährlich das ist?«

Adrians künstliches Lächeln erstarb vollends. Sein Blick glitt von dem faltigen Gesicht der Frau über die Regale voller Brettspiele, die in der Luft schwebenden Plastikraumschiffe, den Tisch mit den Miniaturdrachen und schließlich zu den Elfenohren aus Latex. Schräger Krempel sicherlich, aber Teufelszeug?

»Ich glaube, Sie haben sich in der Tür geirrt«, versuchte er es vorsichtig, »das Geschäft mit den Lavalampen ist eine Tür weiter.«

Die Alte trat näher an die Verkaufstheke, was Adrian einen Schritt zurückweichen ließ. Sie roch nach sauren Äpfeln, Mottenkugeln und Kohl.

»Halt mich nicht zum Narren, Bursche. Meinst du, ich habe mir die Zaubersprüche im Schaufenster etwa eingebildet? Zauberei ist Teufelszeug und hat in Arken nichts verloren!«

Siehst du, deshalb essen Katzen keine Äpfel. Die weichen nur das Hirn auf.

Ausnahmsweise musste Adrian Katze zustimmen. Um die Frau davon abzuhalten, noch näher zu kommen, sagte er:

»Tut mir echt leid, aber wir verkaufen keine Zaubersprü…« Adrian unterbrach sich selbst, als ihm etwas einfiel. Er konnte ein Grinsen kaum unterdrücken.

»Ach, Sie meinen die Zaubersprüche des Schwarzen Auges?«

Als sich das Gesicht der Frau weiter verfinsterte, beeilte sich Adrian hinzuzusetzen: »Das ist ein Regelbuch für ein Rollenspiel.«

Ihr Blick wurde nicht milder.

»Ähm, also so was wie ein Brettspiel.«

Sie zuckte mit keiner Wimper.

»Verstehen Sie, das sind keine echten Zaubersprüche, die gehören zu einem Spiel.«

Die Begeisterung, das Missverständnis aufgeklärt zu haben, schien

die Alte nicht zu teilen. Ihre beiden Brauen verbanden sich zu einer, während sich ihre Augen zu Schlitzen verengten.

»Du glaubst also, das Spiel mit dem Teufel ist ein Zeitvertreib für Kinder? Du setzt dein Seelenheil aufs Spiel, Bursche! Nimm diesen Unsinn aus dem Schaufenster, bevor es jemanden ins Verderben reißt!«

Adrian wich einen weiteren Schritt zurück und hob die Hände.

»Ähm, hören Sie. Ich arbeite hier eigentlich gar nicht. Ich bin nur für einen Freund eingesprungen …«

Aber die Alte hatte sich schon umgedreht, stiefelte auf das Schaufenster zu und ließ ihn mit Worten, unverrückbar wie Pflastersteine, wissen: »Du kannst mir später danken, Bursche.«

Schon beugte sie sie sich hinab zur Ware in der Auslage.

»Warten Sie! Sie können doch nicht einfach Sachen aus dem Schaufenster nehmen.«

Adrian wedelte wenig elegant mit den Armen, während er sich hinter der Theke hervortraute. Doch noch bevor sich die Alte das Buch über die Zaubersprüche Aventuriens unter den Arm klemmen konnte, schwang die Eingangstür erneut auf.

Ein kleiner dreibeiniger Hund stolperte schwanzwedelnd in den Laden, gefolgt von einem zottligen braunen Haarschopf.

»Adrian, du wirst nicht glauben, was ich gerade von der Post …«

Der Junge, der schon einen Fuß in den Laden gesetzt hatte, erstarrte. Seine breiten Schultern füllten den Türrahmen beinahe aus. Eine Strähne seines langen braunen Haars löste sich hinter gewundenen Hörnern und fiel ihm in die Stirn.

Die Alte fuhr herum. »Ah, da ist er ja! Wie ich schon deinem begriffsstutzigen Spielkameraden erklärt habe, könnt ihr nicht Zaubersprüche und anderes Teufelswerk verkaufen!«

Pampelmuse wich zurück und versteckte sich unter einem Tisch.

Juri schluckte und schob sich, als würde er einen unsichtbaren Widerstand überwinden, vollends in den Comicladen.

»... Wir gefährden unser Seelenheil. Ja, das habe ich schon beim letzten Mal verstanden und eigentlich auch schon bei dem Mal davor.«

Die Alte stemmte ihre Fäuste in die Hüften und streckte den Kopf angriffslustig nach vorne. Adrian fragte sich, wie sie wohl reagiert hätte, wenn sie die Hörner auf Juris Stirn hätte sehen können. Wahrscheinlich hätte sie einen wütenden Mob versammelt, um den gesamten Seetroll abzufackeln.

»Und warum steht dieser Unfug dann immer noch hier herum?« Die Frau machte eine Geste, die den gesamten Laden und Adrian einschloss. »Gerade von der Jugend Arkens hätte ich mehr erwartet. Statt euer Hirn mit Teufelskram zu vergiften, solltet ihr euer Taschengeld für etwas Gesundes ausgeben!«

Und wie aus dem Nichts erschien ein roter Apfel in ihrer rechten Hand.

Zwanzig Minuten später verließ Giersch-Grantowitz mit einem deutlich leichteren Beutel den Laden.

Juri biss in einen roten Apfel und stützte sich schwer auf den Tresen, der protestierende Laute von sich gab. Pampelmuse traute sich unter dem Tisch hervor und warf misstrauische Blicke in Richtung Tür.

»Ich bin jetzt völlig pleite.« Juri schob sich die wilde Mähne hinter die Hörner und blickte auf den Haufen Äpfel vor sich. »Immerhin schmecken die nicht übel.«

Adrian packte seinen Freund bei den breiten Schultern.

»Wieso hast du mich nicht vorgewarnt, dass die Giersch-Grantowitz hier vorbeikommen könnte?«

Juri wandte den Blick ab. Die vielen Medaillons auf seiner Brust klimperten.

»Äh ja, hätte ich wohl machen können …« Er wischte sich die Hände an seiner von Aufnähern übersäten Weste ab und spähte aus den Augenwinkeln zu Adrian. »… aber dann wärst du ja nie für mich eingesprungen.«

Adrian nickte heftig. »Ganz genau! Also verdrückst du dich, um mal eben zum Postamt zu gehen, und lässt mich mit dem Albtraum von Arken allein?«

»Ach was.« Juri klopfte ihm auf den Arm, dass es Adrian fast umwarf. »Für einen Katzenschamanen ist so eine Giersch-Grantowitz doch eine Kleinigkeit.«

Adrian wollte erwidern, dass er lieber mit einem siechen Ghul diskutieren würde als mit der irren Apfelverkäuferin. Doch Juri kam ihm zuvor. Er schob seine breite Hand in eine Tasche seiner löchrigen Jeans und machte ein angestrengtes Gesicht. »Ah, da ist er ja.«

Als er die Hand wieder hervorzog, hielt sie einen zerknitterten, fleckigen Briefumschlag. Er sah aus, als hätte er eine Weile in einem Mülleimer gelegen und sich dann von einem Bus überfahren lassen. Erst auf den zweiten Blick bemerkte Adrian, dass der Umschlag aus Papierresten zusammengeklebt war. Er beugte sich weiter vor, um ihn genauer in Augenschein nehmen zu können. Der zerknitterte fleckige Umschlag hatte keinerlei Briefmarke.

»Von wem ist der?«, wollte Adrian wissen.

Der Troll hob nur die kräftigen Arme. »Keinen Schimmer. Steht kein Absender drauf. Ich wollte ihn mit dir zusammen aufmachen.«

»Warum?«

»Darum!«

Juri hielt ihm grinsend das fleckige Stück Papier vor die Nase. Die Schrift war etwas ausgeblichen, und Adrian brauchte einen Moment, um die schiefen Buchstaben zu Worten zu verknüpfen. Dann klappte sein Mund auf, und er las die Adresse noch mal. In handgeschriebenen Buchstaben stand dort:

Juri, Adrian und Jazz
Seetroll
Arken

Töchter des Zirkels

Die Dielen stöhnten im immer gleichen Rhythmus in der winzigen Dachkammer. Lediglich vier Schritte trennten die Tür vom Dachfenster. Jazz tigerte die Strecke auf und ab. Von der Tür zum beschlagenen Fenster und wieder zurück, den Blick auf den Stoß Papier in ihren Händen gerichtet. Es gab Probleme. Viele Probleme.

Immer wieder berichteten jetzt Magika vom Versagen des Schleiers. Was hieß, dass sie von den anderen Bewohnern Arkens erkannt wurden, was für jede Menge Probleme sorgte.

Getrocknete Kräuter pendelten von den Dachbalken, während Kerzen tanzende Schatten auf die Dachschräge warfen, als Jazz wieder in die andere Richtung lief.

Sie blätterte auf die nächste Seite und änderte erneut die Richtung.

In der Unterstadt machten die Bannkreise Probleme. Diese waren einst von der Magista gezogen worden, um die Ghule vor den Siechen zu schützen. Wurden sie nicht regelmäßig kontrolliert, waren

alle Unterstädter gefährdet. Jazz würde sich die Bannkreise selbst ansehen müssen.

Sie erreichte die Tür, von der grüne Farbe blätterte, und marschierte wieder zurück, vorbei an gezeichneten Glyphen, Talismanen und Sternenkarten, welche die Wände bedeckten.

Björn wollte mit ihr reden. Dringend. Doch seit Jazz erfahren hatte, dass er ein Ritter des Ordens gewesen war, jenes Ordens, der seit Jahrhunderten Jagd auf Hexen machte, hatte sie keine Möglichkeit gehabt, mit ihm allein zu reden. Sie rieb sich über die Stirn. Natürlich ahnte sie, worüber er mit ihr sprechen wollte. Als wenn sie nicht selbst spürte, wie die Magista mit jedem Tag schwächer wurde.

Das Knarzen der Dielen schien mit jedem Schritt lauter zu werden, als ob die alte Villa von dem ständigen Auf und Ab genervt wäre. Jazz legte den Kopf in den Nacken und stöhnte. »Ich weiß, aber ich kann einfach besser denken, wenn ich gehe.«

Sie lehnte sich gegen einen der Balken wie gegen einen alten Freund und rutschte daran zu Boden. Ihre müden Augen wanderten zu dem Dachfenster, gegen das sachter Regen prasselte. Wahrscheinlich sollte sie das Fenster trotzdem öffnen. Schleier blauen Dunstes wogten durch die Kammer. Aber Jazz zuckte nur mit den Schultern und atmete den lavendelschweren Duft der Räucherstäbchen ein. Schon heftete sich ihr Blick wieder auf die Liste in ihren Händen. Mit jedem Tag wurde sie länger.

Eine halbe Stunde später gab sie auf.

Zwar berichtete die *Arken Laterne* jetzt deutlich wohlwollender über paranormale Begegnungen in Arken. Aber die Eltern der Kinder, die tagelang im Wald verschwunden waren, hatten eine Bürgerinitiative ins Leben gerufen, die nachts in Arken patrouillierte. Zudem schien es Spannungen unter den Wehrwölfen zu geben. Jazz

wusste, wieso. Seitdem Titus in einer Gestalt zwischen Wolf und Mensch gefangen war, brodelte ein Konflikt. Jazz würde mit den Wölfen reden müssen, damit die Lage nicht eskalierte. Sollte sich das Rudel aufspalten, würden sich auch die Probleme verdoppeln.

Die Glyphen auf Jazz' Fingern schimmerten matt, als sie die Zettel zu Boden fallen ließ. Die Hexe rieb sich die müden Augen, wobei die Reifen an ihren Armen klimperten. Eigentlich hätte sie daran arbeiten sollen, ihr Diarium so schnell wie möglich mit Glyphen zu füllen. Aber dafür fehlte ihr ebenso die Zeit wie für eine heiße Dusche oder eine ganze Nacht Schlaf. Egal, was sie auch tat, die Probleme wuchsen zu schnell, um sie zu lösen. »Ist die Bettdecke zu kurz, wird man frieren, egal wie man sich darunterlegt«, lautete ein weiterer Spruch der Magista. Einer, den sie viel zu oft gehört, aber noch nie so deutlich gespürt hatte.

Alle Schwierigkeiten wurzelten in dem einen Problem: Es gab nur zwei Hexen in Arken, und die eine wurde mit jedem Tag schwächer. Die einzige Lösung: Jazz musste andere Hexen finden. Versucht hatte sie es schon, war extra nach Frankfurt gereist, doch der Ausflug hatte ihr nicht mehr eingebracht als ein Buch mit leeren Seiten. Das unscheinbare Notizbuch, das der verstaubte Dieb in der Bibliothek verloren hatte, lag auf ihrem Nachttisch. Jeden Abend, bevor sie für wenige Stunden in einen traumlosen Schlaf dämmerte, blätterte sie es durch. Der Kerl hatte Dinge gewusst, die niemand außerhalb des Zirkels wissen konnte, und das als Mann: Denn Männer gab es im Orden nicht. Er kannte sogar das Motto des Hauses Eisenhut und die Sprichwörter der Magista. Wie konnte das sein? Und was wusste er noch? Das Buch musste einfach ein Geheimnis enthalten, eine Spur, die zu anderen Hexen führte, etwas, das ihr weiterhelfen konnte. Oder war das lediglich Wunschdenken?

Wie schon Dutzende Male zuvor griff Jazz nach dem Buch. Die vergilbten Seiten hatten gerissene Kanten, keine geschnittenen. Doch davon abgesehen sah es normal und unscheinbar aus. Es war kaum größer als ihre Hand und nicht dicker als zwei Finger. Sie blätterte es durch, untersuchte den Rücken, hielt einzelne Seiten gegen das Licht, doch nichts geschah. Weißes Papier zwischen zwei Buchdeckeln. Genau wie die anderen Dutzend Male zuvor auch. Auch wenn sie sich das wünschte: Dieses Buch war kein Zauberbuch, dessen Inhalt auf magische Weise all ihre Probleme löste. Das wäre auch zu schön gewesen. Jazz klappte das Buch zusammen und strich seufzend mit dem Daumen über den Vorderschnitt. Gerade wollte sie es wieder auf den Nachttisch legen, als ihr etwas auffiel. Die Kanten der geschlossenen Seiten waren plötzlich fleckig geworden. Noch während sie auf das Buch blickte, verschwanden die Flecken wieder. Spielten ihr ihre Augen einen Streich?

Mit zitternden Fingern strich sie erneut über das Buch. Nichts geschah. Sie holte Luft und blies vorsichtig auf die geschlossenen Buchseiten. Als hätte sie gegen beschlagenes Glas gehaucht, veränderte sich das Papier. Beinahe rutschte ihr das Buch aus den Fingern, als dunkle Umrisse auf den Papierkanten erschienen und sich zu einem Muster formten. Es sah aus wie ein Kreis mit einer geschlossenen Hand in der Mitte … oder? Nein, keine Hand. Etwas Ähnliches, etwas Vertrautes. Doch das Muster verschwand bereits wieder. Jazz füllte ihre Lungen mit Luft, als lautes Trampeln und ächzende Treppenstufen unerwarteten Besuch ankündigten.

Die Tür flog auf, ohne dass jemand angeklopft hätte. Etwas kleines Graues hopste durch den Spalt, dann schoben sich zwei gewundene Hörner ins Innere der Dachkammer.

»Jazz, du glaubst nicht, wer uns geschrieben hat!«

Jazz ließ das Buch sinken und versuchte, den kleinen Hund davon abzuhalten, sie abzulecken. Das fehlende Bein schien Pampelmuse durch besondere Hartnäckigkeit auszugleichen.

»Wenn das wieder ein Versuch ist, die Runde zusammenzubringen, ich hab echt keine Zeit.«

Jazz blickte zu dem Buch neben sich, während sie den Hund kraulte. Sie war so kurz davor, hinter das Geheimnis des Buches zu kommen. Doch Juri ließ sich nicht aufhalten.

»Glaub mir, das willst du hören.«

Nachdem der Troll seine breiten Schultern durch den Türrahmen gezwängt hatte, quetschte sich auch Adrian in die Kammer. Juri warf sich auf Jazz' Bett. Mit hinter dem Kopf verschränkten Armen zwinkerte er ihr verschwörerisch zu.

Jazz seufzte. Bestimmt wollte Juri sie zum vierten Mal diese Woche überzeugen, die Dungeon-Slayer-Runde und ihre Warlock-Bardin wiederzubeleben.

»Hör zu, Juri, es ist echt lieb, dass du mich dabeihaben willst, aber ich kann gerade echt überhaupt nicht. Frag doch einfach Kassandra, ob …«

»Nein, das ist es nicht«, unterbrach sie Adrian.

Zum ersten Mal wandte Jazz den Blick von dem Schatz neben sich ab. Etwas in Adrians Blick ließ sie aufhorchen.

»Wir haben eine Nachricht erhalten. Wir alle drei.«

In den Händen hielt er ein zerknittertes Papier. Jazz' Gedanken lösten sich immer mehr von ihrem Buch. Was für eine Nachricht? Hoffentlich nicht noch ein Problem, um das sie sich kümmern musste. Doch Adrians Augen strahlten, als er vor ihr in die Hocke ging und ihr den Brief entgegenhielt wie eine Kostbarkeit.

»Merle hat uns geschrieben!«

Jazz klappte der Mund auf.

»Ja, Merle! Sie hat einen Brief an den Seetroll geschickt.« Wie zum Beweis hielt Adrian das zerknitterte Papier hoch. Jazz warf einen Blick darauf, konnte die gekritzelten Buchstaben aber kaum erkennen, weil Adrian anfing, wild zu gestikulieren. Seine Lippen bewegten sich immer schneller, doch Jazz hörte die Worte nicht. *Merle hat uns geschrieben!*, hallte es in ihrem Kopf. Langsam blickte sie zu Juri, der auf der Bettkante saß und sie mit seinem breitesten Trollgrinsen anstarrte. Pampelmuse hockte auf seinem Schoß mit einem ganz ähnlichen Gesichtsausdruck.

Etwas Warmes breitete sich in Jazz' Brust aus. Merle hatte geschrieben! Sie war am Leben! Jazz spürte, wie sich ihr Mund verzog und sie Juris Lächeln erwiderte. Eine Hand ergriff ihre, und sie fühlte Adrians warme Finger zwischen ihren. Sein Griff verstärkte sich, als sie ihn wieder ansah.

»Sie ist entkommen, Jazz. Sie scheint dem Orden entkommen zu sein und braucht unsere Hilfe, um zurück nach Arken zu kommen.«

Helle Zähne blitzten zwischen seinen Lippen auf. Jazz wusste, dass Adrian seit dem Tag von Merles Entführung nach ihr suchen wollte. Er hatte die Magista, Björn und jeden, der zuhören wollte, regelrecht bedrängt. Doch wo hätten sie suchen sollen? Und selbst wenn Björn ihnen verraten hätte, wo die Ordensburg zu finden war – was hätten sie der Macht des Ordens entgegenzusetzen gehabt?

Wie jedes Mal, wenn sie an ihre Freundin dachte, schnürte sich Jazz die Kehle zu. Sie hatte Merle damals zurückgelassen, um in Frankfurt erfolglos nach Antworten zu suchen. Wäre sie in Arken geblieben, wären die Kinder nicht verschwunden und Merle nicht entführt worden.

Adrian scheuchte sie aus ihren düsteren Gedanken, als er ihre

Finger losließ und ihr den Zettel mit einer auffordernden Geste in die Hand drückte.

Das Papier war eingerissen und sah überhaupt so aus, als hätte es jemand länger mit sich herumgetragen. Die Buchstaben wirkten, als wären sie unter großer Eile geschrieben worden. Einige waren verwischt oder gänzlich unlesbar. Aber schließlich entzifferte Jazz den ersten Eintrag, und danach wurde es einfacher.

Mittwochnacht
Kein Schlaf. Arme gefesselt. Von Ritter gefangen. Bauwagen. Nacht voller Laute.

Donnerstag
Ritter holt Essen/Wasser. Fesseln sind eng. Knie schmerzt. In Bauwagen gefangen.

Freitag
Verstecken uns jetzt in den Tunneln. Kommen wegen Knie kaum voran. Der Ritter (Gabriel) hat meine Fesseln gelöst. Schreie in der Nacht.

Samstag
Gabriel hat einen Snackautomaten geplündert. Endlich Essen! Er wechselt mehrmals den Verband um mein Knie. Wollen in der Nacht aus Grotenheim fliehen.

Montag
Konnten nicht entkommen. Am Bahnhof überall Verzehrer. Gabriel hat aufgehört, nach anderen Rittern zu suchen. Wir verstecken uns wieder in den Tunneln.

Dienstag
In der Nacht Kampflärm. Wir sind in ein anderes Versteck geflohen – alte Lagerhalle. Hier gibt es Wasser! Mein Bein wird nicht besser. Ich will zurück nach Arken, aber wie? In den Straßen Männer in Anzügen. Verzehrer?

Mittwoch
Wir schaffen es nicht. Gabriel ist zurück im Versteck. Er ist verletzt. Die Verzehrer bewachen alle Ausgänge aus Grotenheim. Wenn wir zum Orden gehen, sperren sie mich ein. Gabriel meint, er wird das nicht zulassen. Ohne ihn hätten sie mich längst.
Wir brauchen Hilfe!

Der letzte Satz war so verschmiert, dass Jazz ihn zweimal lesen musste. Sie schob sich die Locken aus der Stirn, atmete ein und ließ die Luft mit einem tiefen Seufzen entweichen.

»Wir müssen sie da rausholen!«, sagte Adrian, nachdem Jazz weiterhin schweigend auf den Brief starrte.

Juri sprang auf und hob eine hechelnde Pampelmuse in die Höhe.

»Das ist der Ruf zu unserer Quest! Wir bringen die Gruppe wieder zusammen. Ich hab ja gesagt, die Gruppe aufzuspalten, ist immer eine schlechte Idee. Gemeinsam kann uns nichts aufhalten.«

Adrian und Juri klatschten sich ab. Dann jubelte der Troll: »Auf nach … äh, wo genau liegt Grotenheim eigentlich?«

Jazz schob sich in die Höhe und hob die Hand, um die beiden zu stoppen.

»Jetzt wartet mal. Merle ist auch meine Freundin, und ich will sie so schnell wie möglich dort rausholen, aber …«

»Aber?« Adrian hob eine Augenbraue.

»Merle ist nicht die einzige Magika, die uns braucht.« Jazz hielt den Stapel Papiere hoch. »Der Schleier ist so schwach wie nie. Überall wird die Luft für Magika dünner. Arken ist die letzte Zuflucht, und selbst hier türmen sich die Probleme. Wir … Ich kann nicht einfach loslaufen und alle hier im Stich lassen.«

Juri plumpste zurück aufs Bett. Adrian wich einen Schritt zurück und blickte Jazz aus zusammengekniffenen Augen an.

»Also lässt du lieber Merle im Stich?«

»Sei nicht unfair. Natürlich will ich ihr helfen. Aber wir müssen uns das genau überlegen. Wer soll hier die Stellung halten? Es gibt keine anderen Hexen in Arken. Und selbst wenn wir gehen: Dort, wo Merle ist, scheint es vor Verzehrern nur so zu wimmeln. Was, wenn wir denen in die Hände fallen, wer kümmert sich dann um Arken? Oder was, wenn der Brief eine Falle ist?«

»Stimmt, es wäre nicht das erste Mal, dass wir so aus Arken gelockt werden«, brummte Juri.

Adrian breitete die Arme aus.

»Aber ihr habt es doch gelesen: Merle braucht Hilfe, und zwar jetzt. Wir können nicht ewig hier sitzen und überlegen. Und ja, der Schleier wird schwächer.« Er hob die Handflächen. »Du und Tante Lia, ihr tragt einfach zu viel. Alle Magika in Arken verlassen sich auf euch. Und meiner Tante geht es nicht gut. Wir brauchen jemanden, der ihr und dir mehr abnehmen kann. Wir brauchen andere Hexen, um den Schleier neu zu weben.«

Jazz verschränkte die Arme, aber nickte.

»Und Merle ist mit diesem Ritter unterwegs. Einem Ritter des Ordens, der Magika jagt. Vielleicht war deine Mutter nicht die einzige Hexe des Ordens. Vielleicht ist dieser Ordensritter die Spur, die uns zu anderen Hexen führt.« Versöhnlicher setzte er hinzu:

»Wir sehen, wie du dich um alles kümmerst. Aber das kann so nicht weitergehen. Tante Lia braucht mehr Ruhe und du auch.«

»Aber wir können nicht zu dritt über die Zukunft von Arken entscheiden. Das Risiko ist einfach unüberschaubar. Deine Tante braucht uns. Arken braucht uns und Merle auch. Und wir können nicht an zwei Orten gleichzeitig sein«, sagte Jazz.

Adrian legte den Kopf schief, als fände er im Dachgebälk die Antwort auf alle Fragen. »Ich könnte auch nur mit Juri gehen.«

»Oh nein! Wir spalten nicht die Gruppe auf! Das ist immer eine schlechte Idee.« Der Troll hatte die Augen aufgerissen und blickte zwischen Adrian und Jazz hin und her. Auch die Hexe schüttelte den Kopf.

»Sie haben schon Merle, ich lasse nicht zu, dass sie euch auch noch bekommen.« Sie machte einen Schritt auf Adrian zu und legte ihm die Hand auf die Schulter. »Wir werden Merle helfen. Aber wie, werden wir nicht allein entscheiden.«

Adrian ließ die Schultern sinken und sah sie aus seinen blauen Augen durch den Vorhang aus braunen Haaren an. Er öffnete den Mund, um etwas zu sagen, schloss ihn dann aber wieder und drehte den Kopf zur Tür.

»Da kommt jemand.«

Jazz hörte nichts außer dem Regen. Sie wollte schon zur Tür gehen und nachsehen, als es leise klopfte und eine schwache Stimme erklang.

»Jasmina, ich dachte meine Elevin könnte etwas Tee und Kekse brauchen. Nichts ersetzt Sonnenschein an Regentagen besser.«

Jazz öffnete die Tür und blickte in das faltige Gesicht der Magista. Noch immer hatte sie sich nicht daran gewöhnt, ihre Mentorin so gealtert zu sehen. Die mächtige Hexe, die Arken und seine

Bewohner beschützte, hatte sich in eine alte, gebeugte Frau verwandelt. Knotige Finger umklammerten ein Tablett, während sich die Falten um ihre Augen zu einem Lächeln vertieften.

»Ach Jasmina, mein Kind, dein Gesicht ist viel zu jung für all die Sorgen, die ich darauf erkenne. Glaub mir, nach einer Tasse Tee sieht die Welt schon anders aus.«

Jazz erwiderte das Lächeln, nahm ihr das Tablett ab und führte die Magista in ihre Kammer.

Schmunzelnd sah diese sich um. »Ich hätte mir ja denken können, dass ihr alle beieinandersitzt«, sagte sie und ließ sich auf dem Bett nieder, während ihr Blick über die Wände glitt. »Sehr gut, Jasmina –« Sie deutete auf eine Zeichnung. »Das Signum für Konzentration ist dir gut gelungen. Deine Linienführung wird immer sicherer. Du hast wirklich viel gelernt, seit du nach Arken gekommen bist.«

Sie blickte Jazz mit funkelnden Augen an. Dann klopfte sie neben sich auf die Tagesdecke. »Mein Lieblingsneffe, willst du dich nicht zu deiner Großtante setzen und berichten, was für Pläne ihr hier ausbrütet?«

Jazz und Adrian wechselten einen schnellen Blick, während Juri versuchte, sich weiter unter das Dachfenster zu zwängen und so unsichtbar wie möglich zu werden.

Adrian räusperte sich, um Zeit zu gewinnen, und setzte sich. Doch noch bevor er etwas sagen konnte, tätschelte ihm seine Tante das Knie.

»Seit es Jugendliche gibt, haben sie etwas vor den Erwachsenen zu verbergen. Glaubt bloß nicht, dass ihr die ersten wärt.«

Sie förderte eine Dose aus ihrem Umhang zutage und verteilte Kekse an alle. Nach einem zweiten Blick auf Juri gab sie ihm die

ganze Dose. Ihre Stimme klang wie das Rascheln von trockenem Pergament, als sie sprach: »Hab ich euch erzählt, wie ich mich damals auf das Sommersonnenwendfest geschlichen habe?«

Jazz und Juri machten es sich auf dem warmen Dielenboden bequem und teilten sich eine Tasse Tee.

»Es war mir und meinen Schwestern verboten, dorthin zu gehen. Wir waren noch zu jung, um abends so lange aufzubleiben. Aber das machte es für mich nur noch interessanter. Ich wartete, bis meine Schwestern schliefen, und schlich mich aus dem Haus. Die Dielen knarzten furchtbar, und ich rechnete jeden Moment damit, die Stimme meiner Mutter zu hören. Schließlich schaffte ich es aber aus dem Haus. Doch die Straßen waren voll mit Leuten, und die meisten davon kannten unsere Familie. Ich wartete also auf einen günstigen Moment und schlüpfte durch einen Abflussschacht in die Unterstadt, wo schon meine Freundin auf mich wartete. Sie war auch eine Tochter des Zirkels und kannte …«

Jazz unterbrach sie.

»Aus der Oleander- oder Goldregenfamilie?«

Die Magista hielt inne und blinzelte.

»Aus einer anderen Familie«, sagte sie nach einer Pause. Die Tasse in ihrer Hand zitterte, und der Tee schwappte bedenklich.

»Und so konntet ihr ungesehen bis in die Altstadt gelangen?«, fragte Juri, bevor Jazz eine weitere Frage stellen konnte. Die Magista stellte lächelnd die Tasse ab.

»Ja, meine Freundin führte mich durch die Kanäle der Unterstadt. Sie stanken furchtbar, aber schließlich gelangten wir bis zum Grundsee. Dort hatte sie ein kleines Boot versteckt. Wir paddelten in der Dämmerung hinaus und konnten das Sommernachtsfeuer am Kai beobachten, ohne selbst gesehen zu werden. Glut wirbelte gen

Himmel wie Glühwürmchen. Ich sehe noch heute die Fackelträger in der Dämmerung vor mir und höre den Gesang herüberwehen. Am meisten begeisterte uns jedoch, wie gerissen wir waren. Wir hatten einen Weg gefunden, beim Fest dabei zu sein, obwohl unsere Mütter es uns verboten hatten.«

Das Zittern ihrer Finger griff auf ihren restlichen Körper über. Obwohl es in der Dachkammer behaglich war, schlang sie sich ihren Umhang enger um die Schultern. Jazz wollte aufstehen und ihr helfen, aber die Magista schüttelte nur den Kopf. Eine Strähne weißen Haars löste sich und fiel ihr in die Stirn. Die Amulette um ihren Hals klimperten, und sie wartete, bis das Zittern abebbte, ehe sie weitersprach.

»Wir waren schon so weit gekommen, ohne dass jemand uns bemerkte, also versuchten wir, noch näher an das Geschehen im Hafen zu kommen. Und das hätte auch geklappt, wenn das Boot nicht so geschaukelt hätte. Das Nächste, woran ich mich erinnere, ist kaltes Wasser überall. Meine Kleidung sog sich voll mit Wasser, und ich wurde schwer wie ein Stein. Schlimmer waren jedoch all die Geschichten über das Ungeheuer, das sich im Grundsee verbergen sollte, die mir schlagartig einfielen. Schon sah ich die silbernen Schuppen im dunklen Wasser blitzen. Ich trat um mich und schrie, als ich die Wasserfläche durchbrach. Da packte mich meine Freundin und zerrte mich zurück ins Boot. Wir saßen noch eine Weile klitschnass und frierend beieinander, während sich Boote mit Laternen näherten. Wir fingen uns eine heftige Erkältung ein, aber das war nichts im Vergleich zu dem Donnerwetter, das zu Hause auf uns wartete.«

Die Magista kicherte leise und wirkte für diesen Moment wieder wie ein kleines Mädchen. Der Umhang schien fast zu groß für sie, als sie den Zeigefinger hob.

»Es war allerdings nicht das letzte Mal, dass wir uns hinausschlichen. Manche Regeln muss man einfach brechen, wenn man jung ist, oder man befolgt sie ein Leben lang, ohne sie zu hinterfragen.«

Sie lächelte in sich hinein, als würde sie alte Fotoalben durchblättern. Stille machte sich im Raum breit. Der Dunst der Räucherstäbchen hing in blauen Schwaden in der Luft. Medaillons pendelten träge von den Balken. Nur der Nieselregen und das Hecheln von Pampelmuse waren zu vernehmen.

»Das klingt nach einer guten Freundschaft«, sagte Adrian schließlich.

Die Magista wandte sich ihm zu. Nacheinander blickte sie auch Juri und Jazz an, jetzt wieder ganz die alte Frau, die den Raum betreten hatte.

»Ich fürchte, nicht alle sind so glücklich in der Auswahl ihrer Freunde wie du, Adrian.«

Sie schien noch etwas sagen zu wollen, als ihr Körper auf einmal zu beben begann. Ihre Glieder zitterten wie Zweige im Sturm. Wäre Adrian nicht gewesen, der ihr schnell den Arm um die Schulter legte, wäre sie vom Bett gestürzt. Jazz sprang auf und griff nach der Hand der Magista. Die Haut war kalt und so dünn, dass Jazz fürchtete, sie schon durch diese Berührung zu verletzen. Vorsichtig rieb sie über die bebenden Finger, um etwas von ihrer eigenen Wärme abzugeben. Nach einigen Atemzügen wurde das Zittern wieder schwächer.

»Magista, bitte, Sie brauchen Ruhe«, sagte Jazz. »Lassen Sie mich Ihnen helfen. Ich begleite Sie hinunter und setze einen Baldrian-Anis-Sud auf.«

Die Magista öffnete die Lippen, konnte sich aber nur ein Nicken abringen.

Während Juri die Tür aufhielt, stützten Adrian und Jazz die Magista auf beiden Seiten. Als sie die Dachkammer verließen, blickte Jazz zurück auf das Buch am Boden. Ohne es zu wollen, hatte ihr die Magista den entscheidenden Hinweis gegeben. Sie wusste jetzt, welches Zeichen sie auf dem Buch gesehen hatte und warum es ihr so bekannt vorkam. Und das machte das Buch noch viel gefährlicher, als sie angenommen hatte.

Golddistel und Nachtschatten

Milchige Schwaden stiegen vom Grundsee auf und wogten durch Arkens Gassen. Ein stummer Versuch des Sees, alles in Feuchtigkeit zu ersticken. In diesen zwielichtigen Morgenstunden bedeckte ein nebeliger Teppich das Pflaster der Stadt. Nicht zum ersten Mal rutschten Jazz' Stiefel über die glatten Steine. Ihr Wollmantel sog die Nässe aus der Luft und wurde schwer. Doch der Blick der jungen Hexe war nur auf den schwachen Schimmer gerichtet, der in unvorhersehbaren Bahnen über ihr in der Luft kreiste. Der Verirrdichnicht-Zauber hatte ihr schon einmal gute Dienste erwiesen. Auch diesmal sollte sie der schimmernde Käfer zu ihrem Ziel führen.

Jazz befand sich in einem der ältesten Winkel der Stadt. Die Jahrhunderte hatten die Steine blank poliert. Einige fehlten ganz. Das bräunliche Gras in den Ritzen war stummer Zeuge des Verfalls.

Nur selten verirrte sich Jazz in das zwischen Kai und Kanal ein-

gekeilte Hafenviertel. Und wenn, dann nur, weil sich hier einige der scheuesten Bewohner Arkens verbargen. Die vorstehenden Dächer berührten sich und verwandelten die krumme Gasse in einen schmalen Tunnel. Fensterläden hingen schief in den Angeln, wo sie nicht gänzlich vernagelt waren. Vor ihr quiekte eine katzengroße Ratte, durch das Schimmern des Verirrdichnicht aufgeschreckt. Das Nagetier warf ihr einen hungrigen Blick zu, bevor es durch ein gesplittertes Kellerfenster huschte. Ein verwittertes Schild, auf dem schwächlich ein grüner Krake zu erkennen war, bewarb eine längst aufgegebene Schankwirtschaft. An den Fassaden machten vergilbte Plakate auf die Dienste von Gossenfischern und Forellengerbern aufmerksam. Niemand kam ihr entgegen, doch Jazz vermutete, dass ihr hinter den Fensterläden wachsame Augen folgten.

Als sie schließlich das aufgerissene Karpfenmaul eines Wasserspeiers über sich erkannte, wusste sie, dass ihr Ziel nah war.

Nach zwei weiteren Biegungen gabelte sich die Gasse. Direkt vor ihr trotzte ein einsames Haus. Der schmiedeeiserne Zaun reckte sich ihr abwehrend entgegen, Unkraut hatte längst den Vorgarten übernommen. Efeu erstickte einen alten Apfelbaum. Am Schmiedezaun wanden sich Kletterrosen empor, während Golddistel und schwarzer Nachtschatten um Platz und Licht kämpften. Wirkte der wilde Garten voller Leben, war die Villa ohne jede Spur davon. Nebel und Regen hatten jegliche Farben aus dem Gebäude gewaschen. Und dieses hatte entschieden zu viele Ecken und Kanten, befand Jazz. Die Villa glich mehr einer Festung als einem Heim. Wie ein altes verletztes Raubtier, dem Ende nah und doch gefährlich. Jazz unterdrückte ein Schaudern und wandte den Blick wieder zu dem rostigen Zaun, der in der Mitte von einem Torbogen unterbrochen wurde. Über der Pforte prangte ein Symbol. Ein metallener

Kreis, in dessen Mitte die Klaue eines Vogels zu sehen war. Jazz trat näher und blies herzklopfend auf das Buch, das sie unter ihrem Mantel hervorzog. Das Muster auf dem Vorderschnitt erschien, und jetzt erkannte sie deutlich, dass es in der Tat eine Klaue und keine Hand darstellte. Es war das gleiche Symbol wie auf dem Haus!

Jazz schluckte und hielt das Buch mit beiden Händen fest, während ihr Blick erneut zum Gebäude wanderte. Der Zaun war komplett geschlossen, fiel ihr auf, und seine Spitzen noch dazu nach außen gerichtet. Die Fenster waren so schmal, dass sie Schießscharten glichen. Sie konnte es nicht genau erkennen, meinte aber, vor der Eingangspforte ein Fallgitter zu sehen. Jazz war sich sicher: Ein solches Haus gab es in Arken kein zweites Mal. Blinzelnd betrachtete sie die goldenen Leylinen, die einem Spinnennetz gleich von dem Gebäude ausgingen. Nein, nicht wirklich von dem Gebäude. Die Villa war ohne Zweifel auf einem magischen Knotenpunkt errichtet worden.

Das hier musste der Ort sein, an dem Antworten auf sie warteten. Eine Spur, die zu anderen Hexen und vielleicht zur Rettung des Schleiers führen mochte.

Jazz straffte die Schultern und streckte die Hand aus. Kaum hatten ihre Finger die Klinke berührt, zog sie die Hand wieder zurück und steckte sich die schmerzenden Fingerspitzen in den Mund. Die Stelle, an der sie das Metall berührt hatte, leuchtete orange. Langsam verblasste das Glühen, und das Metall nahm wieder seine gewohnte dunkle Farbe an.

Jazz betrachtete ihre Finger. Ein roter Streifen bildete sich auf der Hand.

Sie schüttelte über sich selbst den Kopf. War ja klar, dass es nicht so einfach wäre.

Doch auch wenn ihre Finger schmerzten: Dies war der letzte Beweis. Jazz wusste, vor wessen Haus sie stand. Dies war das Gründungshaus der Nachtschattenschwestern, der vierten Familie des Zirkels. Die Klaue war nicht ohne Grund ihr Wappen. Jedes der vier Häuser widmete sich einer anderen Aufgabe. Das Haus Eisenhut hatte sich dem Schutz und dem Bewahren von Wissen verschrieben, die Goldregenschwestern kümmerten sich um die Heilung und die Linderung von Schmerzen, und die Oleanderschwestern waren Forscher, die versuchten, die alte und die neue Welt zu verbinden. *Zweifeln, Lernen, Verstehen* war ihr Leitspruch.

Jazz blickte auf zu dem Kreis und der Klaue. Schwach erkannte sie die Inschrift, die darunter eingraviert war.

Vergeben heißt vergessen! Erinnern heißt handeln!

Das vierte Haus war das kämpfende Haus des Zirkels und hatte sich vollkommen der Rache verschrieben.

Die ganze Nacht hatte Jazz in der Chronik des Zirkels nach dem Symbol auf dem Buch gesucht. Es hatte lange gedauert, bis sie es gefunden hatte. Seit über dreizehn Jahren schien es keinen Eintrag mehr über die Nachtschattenhexen zu geben. Seit jenem Tag, als sie den Zirkel betrogen hatten. Dem Tag, an dem der große Frieden scheiterte. Ihr Wappen war aus dem Einband gebrannt und alle Nachtschattenhexen aus Arken verbannt worden.

Aber Jazz hatte Einträge aus älteren Jahren gefunden. Dort fand sich das Wappen häufig. Das Haus Nachtschatten glaubte, dass Vergeltung die einzige Sprache war, die der Orden verstand. Erst wenn die Ritter für ihre Taten bezahlt hatten, könnten Hexen in Frieden leben. Sie kannten keine Gnade, keine Kompromisse. Die Nachtschattenhexen hatten sich geschworen, alle Toten und Verfolgten zu rächen, damit deren Opfer nicht umsonst war.

Die Freundin, von der die Magista gesprochen hatte, musste in diesem Haus gewohnt haben. Da war sich Jazz sicher. Aber warum konnte Jazz es nicht betreten? Sie war doch eine Hexe des Zirkels. Oder würde es zumindest sein, sobald ihre Ausbildung abgeschlossen war. Und Hexenhäuser konnten stets von allen Hexen des Zirkels betreten werden, so stand es in der Chronik.

»Es ist ein verbotener Ort, den sie aufgesucht hat. Spürt sie etwa nicht den Bann, der hier gewirkt wurde?«

Jazz wirbelte herum und umklammerte mit der einen Hand das Buch, während sie mit der anderen nach dem Schlafpulver in ihrer Tasche griff. Hinter ihr stand ein junger Mann, als wäre er aus dem Nebel gewachsen. Mit den Händen in den Taschen eines abgetragenen Mantels betrachtete er die herabhängenden Dächer, wobei er so tat, als beachte er Jazz gar nicht.

»Du!« Sie stürmte auf ihn zu. »Du hast mir die Erstausgabe von Alice gestohlen!« Sie wollte ihn packen, aber irgendwie schaffte er es, ihrem Griff zu entgehen, drehte sich zu ihr um und lächelte.

»Gestohlen? Wir haben nichts gestohlen, vielmehr haben wir einen vielleicht nicht ganz freiwilligen Tausch abgeschlossen.« Er nickte in Richtung des Buches in ihrer Hand.

Jazz versuchte erneut, nach ihm zu greifen, fand aber nichts als Staub in ihren Händen.

»Du hast das Buch also mit Absicht zurückgelassen?«

Es war mehr eine Feststellung als eine Frage, und der Mann deutete lediglich ein Nicken als Antwort an. Jazz gab es auf, ihn festhalten zu wollen, und verschränkte die Arme.

»Wer bist du? Wozu hast du mir dieses Buch gegeben? Warum sagst du mir nicht einfach, was du von mir willst? Wieso kannst du hier in Arken aufkreuzen? Und wie hast du mich überhaupt gefunden?«

Als der Mann immer noch in den Himmel schaute, schnaubte Jazz. »Was beim Mutterschrein stimmt denn nicht mit dir?«

Der Mann lächelte nur und blickte sie über die Schultern an. Ein amüsiertes Funkeln lag in seinen Augen.

»So viele Fragen hat sie. Und nichts, was sie uns im Tausch anbieten kann. Aber wir geben ihr, was wir ihr schon einmal gaben, unseren Namen …«

»Reto! Ich weiß, wie du heißt. Das heißt aber nicht, dass ich weiß, wer du bist.«

Reto lächelte so breit, dass sie seine Zähne sehen konnte.

»Was bietet sie uns denn zum Tausch für Antworten?«

Jazz rammte ihre Faust in die Tasche. Sie hätte nicht übel Lust, diesem Reto eine Handvoll Schlafpulver in sein grinsendes Gesicht zu feuern. Doch irgendwas sagte ihr, dass das nicht viel bringen würde. Sie knirschte mit den Zähnen.

»Also gut, Reto. Was willst du?«

Jetzt wandte er sich ihr vollkommen zu, offensichtlich nicht länger am Himmel interessiert.

»Es gibt nur eines, was wir wollen. Geschichten!«

Jazz legte fragend den Kopf schief.

»Es ist nicht so einfach, wie es klingt. Wir wollen Geschichten, die wir noch nicht kennen. Und wichtiger noch, wir brauchen Geschichten, die mit Herzblut geschrieben wurden. Nicht diese Auftragsschreiberei, keine Schubladenlektüre. Geschichten, die von selbst leben, sind solche, die wir suchen.«

Jazz hob die Schultern und blickte auf das Buch in ihrer Hand.

Reto wich zurück. »Oh nein, dieses Buch kennen wir bereits besser, als uns lieb ist.«

»Wenn du es so gut kennst, dann verrate mir, wie ich es lesen

kann. Für mich sind die Seiten leer. Du hast es mir doch gegeben, damit ich es lese, oder?«

Reto drehte sich um und ließ den Blick über die Dächer und den grauen Himmel schweifen, als hätte er sie nicht gehört. Jazz ballte die Hände zu Fäusten. Dieser Kerl war so frustrierend! Würde er jemals antworten? Doch wie aus dem Nichts fragte er: »Was weiß sie über Harpyien?«

Jazz steckte das Buch weg und verschränkte die Arme. Den Gefallen, auf seine Frage zu antworten, nachdem er selbst alle Antworten für sich behielt, würde sie ihm nicht tun.

Reto nickte, mehr zu sich selbst. Er legte die in fingerlosen Handschuhen steckenden Hände aneinander und blickte Jazz an.

»Harpyien sind die Sturmwinde. Unter allen Vögeln sind sie die stärksten. Was sie einmal in ihren Fängen halten, lassen sie nie wieder gehen, und ihrem Blick entgeht wenig.«

Jazz massierte sich die Stirn. Was sollte das? War Reto einfach nur verrückt? Oder spielte er mit ihr? Egal, sie hatte keine Zeit für solchen Blödsinn über Vögel. Sie wollte sich schon abwenden, als ihr die Klaue in dem Wappen einfiel.

»Die Harpyien sind die stärksten unter den Vögeln?« Sie blickte zu Reto, dessen Augen durch einen Schleier aus aschblonden Haaren blickten. »Du sprichst gar nicht von Tieren, sondern von den vier Familien?«

Das Wappen der Eisenhuts war eine Eule. Haus Oleander schmückte ein weißer Rabe, und Haus Goldregen hatte einen Phönix als Wappentier. Und die Klaue der Nachtschatten gehörte wohl zu einer Harpyie.

Reto antwortete nicht, sondern blies in seine hohlen Hände, während sein Blick sich wieder auf die Wolken richtete.

»Willst du mir sagen, dass die Nachtschattenhexen die mächtigste der vier Familien sind?«

»Nicht die mächtigste. Die gefährlichste.«

Woher wusste er das? Auch dass sie von vier Familien sprach, schien ihm nicht neu. Reto wusste viel mehr, als ein Mann über den Zirkel wissen durfte. Dass der Zirkel von Arken aus vier Familien bestand, war ein Geheimnis, das nur Hexen und ihre Elevinnen kannten.

Jazz' Finger glitten wie von selbst in ihre Innentasche und tasteten nach dem Diarium. Sie hatte zwar viel zu wenig Glyphen in das Buch geschrieben, um sie zu verschwenden, aber sie konnte Reto nicht wieder entkommen lassen. Das Signum des verdeckten Auges würde ihn an sie binden. Sie müsste nur nahe genug kommen, um ihm die Glyphen zuzustecken.

Heiseres Krähengeschrei begrüßte die fahle Sonne, bevor die Vögel sich wie auf ein geheimes Kommando gleichzeitig in die Lüfte erhoben. Von Jazz unbemerkt folgte ihnen ein größerer Schatten.

Auf einmal drehte sich Reto zu ihr um. Zum ersten Mal blickte sie direkt in seine großen grauen Augen. Sein Lächeln war erloschen.

»Dies biete ich zum Tausch ihr an: Der Schlüssel zur Vergangenheit öffnet selbst verlorene Orte. Arkens Eule wird nicht mehr fliegen, wenn die Sturmwinde sie ergreifen. Harpyien kennen keine Gnade, doch ihr Wort ist so sicher wie ihre Rache.«

Erneut schrie ein Vogel. Doch diesmal fremd und warnend. Jazz blickte auf, konnte aber keinen Vogel erblicken. Als sie den Blick wieder auf Reto richtete, war dieser verschwunden. Jazz schüttelte den Kopf und hastete einige Schritte in die Gasse hinein. Doch dort war nichts außer Schatten und Dunst. Reto war ihr schon wieder

entwischt. Wie machte er das bloß? Schweren Schrittes ging sie zurück, begleitet nur von seinen rätselhaften Worten. Die Festung der Nachtschattenhexen, der Hort der Harpyien, ragte vor ihr auf, und sie war sich nicht mehr sicher, ob sie ihn betreten wollte.

Dong – Dong … Acht laute Glockenschläge ertönten aus der Stadt. War es schon so spät? Dann hatte sie keine Zeit mehr, sich hier länger umzusehen. Sie durfte auf keinen Fall zu spät im Kaninchenbau ankommen. Noch in der Nacht hatte Adrian so viele Magika informiert, wie er konnte, damit sie beratschlagen konnten, wie sie auf Merles Brief reagieren sollten. Sie durfte bei dem Treffen nicht fehlen.

Zum Glück war der Kaninchenbau nicht weit entfernt. Jazz hastete die Gasse hinab in Richtung Norden zu der zentralen Kanalbrücke, als sie plötzlich erstarrte. Ein Gefühl ergriff von ihr Besitz, das sie schon einmal gespürt hatte. Sie keuchte wie unter dem Schlag einer unsichtbaren Faust. Krümmte sich, rang um Atem und hielt sich an einer Wand fest. Als sie wieder Luft bekam, änderte sie die Richtung. Aus dem Lauf wurde ein Sprint.

Zwischenspiel

Die Villa seufzte, als die Magista die Tür zum Garten öffnete. Sie legte ihre Hand an den Türrahmen, um Kraft zu sammeln. Jeder Schritt strengte sie inzwischen an. Unter ihrer dünnen Haut spürte sie die Präsenz des Hauses, das Echo ihrer Ahnen, das tief in dem Gemäuer schlummerte. Das Knarzen und Stöhnen der alten Balken war für sie wie ein ruhiger Herzschlag. Während sie über die Maserung des Holzes strich, entdeckte sie zwei neue Altersflecken auf ihrem Handrücken. Sie war sich sicher, dass sie gestern noch nicht dort gewesen waren. Mit einem Mal fühlte sich ihr Körper schwer an, als würde er von einer unsichtbaren Last zu Boden gedrückt. Die Magista erwiderte das Seufzen der Villa.

»Wie alle Hexen vor mir dachte ich, ich hätte so viel Zeit. Noch mindestens ein halbes Leben, um Arken zu schützen und um Jasmina und andere auszubilden.« Sie lehnte den Kopf gegen das Gebälk, wie ihre Schülerin es erst gestern getan hatte.

»Doch wie wenige Jahre oder Monate bleiben mir wohl noch, bevor ich ein Teil von dir werde und dem Weg meiner Vorfahrinnen folge?«

Ein schwaches Lächeln bildete sich auf dem faltigen Gesicht.

»Es ist ein Segen zu wissen, dass ein Teil von mir in dir fortleben wird.« Sie löste sich aus der Umarmung des Hauses.

»Aber noch ist es nicht so weit.«

Sie fand die Kraft, hinaus in den Garten zu treten. Löwenzahn wucherte zwischen den groben Felsen, die hier seit einigen Monaten verstreut lagen. Wenn Björn von seinem Treffen mit Barnaby zurückkam, würde sie ihn bitten, den Löwenzahn zu ernten. Sie würde ihn mit Baldrian vermengen und daraus einen Tee brauen, der ihr die Ruhe verschaffte, die sie im Schlaf vergeblich suchte. Sie schmunzelte. Die Pflanze, die ihrem Neffen Adrian seinen Namen gab, sollte ihr jetzt Frieden schenken.

Die Magista griff nach dem Stock, der seit einiger Zeit hier auf sie wartete, und schleppte sich die Stufen in den Garten hinab. Sie spürte, wie sie den Bannkreis verließ, der das Haus einfasste. Holunder und Rhododendron schüttelte ihre Zweige, als sie hindurchtrat. Die Silhouette des Schuppens, durch den Barnaby so oft getreten war, ließ sich nur erahnen. Der Nebel zog sich respektvoll vor ihr zurück, wie um ihr den Weg zu weisen. Mit jedem Schritt wurde der Garten wilder. Sie kam vorbei an dem Kräutergarten, den ihre Familie seit Generationen pflegte. Schösslinge junger Eichen winkten ihr zaghaft zu. Es würde Dekaden dauern, bis sie zu stolzen Bäumen heranwuchsen, und doch gaben sie nicht auf. Die Magista fand Trost in der Vorstellung, dass dieser Garten alles überdauern mochte, wie Arken Jahrhunderte überdauert hatte. Als sie die Weide an dem kleinen Teich erreichte, erklang Amselgesang über ihr.

»Du bist viel zu früh dran«, wandte sie sich an den Vogel. »Der Frühling ist noch fern.«

Sie griff in ihr Gewand und förderte einige der Körner zutage, die Barnaby gegen Apfelkuchen getauscht hatte. Der Vogel ließ sich auf ihrer Hand nieder und flog mit vollem Magen wieder hinauf ins Geäst.

Als die Magista an das Ufer des Teichs trat und ihr Spiegelbild zwischen Schilf und Rohrkolben entdeckte, schüttelte sie den Kopf. Eine alte gekrümmte Frau mit schlohweißen Haaren sah ihr mit müdem Blick entgegen. Sie stützte sich mit beiden Händen auf den Stock. Trotz des dicken Wollumhangs spürte sie die klamme Kälte des Morgens.

Was machte sie überhaupt hier draußen? Sie sollte wieder zurück ins Haus gehen. Die Foci, für die sie Arnika und Birkenhaut getrocknet hatte, wollten fertiggestellt werden, und die Talismane, die Schutz vor neugierigen Blicken boten, mussten geweiht werden. Und doch stand sie hier am Ufer, blickte auf die alte Frau und versuchte, das junge Mädchen darin wiederzuerkennen, das sie einmal gewesen war. Jahre verschmolzen zu Augenblicken, als sie Bilder von sich und ihren beiden Schwestern heraufbeschwor, mit denen sie hier in diesem Garten gespielt hatte. Sie hatten Blumen gesammelt, zu Girlanden gebunden, waren auf die Weide geklettert und hatten im Schilf nach Fröschen gesucht. War das tatsächlich schon ein halbes Leben her?

Ein Geräusch ganz in der Nähe zerrte sie in die Gegenwart.

»Jasmina, bist du wieder da?«

Doch da war niemand, bis auf eine Amsel, die zeternd davonflog. Adrians Großtante sah ihr nach und beneidete den kleinen Vogel um dessen Freiheit. Da glitt ein Schatten über sie hinweg. Federn raschelten, als sich ein gewaltiger Vogel auf der Weide niederließ. Er war so groß wie ein Kind. Die Klauen des Raubtiers schlossen sich um einen armdicken Ast, als wollten sie ihn zertrümmern. Graue Federn rahmten schwarze Augen ein, die keine Furcht zu kennen schienen.

»Ah, du bist es.« Die Stimme der Magista klang plötzlich viel härter. »Ich ahnte, du würdest eines Tages kommen.«

Der Vogel neigte den Kopf, als würde er ihr zustimmen.

»Ist der Schleier also schon so schwach? Oder hast du einen Weg gefunden, den Bann zu brechen?«

Der Greifvogel legte den Kopf schief. So groß, wie er war, musste es ein Weibchen sein. Die Federn um ihren Kopf richteten sich zu einer Haube auf und ließen sie zu jener Sturmdämonin werden, der sie ihren Namen verdankte. Die Magista straffte die Schultern und reckte ihr das Kinn entgegen. Sie wusste, dass es vor dieser Kreatur keine Flucht gab.

»Ich bin die letzte Eisenhuthexe. Mit mir fällt auch der Schleier!«

Der Vogel schwieg. Dunkle Augen starrten ausdruckslos auf sie hinab. Die Magista ließ den Stock fallen und ballte die Hände zu Fäusten.

»Arken darf nicht fallen!«

Der Vogel spannte seine dunklen Flügel, und Wind kam auf. Die Zweige der Weide ächzten. Sturmböen jagten über das Gras, pressten die Büsche zu Boden und zerrten am Haar der Magista.

»Beschützen, Bewahren, Verbergen«, flüsterte die letzte Eisenhuthexe die Worte ihrer Familie. Dann schloss sie die Augen, während sich die Harpyie in die Luft erhob.

Schneckentage

Adrian ließ seinen Blick durch den Raum schweifen. Waren tatsächlich erst ein paar Monate vergangen, seit ihn Katze hierhergeführt hatte? Damals hatte ihn das Fehlen von Steckdosen, elektrischem Licht und Blinken und Surren von Kaffeeautomaten verwundert. Heute fiel es ihm kaum mehr auf. Zu vertraut waren ihm die Backsteinfassaden und das Kerzenlicht. Er blickte auf zu dem Wagenrad, das einem Kronleuchter gleich unter der Decke hing und von dem ab und zu Kerzenwachs tropfte. Das Wispern halblauter Gespräche verschwamm zu einem behaglichen Geräuschteppich.

Der Kaninchenbau war zu dieser frühen Stunde gut besucht. Alle Magika in Arken kannten diesen Ort. Die meisten Gesichter waren ihm vertraut, nicht wenige von ihnen hatte er selbst in der Nacht über das Treffen informiert. Andere waren ihm fremd. Sicher waren es Magika, die von anderen Magika mitgebracht worden waren.

Adrian wischte sich die feuchten Hände an der Hose ab. Wie würden die anderen reagieren? Würde sich Merles Schicksal heute hier entscheiden?

Ungeölte Scharniere quietschten, als sich die Luke, die tiefer in den Keller und von dort in die Kanalisation führte, öffnete. Arvid, der König der Ghule, stieg mit anderen Bewohnern der Unterstadt hinauf. Er nickte Adrian zu, bevor er sich in der Nähe der Bücherwand, die den rückseitigen Raum begrenzte, niederließ. Seine Begleiter taten es ihm gleich. Ihre wächserne Haut schimmerte durch die zerschlissene dunkle Kleidung.

Die anderen Ghule, die sich im alten Bahnhof angesiedelt hatten, hockten an einem Tisch in der Nähe des Eingangs. Sie warfen Arvid und den Unterstädtern unverhohlen feindselige Blicke zu. Der Konflikt zwischen den Ghulen schwelte noch immer.

War es ein Fehler gewesen, beide Gruppen einzuladen?

Wie ein Fels in der Mitte des Raumes zwischen den beiden Gruppen ragte Björn auf. Er war vielleicht der einzige Anwesende, der kein Magika war. Juri stand gleich neben ihm, und Björns gequältem Gesichtsausdruck nach zu schließen, berichtete er ihm gerade von dem Besuch von Giersch-Grantowitz im Seetroll.

Es hatten sich gut zwei Dutzend Magika in dem Raum eingefunden. Juris Freundin Kassandra mit den bunten Haaren flüsterte in der Nähe des Kamins mit einem Jungen, dessen Gesicht mit reptilienhaften roten Schuppen bedeckt war. Herr Hauchaus hatte sich, in mehrere Schichten gehüllt, an den Tresen gehockt und hielt eine Tasse umklammert, die nach Fenchel roch.

Obwohl es so voll war, saß ein kleiner grauer Mann in einem Tweedanzug ganz allein an einem langen Tisch. Kaltenstein erholte sich nur langsam von seiner Schusswunde. Immer wieder betastete

er die Stelle, wo ihn die Kugel des Verzehrers getroffen hatte. Die Geschichte von seinem Verrat hatte sich schnell in Arken verbreitet und machte den ausgebrannten Zauberer zu einem Ausgestoßenen unter Ausgestoßenen. Kaltenstein hatte die Hände verschränkt und den Blick geneigt, in dem offensichtlichen Versuch, möglichst unsichtbar zu werden.

Durch das hoch gelegene, halbrunde Fenster drang nur wenig Tageslicht, da sie sich unterhalb des Straßenniveaus befanden.

Wo blieb Jazz nur?

Jemand rempelte ihn an. Es war der Zwerg mit dem langen Bart, den er hier bei seinem ersten Besuch gesehen hatte. Der Zwerg zwinkerte ihm zu, bevor er sich zu seinen Freunden in einen Alkoven setzte und in Richtung Tresen winkte.

Dort streifte sich gerade ein Mädchen mit langen silbernen Haaren ihre Stiefel ab, um sich dann barfuß auf die Theke zu setzen. Gekonnt ignorierte sie die hochgezogenen Augenbrauen der Kellnerin. Stattdessen streckte sie sich genüsslich und krempelte die Ärmel des viel zu großen Pullovers hoch, bevor sie herüberrief: »Sag mal, Adrian, willst du uns vielleicht mal erzählen, warum wir hier sind?«

Das Gemurmel im Raum verstummte. Alle Augen richteten sich auf ihn. Adrian schluckte. Er war davon ausgegangen, dass Jazz das Reden übernehmen würde, aber von der Hexe fehlte jede Spur. Er räusperte sich, um Zeit zu gewinnen.

»Diana, ich, äh wir …« Sein Mund war plötzlich so trocken. »Es sind noch nicht, ähm, alle da. Ähm, ich meine, wir warten noch.«

So eloquent! Ein geborener Anführer. Siehst du die Begeisterung in ihren Augen? Du würdest einen hervorragenden Priester abgeben.

Diana nickte nur und pulte mit ihrem Finger etwas zwischen ihren Zähnen hervor. Das Gemurmel setzte langsam wieder ein.

An Katze gewandt flüsterte Adrian in seinem Kopf: »Danke. Ja, ich wäre ein würdiger Katzenpriester. Immerhin kann ich Dosen öffnen und lange schlafen. Jetzt muss ich nur noch lernen, Fellbälle hochzuwürgen.«

Zu fortgeschritten. Vielleicht arbeitest du stattdessen an deinen Stärken. Leute langweilen zum Beispiel. Da sehe ich großes Potenzial bei dir.

Noch bevor Adrian etwas erwidern konnte, öffnete sich das Eingangsportal, und ein roter Haarschopf kam zum Vorschein. Schlagartig schärften sich Adrians Sinne. Die Zeit schien stillzustehen.

Er vernahm das Knistern der Kerzen, roch das geölte Holz, den Duft von Tee und nasser Kleidung. Er sah die Krümel in Björns Bart und die blauen Venen der Unterstadt-Ghule auf der anderen Seite des Raumes. Er hörte, dass Diana ein Knurren ausstieß und dass ihre Knochen knackten. Doch vor allem sah er das zinnoberrote Haar, das wie unter Wasser langsam hinter der Pforte wogte. Ein Duft von Orangen und Lagerfeuer strömte herein.

Dann setzte die Zeit wieder mit normaler Geschwindigkeit ein. Malinka, die Anführerin der Wehrwölfe, betrat den Kaninchenbau. Und sie war nicht allein. Kunal, leicht an seinem grünen Irokesenschnitt zu erkennen, folgte ihr. Die Umweltschützer stiegen langsam die wenigen Stufen in den Raum hinunter. So, wie sie sich zu allen Seiten umblickten – die Schultern erhoben, die Rücken einander zugewandt –, wirkte es, als rechneten sie mit einem Angriff.

Schon spannten sich die Ghule am Eingang an und reckten die Köpfe. Einige erhoben sich mit geballten Fäusten.

Am Fuß der Treppe blieben die Wehrwölfe stehen. Kunal nickte Adrian zu, während Malinka die Arme verschränkte.

Adrian hatte es nicht gewagt, die beiden einzuladen. Seit seinem letzten Besuch im Arkener Forst hatte er diesen nicht wieder betreten. Aber das Geheul von Titus, in seiner Gestalt zwischen Wolf und Mensch gefangen, hörte er fast jede Nacht. Diana hatte ihm geflüstert, dass ihm manche aus dem Rudel die Schuld an dem gaben, was passiert war. Diana selbst sah das anders.

Adrian spürte den Schweiß auf seinen Handflächen und die Spannung, die sich im Raum breitmachte. Kühn ging er einen Schritt auf die Anführerin der Wehrwölfe zu.

»Malinka, gut dass du hier bist.«

»Spars dir.« Der Blick ihrer grünen Augen hielt seinen gefangen. »Wir sind nur hier, weil wir aus erster Hand hören wollen, was du zu sagen hast. Wenn es Arken betrifft, betrifft es auch die Wehrwölfe, und wir werden nicht zulassen, dass du noch weiteren Schaden anrichtest.«

Ein Laut hinter ihm ließ Adrian herumfahren.

Diana war aufgesprungen und stand jetzt auf dem Tresen.

»Du musst wohl von deinem Dachschaden sprechen, Malinka. Adrian ist damals in den Forst gekommen, weil ich ihn gerufen habe. Er wollte helfen, als du nichts getan hast!«

»Das war eine Angelegenheit des Rudels«, erwiderte Malinka kalt, »des Rudels, zu dem du nicht mehr gehörst.«

Dass sie aus dem Rudel ausgestoßen war, hatte Diana Adrian noch nicht erzählt. So rot, wie ihre Wangen mit einem Mal wurden, hätte sie das wohl auch gern für sich behalten. Sie kniff ihre gelben Augen zusammen und beugte die Beine zum Sprung. Malinka wandte den Blick nicht ab. Die Ghule stießen gutturale Laute aus.

Jetzt wäre ein guter Moment, etwas von deiner Langeweile zu verbreiten.

Adrians Blick hetzte zwischen Diana, Malinka und den Ghulen hin und her. Björn und Juri schoben sich schon in seine Richtung. Wenn die beiden jetzt eingriffen, würde es eskalieren, so viel war klar. Was konnte er tun, damit dieses Treffen nicht in einer Katastrophe endete? »Wenn nur Jazz hier wäre, sie wüsste, was zu tun wäre«, murmelte er vor sich hin. Gerade hob er die Hände, um etwas zu sagen, als die Tür aufsprang und ein Apfel die Stufen hinunterpolterte. Dann erklang eine bekannte, schnoddrige Stimme.

»Na warte, du kleiner Schlawiner. Du gehörst dem Igel. Und was dem Igel gehört, das gibt er nicht mehr her.«

In mehrere Schichten abgewetzter Kleidung gehüllt, eine rote Wollmütze auf dem Kopf und einen Eimer Äpfel in der Hand stiefelte Barnaby die Stufen hinab. Schnaufend bückte er sich, um den Apfel aufzuheben.

»Der Tag ist schon trübe genug, da braucht ihr nicht noch solche Gesichter zu ziehen. Der Igel meint, Schneckentage sind gute Tage, um sie mit anderen zu teilen«, stellte er fest und warf Malinka einen Apfel zu, die ihn aus der Luft pflückte, ohne den Blick von Diana abzuwenden.

Barnabys Kuchengrinsen machte die Runde. Er klopfte einigen Magika auf die Schultern, verteilte Äpfel und fischte sich eine Haselnuss aus dem Bart. Dann rieb er sich einen weiteren Apfel am speckigen Wams, biss herzhaft hinein und nuschelte:

»Sieht so ausch, alsch wären alle da.«

Adrian nickte ihm dankbar zu und begann zu sprechen, ehe sich alle wieder aufeinanderstürzten. »Ihr habt sicherlich gehört, dass

eine von uns, eine Magika aus Arken, entführt wurde. Ihr Name ist Merle …«

In kurzen, schnellen Sätzen berichtete er, was sich seit der Ankunft des Ordens in Arken abgespielt hatte. Er erzählte von der einstürzenden Burg, von Merles Entführung und schließlich von ihrem Brief.

Sein Hals war rau, als er zum Ende kam. Juri legte ihm eine Pranke auf die Schulter und zwinkerte ihm zu. Ein Murmeln setzte ein, und die Gruppen fingen an, über das zu diskutieren, was sie gehört hatten. Latit meldete sich als Erste zu Wort. Die Anführerin der Ghule aus dem Bahnhof zeigte ein hartes Gesicht.

»Dann geh sie suchen, oder bleib hier. Ich sehe nicht, was das mit uns zu tun hat.«

Einige Ghule stimmten ihr zu.

Juri richtete sich zu seiner vollen Größe auf, als er an Adrians Stelle antwortete.

»Wenn wir Merle zu Hilfe kommen wollen, gehen Adrian, ich und Jazz gemeinsam.«

Das Murmeln wurde deutlich lauter. Ein Krug fiel zu Boden, aber niemand hob ihn auf. Björn schüttelte den Kopf, doch sagte nichts.

Die Stimme des Ghulkönigs war kaum mehr als ein Flüstern und dennoch nicht zu überhören. »Wenn Jazz geht, wer zieht dann die Bannkreise nach? Magista Eisenhut kann doch nicht mehr bis in die Unterstadt kommen.«

Der Junge mit dem Reptiliengesicht nickte heftig. »Der Schleier ist so schwach geworden. Immer häufiger sehen die Löffel hindurch. Entschuldige, Björn«, sagte er mit Blick auf den Riesen. »Die nichtmagischen Bewohner Arkens, meine ich. Nur Jazz' Talisman sorgt dafür, dass ich überhaupt zur Schule gehen kann.«

Meister Hauchaus' kratzige Stimme ertönte unter seiner dunklen Kapuze. »Jazz ist zu wichtig für Arken. Ich brauche ihre Lieferungen. Wer wird sie übernehmen, wenn sie geht?«

Jetzt redeten alle durcheinander. Viele hatten Einwände. Eine Meinung hatten alle. Adrian und Juri tauschten einen stummen Blick. So hatten sie sich das nicht vorgestellt.

Schließlich sprang Diana vom Tresen auf einen Tisch, um sich Gehör zu verschaffen.

»Merle ist von Rittern entführt worden, die Jagd auf Magika machen. Was, wenn es einer von euch wäre, der jetzt auf Hilfe hoffen würde? Ihr seht nur eure eigenen Probleme. Wir sind in Arken auch klargekommen, bevor Jazz da war.«

»Da war die Frau Magista aber auch in besserer Verfassung«, hörte Adrian jemanden flüstern, konnte aber kein Gesicht zu der Stimme finden.

Einer der Kumpel des Zwergs rief laut: »Magista Eisenhut hat allen Magika eine sichere Zuflucht versprochen, nur deswegen sind wir hier.« Ein anderer stimmte ihm zu: »Die Befreiung von Merle kann nicht wichtiger sein als die Sicherheit von uns allen.« Zustimmende Rufe erklangen. Bis sie von einem unangenehmen Geräusch übertönt wurden.

Ein Stuhl schabte über den Steinboden. Kaltenstein hatte sich erhoben, auch wenn ihn das nicht viel größer machte. Der ausgebrannte Magier schob sich die Brille auf die Nase, den Blick immer noch gen Boden gerichtet.

»Ihr habt Arken vor den Verzehrern gerettet. Ich schulde euch mein Leben und das meiner Frau.« Er schwankte leicht und verzog das Gesicht, während er sich an die Seite griff. »Wie kann ich euch helfen?«

Es wurde still. Der Zwerg wandte, von dem kleinen Magier beschämt, den Blick ab. Andere starrten interessiert auf den Boden ihrer Getränke.

Barnaby erhob sich. »Ohne das Küken ist es viel zu ruhig auf dem Friedhof. Der Igel wird helfen.«

Auch Arvid, der Ghulkönig, richtete sich auf. »Jazz wird hoffentlich nicht zu lange fortbleiben, und eine Zeit lang wird die Unterstadt auch ohne sie zurechtkommen. Wenn wir nicht füreinander einstehen, können wir auch nicht erwarten, beschützt zu werden.« Andere Unterstädter nickten.

Juri stieß Adrian in die Seite und flüsterte: »Eine Quest wartet auf uns.«

Das Grinsen des Trolls war breit genug, die gewaltigen Eckzähne zu präsentieren. Adrian atmete auf. Merles Entführung war ebenso seine Schuld wie Titus' Verwandlung. Jetzt könnte er wenigstens dieses eine Unrecht wieder …

Björn stolperte rückwärts und warf dabei einen Tisch um. Seine Augen waren weit aufgerissen, der Mund halb offen. Wie ein Tier in der Falle hetzte sein Blick durch den Raum.

»Nein!«

Es war ein atemloses Keuchen. Seine tiefe Stimme brachte alle anderen zum Verstummen.

»Nein«, keuchte er noch einmal, kaum hörbar diesmal. Dann richtete sich sein Finger auf Juri.

»Deine Hörner!«

Juri befühlte die gewundenen Hörner und sah Björn fragend an. Der schüttelte nur den Kopf.

»Ich kann sie sehen! Ich kann euch alle sehen. Leuchtende Augen, Stacheln, Schuppen, leichenblasse Haut …«

Alle starrten ihn verständnislos an.

Adrian war der Erste, der begriff. Fast stockte ihm die Stimme. »Björn kann uns sehen. Das kann nur eins bedeuten. Der Schleier ist gefallen!«

Björn schluchzte auf. »Wir müssen zu ihr! Zur Magista! So schnell wie möglich!«

Der schwarze Oldtimer jagte durch die engen Gassen der Altstadt. Schon einmal wurde Adrian auf dieser Rücksitzbank hin- und hergeworfen. Damals, ohne irgendetwas zu verstehen. Dafür verstand er diesmal umso besser.

»Schneller! Wir dürfen keine Zeit verlieren!«, rief Björn Kaltenstein zu, der alle Mühe hatte, den Wagen unbeschadet durch die Straßen zu manövrieren. Der Nebel schränkte die Sicht ein, und in der Altstadt gab es keine Fußwege. Jeden Moment rechnete Adrian damit, dass ein Fußgänger vor ihnen auftauchen würde.

Durch die halb geöffneten Fenster hörten sie Entsetzensschreie. Ein Auto schälte sich vor ihnen aus dem Nebel. Es war in eine Wand gerammt. Vom Fahrer fehlte jede Spur. Wahrscheinlich hatte er etwas gesehen, für das sein Verstand keine Lösung fand, ging es Adrian durch den Kopf.

Er erinnerte sich noch gut an seinen ersten Blick hinter den Schleier. Jazz' brennende Augen, Juris tierhafte Gestalt, der ausgebrannte Kaltenstein … Adrian hatte damals an seinem Verstand gezweifelt. So musste es gerade vielen Arkenern gehen. Die Löffel sahen ihre Nachbarn, Freunde, Kollegen zum ersten Mal als die Magika, die sie waren. Schon der Anblick der bleichen Ghule mit

ihren schwarzen Augen und den dunklen Venen konnte verstören. Sie wirkten wie Wesen aus einem Albtraum.

Kaltenstein fuhr langsamer, obwohl Björn ihm auf die Schulter hieb, damit er sich beeilte. »Gib Gas! Wir haben keine Zeit!«

Ein Mann taumelte aus einer Seitengasse, den Blick rückwärts gewandt. Adrian schlug gegen die Scheibe. Im letzten Moment blickte der Mann wieder nach vorne, sprang aber zurück, als er Juri im Auto erblickte. Mit ausgestrecktem Arm deutete er auf ihn. Dann stürmte er in die andere Richtung davon.

Juri stützte den Kopf auf seine Hände. Er hörte auf, nach draußen zu sehen, und sank stattdessen immer mehr in sich zusammen. Von der Aufregung über das bevorstehende Abenteuer war nichts geblieben. Adrian hätte ihm gern etwas Tröstendes gesagt, aber ihm fiel nichts ein.

Sie alle hatten gewusst, dass dieser Tag kommen würde. Doch sie hatten geglaubt, noch Zeit zu haben. Adrian wusste, es konnte nur einen Grund geben, warum der Schleier erloschen war. Denn wie Jazz stets sagte: *Es muss immer eine Eisenhuthexe in Arken sein.* Und Tante Lia war die letzte Hexe seiner Familie. Etwas musste mit ihr geschehen sein.

Adrian hielt sich an der Rücklehne des Vordersitzes fest, als der Wagen über das feuchte Kopfsteinpflaster schlitterte.

Es dauerte lange, bis sie sich aus der Altstadt und durch die Oberstadt gearbeitet hatten. Immer wieder kamen sie an Autos vorüber, die mit geöffneten Türen mitten auf der Straße standen oder davon abgekommen waren. Die Schreie waren leiser geworden. Die wenigen Leute auf den Straßen hasteten mit eiligen Schritten davon.

Endlich kam der Wagen quietschend zum Stehen. Adrian wurde hart nach vorne geworfen. Dann sprang er aus dem Auto. Schon als

er die Treppe zur Veranda hochsprintete, spürte er, dass etwas nicht stimmte. Die Lichter in der Villa waren schwach. Dunkelheit in jedem Winkel. Aus den Augenwinkeln bemerkte er, wie sich Wellen über die massiven Wände zogen. Als er eine Tür berührte, spürte er die Sorgen und den Kummer des Hauses.

Er durchsuchte jedes Zimmer, ohne eine Spur von Tante Lia oder Jazz zu finden. Seine Mutter, die seine Schwester auf dem Arm hielt, blickte ihn überrascht an, als er ihre Zimmertür aufriss.

»Wo ist Tante Lia?«

Sie zuckte nur mit den Schultern. Adrian rannte weiter.

Er kontrollierte beide Dachkammern – ohne Erfolg. Wo waren sie bloß?

Das Haus hätte dich wissen lassen, wenn sie hier wären.

Bilder erschienen vor seinem inneren Auge. Wie vom Dach des Hauses blickte er auf den Garten hinab. Er erspähte Jazz von grauem Dunst umwölkt unter einer kahlen Weide. Und sie war nicht allein.

Adrian dankte Katze in Gedanken.

So schnell er konnte, jagte er aus dem Haus, auf die Weide zu.

Und dort fand er sie. Alle.

Unter den kahlen Zweigen kniete Jazz über einem hellen Bündel. Björn hockte auf dem Boden, die Hände vor das Gesicht geschlagen. Ohne eigenes Zutun bewegte sich Adrian vorwärts, langsam, nur einen Fuß vor den anderen setzend, fast gegen seinen Willen. Juri versuchte, ihn zurückzuhalten, aber Adrian schüttelte den Kopf.

Aus dem Bündel am Boden ragte eine Hand, an der Ringe glitzerten. Adrian wollte den Blick abwenden, aber er konnte nicht. Seine Tante lag in nassen Leinenstoffen vor ihm im Gras. Ihr Kopf war auf Jazz' Knie gebettet, die ihn mit beiden Händen hielt. Ihre Augenlider waren geschlossen, als dämmere sie in einem traum-

losen Schlaf. Tränen hatten helle Spuren auf Jazz' Gesicht hinterlassen. Sie hob den Kopf und blickte Adrian aus geröteten Augen an.

»Sie trieb dort im Teich …«

Ihre Stimme brach ab, und Adrians Beine gaben nach. Gleich darauf kniete er neben Jazz und Björn am Boden und streckte die Hände aus. Als er die Finger seiner Tante berührte, spürte er, dass sie eiskalt und ohne Leben waren.

Das vierte Haus

Mit jedem Schritt über das ausgetretene Kopfsteinpflaster reiste Jazz tiefer in die Vergangenheit. Die Luft roch nach Sorgen und Regen. Sie wollte die Wirklichkeit aussperren, doch jeder Winkel in Arken trug die Handschrift der Magista. Gaslaternen, auf ihren Wunsch Englischgrün gestrichen, standen an jeder Ecke. Eine Ausgabe des *Arken Spiegels*, den sie mit herausgegeben hatte, lag aufgeweicht im Rinnstein. Die Eule der Eisenhut-Familie, Teil des Wappens von Arken, fand sich in ungezählten Steinmetzarbeiten überall in der Stadt verteilt. Doch schwerer noch wogen die Orte, die Teil von Jazz' eigener Vergangenheit waren. Bilder stürzten auf sie ein, wuschen über sie hinweg und zerrten sie mit sich. Vergangenheit wurde zur Gegenwart.

Ihre Ankunft in Arken: Wie sie damals aus dem Bus getaumelt war, verloren, ohne jeden Halt in einer Welt, die keine Farbe kannte. Ziellos war sie durch die Straßen geirrt. Ohne Gedanken an gestern

und ohne Hoffnung für morgen. Dann war die Magista in ihr Leben getreten. Hatte Dunkel in Licht und Einsamkeit in Familie verwandelt.

Tropfen rannen Jazz über das Gesicht, salzige und solche aus Regenwasser. Graue Fetzen aus Dunst und Nässe trieben die Einwohner in ihre Häuser. Alles verschwamm in diffusem Grau. Als hätte Arken selbst Trauer angelegt, um die letzte seiner Gründungstöchter zu beklagen.

Jazz setzte einen Fuß vor den anderen und heftete ihren Blick auf den Boden. Aus den Abwasserkanälen dampfte es. Pfützen spiegelten das orangefarbene Licht der Straßenbeleuchtung.

Jazz wehrte sich gegen die Trauer, die sich in ihr Bahn brach. Stattdessen suchte sie nach der Wut in sich. Der Wut auf die Verzehrer, die der Magista so viel Kraft geraubt hatten. Nach dem Zorn auf sich selbst, weil sie nicht da gewesen war, weil sie es nicht hatte verhindern können. Doch sie fand nur Leere – als wäre ihr Innerstes hohl, wo einst ein Feuer brannte.

Ihre Füße fanden von selbst einen Weg, während ihr Kopf voll mit Bildern und ihr Herz leer waren. Sie lief vorbei an der Buchhandlung Ex-Libris, in der sie so viele Stunden verbracht hatte. Mit Bücher lesen, sortieren und verpacken. Nicht zu vergessen all die Stunden im geheimen Keller darunter, in dem Kräuter trockneten und von dem aus man in die Unterstadt gelangen konnte.

Vorbei am Marktplatz, den sie so oft am frühen Morgen überquert hatte, um Tinkturen, Talismane und Foci an Arkens magische Bewohner zu liefern.

Auf der Südbrücke blieb sie stehen und blickte auf das schwarze Band im Kanal unter sich. Als sich jemand näherte, setzte sie ihren Weg fort. Sie wollte niemanden sehen, mit niemandem reden. Die

Gassen sollten leer sein, frei von Bewohnern, die nie verstehen würden, welches Opfer die Magista für sie gebracht hatte.

Jazz wusste nicht, wie lange sie so durch Arken gewandelt war, doch schließlich war sie am Ziel. Das vierte Haus. Die letzte Hoffnung auf Antworten. Jazz ahnte mehr noch als andere Magika, wie gefährdet Arken jetzt war. Der Schleier, der seine Bewohner Jahrhunderte geschützt hatte, war erloschen. Es würde vier Hexen aus vier Familien brauchen, um diesen Zauber erneut zu wirken. Vier Hexen. Das klang unmöglicher als je zuvor. Sie hatte überhaupt nur zwei gekannt, und nun waren beide für immer gegangen. Ihre Mutter, mit der sie nur Sekunden verbringen durfte, und die Magista, die wie eine Mutter für sie gewesen war.

Jazz schüttelte den Kopf und wischte sich die Tränen aus den Augen. Sie durfte diesen dunklen Gedanken nicht nachgeben. Nicht jetzt. Die Zukunft von so vielen hing von ihr ab. Es würde Zeit für Trauer geben, wenn Arken wieder sicher war.

Sie blinzelte und betrachtete, wie sich das Netzwerk aus goldenen Linien um das Anwesen spannte. Jetzt, wo sie um den Bann wusste, konnte sie auch erkennen, dass die Energieströme verändert waren: Etwas blockierte den Fluss der magischen Kräfte. Mit Bannkreisen kannte sie sich aus, doch nirgends entdeckte sie die Glyphen, die dafür notwendig waren. Kein Signum, keine Spuren eines gezeichneten Kreises auf dem Boden. Es musste sich um eine andere Art von Magie handeln.

Sie nagte an ihrem Daumen und trat unter eines der hervorstehenden Dächer. Welches Wissen mochte sich in diesem Haus verstecken? Noch nie war sie anderen Hexen so dicht auf der Spur gewesen wie jetzt. Sie würde sich nicht von einem Bann aufhalten lassen! Mit festen Schritten lief sie auf das Tor zu und streckte ohne

zu zögern die Hände aus. Die Zeichen entflammten auf ihren Unterarmen. Feiner Nieselregen prickelte auf ihrer Haut. Sie streckte die Finger aus, und noch bevor sie den schmiedeeisernen Zaun berührte, spürte sie die Hitze, die darin schlummerte. Sie tastete nach ihrem Diarium, blätterte darin und löste ein Signum heraus, das sie extra dafür gezeichnet hatte. Es sollte ihr verschlossene Türen öffnen. Die Wirkung des Zaubers hing davon ab, wie stark der Glauben der Bewohner an die Sicherheit ihres Zuhauses war. Da dieser Ort aufgegeben war, sollte es nicht zu schwierig sein.

Sie berührte das Portal mit der Zeichnung, die schlagartig in Flammen aufging. »Beim Mutterschrein!« Jazz ließ das Papier los, bevor sie sich die Finger verbrannte. Es wurde zu Asche, noch ehe es den Boden berührte.

Große Mutter, sie hatte eine ganze Stunde daran gearbeitet, die Glyphen zu diesem Signum zu arrangieren! Und alles für nichts. Sie stampfte mit einem Stiefel in eine Pfütze. Das Wasser spritzte bis auf die andere Seite des Zauns. Jazz rammte ihre Fäuste in die Manteltaschen.

»Weiß sie denn nicht, dass dieser Bann nur von der Hexe gelöst werden kann, die ihn gewirkt hat?«

Jazz erstarrte und sagte, ohne sich umzudrehen: »Lauerst du grundsätzlich allen Leuten auf, oder bin ich die Einzige?« Als er nicht antwortete, drehte sie sich langsam herum. Sie hatte sich nicht geirrt. Reto stand unweit von ihr unter einem der Dächer und betrachtete die Tropfen, die davon zu Boden fielen.

»Wir sind hier, um unseren Tausch abzuschließen. Hat sie, wonach es uns verlangt?«

Jazz machte einen Schritt auf ihn zu, von dem sie hoffte, dass er möglichst zufällig wirkte.

»Du glaubst doch nicht wirklich, dass ich mich auf so ein Geschäft einlasse. Geschichten, die du nicht kennst, im Tausch gegen rätselhafte Verse ohne jede Bedeutung?«

»Habe ich sie nicht gewarnt, dass Arkens Eule nicht mehr fliegen wird?«

Jazz machte zwei weitere Schritte auf ihn zu. Seine Kleidung und Haare waren trocken. Wie lange hatte er auf sie gewartet? Es regnete schon seit Stunden. Fest umschloss sie das Signum des versteckten Auges in ihrer Manteltasche mit den Fingern. Noch mal würde sie Reto nicht entkommen lassen.

»Gewarnt? Das hätte alles heißen können. Und du hast es mir gesagt, kurz bevor es passiert ist. Selbst wenn ich in diesem Moment losgerannt wäre, ich hätte die Magista nicht erreicht, bevor sie ins Wasser gestürzt ist.«

Statt vor ihr zurückzuweichen, machte er nun seinerseits einen Schritt auf Jazz zu. Reto war einen Kopf größer als sie, sodass er den Kopf neigen musste, um ihr in die Augen zu sehen.

»Wir bedauern ihren Verlust. Wir sagten ihr, was wir konnten.«

Seine grauen Augen mit den goldenen Einsprengseln wichen ihrem Blick nicht aus. Aus der Nähe sah Jazz, dass ihn eine dünne Schicht Staub bedeckte, als wäre er gerade durch einen alten Dachboden geklettert.

»Woher weiß ich, dass es nicht du warst, der sie ins Wasser gestoßen hat?«

Er schloss kurz die Augen und nickte leicht mit dem Kopf, bevor er sie wieder öffnete. »Warum hätten wir sie dann warnen sollen? Und waren wir nicht hier, kurz bevor das Unglück geschah? Auch wir können nicht fliegen.«

Jazz kniff die Augen zusammen. Reto war undurchsichtiger als

eine Schiefertafel. Auch wenn seine Worte Sinn ergäben, wusste er mehr, als er zuzugeben bereit war. Er verheimlichte ihr etwas und war doch gleichzeitig ihre einzige Informationsquelle. Während sie mit der einen Hand umständlich eine Ledermappe aus ihrer Innentasche befreite, nutzte sie die andere Hand, um sich zu versichern, dass das Signum noch in ihrer Tasche steckte.

Jazz bemerkte den hungrigen Ausdruck in seinen Augen, als er die Mappe betrachtete.

»Was für eine Geschichte hat sie uns mitgebracht?«

Jazz hielt die Mappe mit beiden Händen vor sich. Sie wollte sichergehen, dass er sie ihr nicht abnahm. Sie war auf die Mappe gestoßen, als sie die Bibliothek der Magista nach Aufzeichnungen über das vierte Haus durchsucht hatte.

»Das hier sind unveröffentlichte Märchen.«

Sie sah, wie sich seine Augen weiteten und er sich mit der Zunge über die Lippen fuhr. Nun besaß sie seine ungeteilte Aufmerksamkeit. Jazz berichtete, was sie der Notiz entnommen hatte, die der Mappe beilag.

»Wilhelm Grimm ist wohl auf seiner Suche nach Märchen und Sagen durch Arken gekommen. Er hatte den Weg durch den Schleier gefunden. Vielleicht, weil er nicht nach diesem Ort gesucht hatte. Eine der Schwestern wurde auf ihn aufmerksam. Sie hat ihn mehrfach getroffen und verstanden, was er vorhatte. In der Hoffnung, die Menschen aufzuklären, hat sie ihm wahre Geschichten über Hexen erzählt, und er hat sie aufgeschrieben. Doch …«

Sie machte eine dramatische Pause und konnte sehen, wie Reto an ihren Lippen hing. Sie nutzte die Gelegenheit, um ihm das Signum zuzustecken, während sie mit der anderen Hand die Leder-

mappe vor seinen Augen schwenkte. Von jetzt an würde sie wissen, wo er war, und hören, was er hörte.

»Doch Wilhelm verliebte sich in die junge Hexe, die seine Gefühle allerdings nicht erwiderte. Schließlich verließ er Arken mit gebrochenem Herzen, um nie zurückzukehren, und veröffentlichte fortan nur Märchen über grausame Hexen.«

Reto rang mit den Händen, ohne den Blick von der Mappe abzuwenden.

»Die gesammelten Märchen aus Arken ließ er zurück, zusammen mit seiner unerwiderten Liebe.« Sie befreite einige Seiten und sorgte dafür, dass er sah, dass sich noch weitere in der Mappe befanden.

»Ich lasse dich das erste Märchen der Sammlung lesen, aber es gehört mir, und du musst es mir wieder zurückgeben.«

Reto schüttelte den Kopf, eine Wolke Staub in der Luft zurücklassend. Dann lächelte er und nickte schließlich.

»Geschichten gehören nur sich selbst. Aber sie soll die Geschichte wieder erhalten. Weil es ein Märchen ist, wollen wir ihr im Tausch drei Fragen beantworten, so wir es können.«

Jazz nickte und reichte ihm die drei Seiten, die er wie eine zerbrechliche Kostbarkeit entgegennahm. Seine Augen begannen schon, die ersten Worte zu lesen. Aber Jazz unterbrach ihn.

»Zuerst die Antworten!«

Er nickte ihr über die Seiten hinweg zu.

»Wie kann ich Arken retten?«

»Indem sie drei findet, die sind wie sie. Nur vier Hexen können einen neuen Schleier weben. Aber es gibt auch einen anderen Weg, wenn sie uns vertraut.«

Jazz schnaubte und schüttelte den Kopf.

»Dir vertrauen? Einem Mann, der nur in Rätseln spricht, der kommt und geht wie der Wind und von dem ich nicht mehr weiß als den Namen? Ich glaube, nicht. Aber sag mir, wo kann ich andere Hexen finden?«

Reto lächelte. Ob über ihr Misstrauen oder das Märchen, konnte sie nicht sagen. »Wir wissen von zweien, die der Orden gefangen hält, und haben von anderen gehört, die rastlos um die Welt ziehen, um das Leid anderer zu lindern.«

Jazz verschränkte die Arme und steckte die Mappe wieder ein. Sie dachte nach. Diese Information half ihr wenig. Sie hatte ohnehin vermutet, dass der Orden weitere Hexen gefangen hielt. Und wer waren diese Hexen, die um die Welt zogen, um Leid zu lindern? Handelte es sich bei ihnen um die Goldregenschwestern? Oder gab es doch noch mehr Hexen des Zirkels?

»Du hast meine Frage nicht beantwortet. Wo kann ich diese anderen Hexen finden, von denen du gehört hast?«

Retos Lächeln verschwand. »Wir wünschten, wir wüssten es. Wir können nur das Wissen teilen, das wir haben. Über die Goldregenhexen gibt es kaum mehr als Gerüchte. Sie verbergen sich vor dem Orden, indem sie nie lange an einem Ort bleiben, heißt es.«

Jazz kaute auf ihrer Lippe. Obwohl diese Auskunft kaum mehr als vage war, schlug ihr Herz schneller, als er die Goldregenhexen erwähnte. Aber sie brauchte etwas Konkreteres.

»Was verbirgt sich in diesem Haus, und wer hat den Bann gewirkt?«

Zärtlich faltete Reto das Märchen und verstaute es in seiner Manteltasche. Er rieb sich über das glatte Kinn, während er über Jazz hinweg zu dem Haus blickte. Als er sprach, klang seine Stimme wie aus weiter Ferne.

»Die Rettung von Arken oder sein Untergang. Je nachdem, wie du entscheidest. Obwohl es zwei Fragen sind, werden wir antworten, damit sie uns zu vertrauen lernt. Die Magista von Arken, Kamelia Eisenhut, wirkte einst diesen Bann.«

Jazz blickte unwillkürlich zum Haus. Dies sollte das Werk der Magista sein? Sie kannte ihre Bannzauber und hätte sie überall wiedererkannt. Das hier war andere Magie. Das goldene Muster selbst war verändert worden, sodass die Magie nicht mehr richtig hindurchfließen konnte, als würde eine Barriere sie daran hindern.

»Du lügst, das kann nicht ihr Werk sein.«

Sie drehte sich um, aber Reto war nicht mehr da. Wo er eben noch stand, lag nur noch der Zauber des verdeckten Auges auf dem nassen Boden.

Wasser, Salz und Brot

Adrian umklammerte den Keramikbecher, als wäre er ein Anker in stürmischer See. Es war einer der bunten Becher, den seine Tante mit Tee gefüllt hatte, als er damals zu ihr gekommen war, um sich bei ihr zu verstecken. Die tönernen Gefäße waren so unterschiedlich wie die Stühle, von denen es keine zwei gleichen gab. Seine Tante war der Überzeugung gewesen, dass es keine zwei gleichen Menschen gab, warum sollte das also bei Stühlen oder Tassen anders sein?

Der Tee war längst kalt und so dunkel wie die mondlose Nacht. Die Lichter in der Eschenallee glommen nur schwach, doch nicht schwach genug. Adrian konnte das Bild eines Jungen mit verstrubbelten dunkelbraunen Haaren und traurigen blauen Augen auf der spiegelnden Oberfläche erkennen. Er schwenkte die Tasse, damit das Bild verschwand. Doch er sah nicht auf. Er wollte nicht in die geröteten Augen seiner Mutter blicken, wollte nicht Eckarts Blick

begegnen, der ihn über die Zeitung hinweg traf. Die Zeitungsseiten knisterten, als er sie umblätterte. Adrian wusste, dass sich Eckart daran festhielt wie er an der Teetasse, und trotzdem wünschte er, er würde damit aufhören. Er wünschte, er wäre allein an einem anderen Ort. Niemand sprach. Was es zu sagen gab, war längst ausgesprochen worden. Das Schweigen wurde nur von Geräuschen unterbrochen. Dem Knarren der Stühle. Dem Sirren der Lampen. Dem Ticken der Uhren. Allen Lauten, die das alte Haus wie ein Herzschlag mit Lebendigkeit erfüllten. Adrian fragte sich, ob seine Mutter wohl auch die Veränderung des Hauses fühlte, jetzt, wo der Schleier gefallen war?

Das Ächzen und Stöhnen der Villa kündete von deren Trauer, dazu brauchte er nicht einmal die Wände zu berühren. Er konnte spüren, wie sich die Balken zusammenzogen, wie sich das Gemäuer schwerer und älter anfühlte, als wäre ein Stützpfeiler entfernt worden.

Aus dem Wohnzimmer erklang unterdrücktes Schluchzen. Björn war nicht von Tante Lias Seite gewichen, seit sie gefunden wurde. Adrian wusste, er sollte bei ihm sein. Aber er konnte den Anblick seiner Tante nicht ertragen. Wie sie dort auf dem Boden gebettet unter der Wolldecke lag, die Augen geschlossen, als würde sie schlafen und jeden Moment wieder aufwachen. Juris gemurmelte Worte begleiteten das Schluchzen, und Adrian war froh, dass sein Freund übernahm, was er nicht konnte.

Nur so wenige Monate hatte Adrian mit Tante Lia verbringen dürfen. Und während der Zeit hatten ihn die Schule, seine Freunde, Katze, die ganzen Geschehnisse um Arken ständig in Beschlag genommen. Er hätte mehr Zeit für sie haben sollen. Ihr besser zuhören sollen, wenn sie von Arken sprach wie von einem Freund.

Hast du nicht getan, was du damals für richtig hieltest? Du kannst verpasste Momente betrauern oder dankbar sein für jene, die dir vergönnt waren. Egal wie lang ein Menschenleben währt, ihr beschwert euch immer, dass es zu kurz ist. Aber wozu wollt ihr tausend Jahre leben, wenn ihr das Leben doch nicht genießen könnt?

Adrian spürte Katzes Gegenwart, die sich wie ein samtener Mantel über seine Gefühle legte und sie dämpfte. Seine Atemzüge wurden tiefer, und er dankte Katze in Gedanken.

Langsam trank er einen Schluck von dem dunklen Tee. Die Flüssigkeit war kalt und so süß wie die Arkensterne, die Tante Lia so gern zum Frühstück gegessen hatte.

»Also, ich finde immer noch, wir sollten ein Beerdigungsinstitut anrufen.«

Eckart wollte noch mehr sagen. Aber seine Mutter hob eine zitternde Hand.

»Eckart, bitte, wir sind das doch schon durchgegangen …«

»Iris, ich weiß, dass ihr in dieser Angelegenheit eine eigene Familientradition habt, und respektiere sie, aber wir können Tante Lia doch nicht einfach dort liegen lassen und auf diesen zerlumpten Barnabas warten.«

Adrian stellte die Tasse ab.

»Barnaby, sein Name ist Barnaby.« Adrian blickte Eckart in die Augen. »Er war ein enger Freund von Tante Lia, und wir brauchen ihn.«

Eckart blies Luft durch seinen imposanten Schnurrbart. Sein Blick irrte über die goldene Brille hinweg zwischen Adrian und seiner Mutter hin und her. Schließlich vergrub er sich wieder hinter der Ausgabe des *Arken Spiegels*.

Eine Schlagzeile fiel Adrian ins Auge. *Der Beginn der Karne-*

valssaison sorgt für Chaos in Arken! Dank Katzes Hilfe konnte er selbst von hier aus den Artikel lesen.

Den Beginn der Karnevalssaison haben viele Arkener gefeiert, in dem sie wild kostümiert durch die Straßen liefen. Die lebensechten Maskeraden haben viele Einwohner erschreckt, was sogar zu Unfällen mit leichten bis schweren Verletzungen geführt hat. Selbst hier in der Redaktion …

Adrian las nicht weiter. Er wusste nicht, welcher Magika für diesen Artikel verantwortlich war, aber er dankte ihm still. Löffel wie Eckart brauchten eine Erklärung für den plötzlichen Anblick der Magika gestern. Und auch wenn es eine schwache Erklärung war, würde sie hoffentlich nützen. Sie hatten noch in der Nacht so viele Talismane verteilt wie möglich, aber sie hatten nicht annähernd gereicht. Die anderen Magika würden *auf Reisen gehen* und sich in der Unterstadt verstecken müssen, bis sie eine bessere Lösung gefunden hatten. Als hätte Eckart seine Worte gehört, schnaubte er: »Was für ein Irrsinn. Selbst in der Redaktion sind diese verkleidete Deppen aufgetaucht.«

Adrian antwortete nicht, sondern blickte stattdessen über die Schulter ins Wohnzimmer, in dem Juri die ganze Zeit mit Kapuze saß, damit Eckart seine Hörner nicht sah. Alles war plötzlich so kompliziert. Der Fall des Schleiers, Magika, die von jedem erkannt wurden, Tante Lia, die nicht mehr da war …

Am liebsten hätte Adrian es Jazz gleichgetan und wäre einfach aus dem Haus gestürmt. Fortgelaufen, so weit …

Aus dem Flur waren Schritte zu vernehmen, gefolgt von schnaufenden Lauten. Das Geräusch knarzender Dielen näherte sich. Kurz darauf klickten die Perlen des Glasvorhangs. Ein struppiges Gesicht samt roter Wollmütze erschien in der Küche. Doch das übli-

che Grinsen fehlte. Barnaby schob sich vollends in die Küche, einen Leinensack über der Schulter. Adrian stand vom Tisch auf und streckte die Hand aus, um dem Igelschamanen den Sack abzunehmen. Doch dieser zog Adrian in eine innige Umarmung. Für zwei Atemzüge standen sie so da. Dann ließen sie einander los. Barnaby brummte, dass ihm wohl etwas in Auge geflogen sein musste, und rieb sich mit seinen Stummelfingern im Gesicht herum.

Eckart setzte an, etwas zu sagen, doch Adrians Mutter kam ihm zuvor. »Danke, dass du gekommen bist. Ich weiß ehrlich gesagt nicht, was wir tun sollen. Meine Tante hat immer gesagt, wenn sie …« Ihre Stimme zitterte. Sie hielt sich an der Tischkante fest und schluckte. »Also, wenn dieser Fall eintreten sollte … dass wir dann dich holen sollen.«

Barnaby nickte. Sein geflickter Parka spannte sich über seinem Bauch. Blätter und kleine Zweige hatten sich im Gestrüpp des Barts verfangen. Er zog sich die Wollmütze vom Kopf und presste sie gegen seine Brust.

»Wir haben alle gefürchtet, dass dieser Tag kommen könnte. Aber ich war mir sicher, der Igel ruft mich weit vor ihr zu sich.« Er ließ den Kopf sinken und blickte auf seine unterschiedlichen Wollsocken.

Erneut machte sich Stille breit, unterbrochen nur vom Knistern der Zeitung.

»Wo ist sie?«, fragte Barnaby schließlich.

Als Adrian ihn ins Wohnzimmer führte, kniete Björn noch immer auf dem Boden. Der Riese wirkte selbst in der hockenden Position zu groß für den Raum und zu klein für seine Trauer. Seine breiten Schultern hingen herab. Das Gesicht war hinter den breiten Pranken verborgen. Juri blickte Adrian mit einem gequälten Gesichts-

ausdruck an. Noch nie hatte er seinen Freund so hilflos erlebt. Vor den beiden, auf Kissen und Decken gebettet, lag die Magista von Arken mit geschlossenen Augen, die sich nie wieder öffnen würden. Die Arme, an denen Reife funkelten, lagen überkreuzt auf ihrer Brust.

Barnaby legte dem Riesen die Hand auf die Schulter und flüsterte Björn etwas zu, das Adrian nicht verstand, und zum ersten Mal wirkte der zwergenhafte Schamane größer als der verstoßene Ritter.

Barnaby schloss die Augen, als hätte er in direktes Sonnenlicht geblickt. Langsam umrundete er die Magista, bis er hinter ihrem Kopf zu Boden glitt. Vorsichtig, als könnte eine bloße Berührung sie zerbrechen, streckte er die Finger aus und legte sie an ihre Wangen. Er beugte sich vor, bis seine Stirn auf ihrer lag. Wie lange er so verharrte, konnte Adrian im Nachhinein nicht mehr sagen, doch als Barnaby sich aufrichtete, blickte er ihn direkt an.

»Es ist an der Zeit, Lebwohl zu sagen.«

Adrian schluckte. Sein Mund war trotz des Tees trocken.

»Aber … Jazz ist noch nicht wieder hier.«

»Der Igel meint, sie wird es sein.«

Einige Zeit später waren alle im Wohnzimmer versammelt.

Überall brannten Kerzen, die den Raum mit einem warmen Glanz erfüllten, der wenig zu ihren Gefühlen passen wollte. Adrian hatte Barnaby geholfen, kleine Holzskulpturen und Bündel von Kräutern aus dem Sack zu holen und im Kreis um die Magista zu verteilen. Einige Kräuter hatte der Igelschamane in einer kleinen

Steinschale zerstampft und angezündet. Ein süßlicher, wohltuender Geruch breitete sich im Wohnzimmer aus. Als Adrian einen Kreis aus Salz um die Magista zog, war seine Mutter zu ihnen gekommen. Ohne etwas zu sagen, stellte sie vier Gläser Wasser, eins für jede Himmelsrichtung, entlang des Kreises auf. Adrian blickte Barnaby fragend an. Doch dieser nickte nur. Hatte seine Mutter dies schon einmal getan? Adrian dachte an die beiden Schwestern der Magista, an seine Oma. Beide hatten ihr Leben gelassen, als der Frieden scheiterte. Hatte seine Mutter solch einem Ritual schon einmal beigewohnt? Nicht zum ersten Mal fragte sich Adrian, was seine Mutter über ihre Ahninnen und den Zirkel wusste.

Barnaby bedeutete ihm, sich ihm gegenüber zu den Füßen der Magista niederzulassen. Sie saßen im Inneren des Salzkreises, während alle anderen außerhalb standen. Adrian spürte den Dielenboden unter sich, der viel wärmer war, als er sein sollte. Alle Augen richteten sich auf Barnaby, der nur im Schneidersitz dasaß, mit den Händen auf den Knien, als würde er auf etwas warten. Augenblicke später hörte Adrian, wie die Eingangstür ins Schloss fiel. Ohne sich umzudrehen, wusste er, dass Jazz zurück war.

Als sich ihre Schritte näherten, sprach Barnaby.

»Wir bringen Wasser, als Zeichen für die Klarheit unserer Absicht. Wir bringen Salz als Symbol für den Schutz, den du uns gewährst. Wir bringen dir Brot, um dir zu danken.«

Während er sprach, schloss er die Augen, und silberner Nebel legte sich über seine Züge. Dann schloss auch Adrian die Augen. Er hörte, wie ein Raunen umging. Es klang, als wollte Eckart etwas sagen, doch er verstummte nach dem ersten Laut.

»Wir sind hier, um uns von einer Freundin, einer Verwandten, einer Tochter dieses Hauses zu verabschieden.«

Adrian konnte spüren, wie Wärme aus seinem Innersten drang und nach draußen strömte. Er fühlte Katzes Präsenz, noch bevor er die Augen öffnete. Ein silberner Schein hüllte ihn ein. Eine Berührung an seinem Fuß ließ ihn hinabsehen. Eine durchscheinende Katze rieb sich an seinem Bein und sprang dann auf seinen Schoß.

Barnabys Züge hatten sich verändert. Als wäre er von silbernem Wasser eingeschlossen, wogte durchsichtiger Nebel um ihn. Adrian erkannte den leuchtenden Igel, den Barnaby zwischen den Fingern hielt. Seine Stimme klang fremd, als er jetzt sprach: »Gebt ihrer Seele einen Platz an eurer Seite, auf dass sie in diesen Wänden weiterlebt, so wie sie in unseren Herzen lebendig bleibt.«

Am Rande bemerkte Adrian, wie etwas Schweres dumpf auf dem Boden aufschlug. Als er den Blick hob, verstand er auch, warum. Die Decke des Raums wogte wie ein brodelnder See. Schlagartig erloschen alle Kerzen. Doch Adrian spürte keine Angst. Auch nicht, als sich eine Hand aus der wogenden Oberfläche erhob und sich zu ihnen hinabstreckte. Finger so bleich wie die Wände schoben sich ihnen entgegen. Den Fingern folgten Arme. Zu viele Arme für einen Körper. Schließlich erschien die Kapuze, die Adrian schon früher einmal gesehen hatte. Sie beugte sich zu ihm hinab, und mit jedem Blinzeln veränderten sich die Züge, die sich darunter verbargen. Eine junge Frau, ein junges Mädchen, eine Mutter, eine Greisin. Doch all diese Gesichter hatten etwas Verbindendes. *Meine Vorfahrinnen*, ging es Adrian durch den Kopf. Die weiße Frau beugte sich hinab und ließ ihre Finger über das Antlitz der Magista gleiten. Hände ergriffen den leblosen Körper, pressten ihn an die weiße Dame, die sie mit sich hinauf zur Decke zog. So wie sie aus der brodelnden Oberfläche erschienen war, so verschwand sie auch wieder. Die Wellen, die sich über die Decke zogen, wurden schwächer. Das Gesicht der weißen Dame versank als Letztes und nahm die Züge der Magista an, ehe sie verschwand.

Die Decke war nun nichts weiter als ein Teil des Raums, und der silberne Glanz, der ihn und Barnaby umspielte, wurde schwächer und schwächer, bis er schließlich ganz verschwand. Der Raum war kalt und dunkel, erhellt nur von den leuchtenden Symbolen auf Jazz' Armen. Jazz machte einen Schritt in den Kreis und griff nach den Decken, auf denen eben noch die Magista gelegen hatte. Schluchzend presste sie den Stoff an sich. Adrian wusste, er sollte etwas zu ihr sagen, aber was? Welche Worte würden Trost spenden und nicht erbärmlich wirken? Während er noch zögerte, trat seine Mutter zu Jazz und umarmte sie wortlos, während das Schluchzen allmählich leiser wurde.

Silberhaar und Cricketschläger

Zum ersten Mal schien Barnaby nicht hungrig zu sein, als er an dem runden Küchentisch saß. Und damit war er nicht der Einzige.

Alle stocherten in dem aufgewärmten Auflauf von gestern herum, ohne etwas zu sagen. Die Teller blieben voll und das Schweigen drückend. Gabeln schabten über Keramikschüsseln. Der Tisch ächzte mit den Stühlen um die Wette. Ein Geruch nach Käse und Nudeln erfüllte die Küche. Feiner Regen klopfte gegen die Butzenscheiben.

Es war das stillste Abendessen, das Adrian in diesem Haus erlebt hatte. Björn hielt seine Schüssel in den Fäusten, als wüsste er nicht, was er damit anfangen sollte. Jazz hatte sich so weit über den Tisch gebeugt, dass ihre dunklen Locken sie von allen Blicken abschirmten. Der Blick seiner Mutter pendelte zwischen ihrem Mann und dem Tisch hin und her. Eckart lag auf der langen Bank, auf der sich sonst Körbe mit Äpfeln und Kartoffeln stapelten. Gelegentlich war

ein leichtes Stöhnen von ihm zu vernehmen. Davon abgesehen war es still. Lediglich das Schmatzen eines jungen Trolls störte die Ruhe. Juri schien es als Einzigem zu schmecken. Als er erneut nach der Schale mit Auflauf griff, blitzte ihn Jazz unter ihrem Vorhang aus Haaren an. Juri hielt inne.

»Ähm, bin nun mal hungrig, wenn ich traurig bin …«

»… und wenn du aufgeregt, müde, gelangweilt oder wach bist«, ergänzte Adrian, ohne dabei den Blick von seinem Teller zu heben. Juri betrachtete die Schüssel in seinen Pranken. Dann zuckte er mit den breiten Schultern und löffelte noch mehr Nudeln hinein.

»Ist doch das Letzte, was Frau Eisenhut gekocht hat. Sie hätt' sicher gewollt, dass wir reinhauen, und es schmeckt doch auch super.«

Adrian bemerkte, wie seine Mutter ihre geröteten Augen auf Juri richtete. Ihre Hände hatten wieder die Tischplatte gepackt. Sie kannte Juri nicht so gut wie Adrian, wusste nicht, dass der Troll mit Spannungen schlecht umgehen konnte und immer sagte, was er gerade dachte. Noch bevor Adrian etwas erwidern konnte, sprach Juri weiter.

»Meine Mama hat immer gesagt, wir sollen lachen, wenn wir an sie denken, und nicht weinen, weil sie nicht da ist.« Er schob sich eine weitere Gabel in den Mund. Einige Nudeln landeten auf dem Tisch. »Und das machen wir auch. Wenn Papa Geschichten erzählt, wie sie zusammen den Seetroll eröffnet und gemeinsam Abenteuer für die Rollenspiel-Gruppe geschrieben haben, ist es, als wäre sie bei uns.«

Adrian legte die Gabel beiseite und betrachtete seinen Freund. Es war das erste Mal, dass er über seine Mutter sprach.

»Klar vermisse ich sie. Jeden Tag. Doch nichts wird sie zurückbringen. Aber ich kann mich erinnern. Daran, wie sie mir abends

vorgelesen hat und wie wir gemeinsam Orks und Drachen an meine Zimmerwand gemalt haben, damit sie mich in meinen Träumen beschützen, als sie es nicht mehr konnte.«

Alle am Tisch schauten jetzt zu Juri. Selbst Barnaby hatte das Besteck aus der Hand gelegt. Der Ausdruck im Gesicht von Adrians Mutter veränderte sich. In ihren Augen schimmerte es feucht. Selbst Eckart blickte von der Bank auf, auf der er lag. Der Verband um seinen Kopf gab ihm ein verwegenes Aussehen. Der Schock, die weiße Dame zu sehen, war zu viel für ihn gewesen. Doch Juris Aufmerksamkeit galt nur der Schüssel vor ihm.

»Frau Eisenhut ist vielleicht nicht mehr hier, aber ihr Geist ist ein Teil von diesem Ort und ein Teil von uns. Selbst in diesem Essen steckt etwas von ihr.« Er hob den Kopf und lächelte alle am Tisch mit seinem wilden Trollgrinsen an. »Als Björn mich das erste Mal hierher mitgenommen hat, hat sie mir einen riesigen Topf Milchreis gekocht und gelacht, als ich ihn komplett aufgegessen und nach mehr gefragt hab.«

Adrian konnte ein müdes Lächeln nicht unterdrücken. Björn schnäuzte in sein Stofftaschentuch. Barnaby giggelte leise.

Zu aller Überraschung war es Eckart, der nun sprach.

»Als ich nach Arken kam, hat sie mir eine Anstellung in der Redaktion angeboten. Ich dachte zuerst an die Position als Chefredakteur. Aber sie hat mich wochenlang die Zeitung ausliefern lassen, bevor ich auch nur den ersten Artikel schreiben durfte. Damit ich das Gewicht des geschriebenen Worts schätzen kann, hat sie gesagt.«

Adrian schmunzelte und war damit nicht der Einzige am Tisch. Die Ohnmacht und der Sturz schienen Eckart gutzutun.

Barnaby kicherte und deutete auf sich selbst.

»Als ich Kamelia kennengelernt habe, war ich gerade damit beschäftigt, Äpfel aus ihrem Vorgarten zu ernten. Ich hockte bequem in der Krone und biss in einen Apfel. Als sie mich sah, hat sie mit mir geschimpft. Nicht, weil ich fremdes Obst stahl oder weil ich in ihrem Baum herumkletterte, sondern, weil die sauren Äpfel in einem Kuchen doch viel besser schmeckten.«

Björn gab ein Schnauben von sich, das irgendwo zwischen Lachen und Husten stecken geblieben war. Reihum wurden jetzt Geschichten über die Magista erzählt: Wer sie wie kennengelernt hatte. Woran man sich am liebsten erinnerte. Welche Orte man mit ihr verband.

Es wurde wärmer in dem Raum. Kerzen wurden angezündet und Tee gemacht. Björn erzählte die Geschichte, wie Adrian als Kleinkind in dem Garten nach Fröschen gesucht hatte. Sie alle kannten die Geschichte. Aber Juri lachte dennoch laut, als Björn zu der Stelle kam, wo Adrian, ohne es zu bemerken, immer wieder die gleichen ausgebüxten Kröten einsammelte.

Irgendwann erhob sich Eckart leicht schwankend und wünschte allen eine gute Nacht. Nachdem Barnaby eine weitere Apfelkuchen-Anekdote erzählte hatte, stemmte er sich in die Höhe und gähnte herzhaft. »Der Igel ist nachtaktiv, aber ich bin es heute auf jeden Fall nicht. Ich werde morgen wieder bei euch vorbeischauen. Nicht nur des Frühstücks wegen.« Er grinste Adrians Mutter an. »Auch der Igel fühlt sich in Arken wohl, und er mag keine Veränderungen.« Barnaby nickte Björn zu, der diesen Gruß erwiderte. Adrian warf Juri einen fragenden Blick zu, der aber auch bloß die Schultern hob. Als Adrian Barnaby fragen wollte, was er damit meinte, umarmte der struppige Mann gerade Jazz. Irgendwas an dieser Geste wirkte seltsam steif und ungelenk.

»Nicht in den Wurzeln findet sich die Stärke eines Baumes, sondern in der Reichweite seiner Früchte«, flüsterte ihm Barnaby zu, als er ihn in eine feste Umarmung schloss. Dann zwinkerte ihm der Igelschamane zu und verließ die Küche. Erst als Barnaby die Terrasse betrat, bemerkte Adrian die Walnuss, die in seiner Hand lag. Seine Finger schlossen sich darum, während seine Gedanken nach dem Sinn der Worte suchten. Wie viel Weisheit kann schon in den Worten eines stachligen Schneckenfressers stecken?, erklangen Katzes Worte in seinem Kopf.

Juri goss sich Milch in den Tee, hielt aber dabei inne und schnüffelte an der Milch. Jazz lächelte. Wahrscheinlich dachte sie auch daran, wie Juri hier einmal einen halben Liter verdorbene Milch getrunken hatte und wie sein Magen darauf reagiert hatte.

»Wisst ihr noch, wie Frau Eisenhut den Verzehrern den Hintern versohlt hat? Abgesehen von dem Kampf mit einem Golem, war es das Heftigste, was ich je gesehen hab!«, sagte Juri da. »Apropos: Ist euch aufgefallen, dass wir jetzt fast die gleiche Gruppe sind wie damals, als wir nach der Magista gesucht haben?«

»Ja«, stimmte Jazz zu. »Wir sind wieder alle versammelt.«

»Bis auf Merle«, ergänzte Adrian.

Er wechselte einen Blick mit Jazz und Juri. Björn brummte, während ihn seine Mutter aus zusammengekniffenen Augen anblickte. Sie war die Einzige, die damals nicht dabei gewesen war. Als niemand etwas sagte, setzte Adrian hinzu: »Wir können ihr wirklich helfen, wisst ihr …«

»Nein!« Seine Mutter klammerte sich an den Tisch. »Wir haben gerade meine Tante beigesetzt. Du wirst Arken jetzt nicht verlassen. Es ist einfach zu gefährlich.«

Adrian wollte etwas erwidern. Aber auch Björn schüttelte den

Kopf. »Du musst es einsehen, Adrian. Wir können jetzt nichts für Merle tun. Der Schleier ist gefallen. Es wird schon schwer genug, die Magika in Arken zu schützen. Außerhalb der Stadt wird es unmöglich.«

Juri beugte sich über den Tisch. »Aber wenn wir drei zusammen gehen, können wir uns gegenseitig …«

»Nein.« Björn richtete sich auf. »Ich habe die Sache mit anderen Magika besprochen. Wir werden Wachen aufstellen, um die Straße nach Kratzbach zu überwachen. Niemand darf nach Arken gelangen, der nicht hierhergehört. Die Ghule haben ihre Hilfe angeboten, um die Nachtschicht zu übernehmen. Die Werwölfe passen auf, dass sich niemand durch den Forst nach Arken schleicht. Aber auch innerhalb von Arken brauchen wir jede Hilfe, die wir kriegen können. Jazz, du bist die Einzige, die Talismane und Bannkreise erschaffen kann. Ihr alle werdet hier in Arken gebraucht.«

Als hätten sie es vorher einstudiert, übernahm jetzt wieder seine Mutter das Wort.

»Adrian, ich weiß, du willst einer Freundin helfen. Aber du bist fünfzehn. Dein Platz ist zu Hause und in der Schule.«

»Merle ist nicht älter als ich. Ist ihr Platz nicht auch zu Hause?«

Doch seine Mutter tat, als hätte sie ihn nicht gehört, und begann damit, die Teller abzuräumen. Sie hielt nur noch einmal kurz inne, um alle der Reihe nach anzusehen.

»Die Diskussion ist beendet. Ihr bleibt hier. Alle!« Sie stemmte die Hände in die Hüften. »Und jetzt ab ins Bett. Es ist schon spät genug, und morgen ist Schule.« Mit Blick auf Juri setzte sie hinzu: »Du bleibst heute Nacht besser hier. Es ist schon spät. Adrian hat einen Schlafsack und eine Isomatte. Für eine Nacht sollte das doch reichen, oder?«

Juri nickte nur mit vollem Mund.

Seine Mutter blickte zu Adrian, der sich beeilte, ihr zuzustimmen. Wenn sie in dieser Stimmung war, duldete sie keinen Widerspruch.

Er fegte einige Krümel vom Tisch und nippte an seinem Tee, aber nicht, ohne noch einen Blick mit Jazz zu wechseln.

Es war gar nicht so einfach, in der kleinen Dachkammer einen Platz für die Isomatte zu finden. Doch schließlich lag Juri mit den Beinen unter dem Schreibtisch neben dem Bett. Adrian betrachtete das Räucherstäbchen, das vor Katzes Schrein brannte. Die sanfte Glut erhellte den Raum weit mehr, als sie sollte. Er sah die Verstrebungen der Balken, die das Dach trugen. Lauschte auf die Geräusche im Haus, die langsam ruhiger wurden, und spürte die frische Luft, die durch einen Spalt im Dachfenster drang.

»Ich frage mich, wie es Merle wohl gerade geht. Ob sie auch in einem warmen Bett liegt? Ob sie sich immer noch mit diesem Ordensritter verstecken muss?«

Adrian wartete einen Augenblick. Doch Juri schien auch keine Antwort zu wissen.

»Weißt du, ich denke jeden Abend an Merle, bevor mir die Augen zufallen. Sie hat sich dem Orden ausgeliefert, um uns zu retten. Das ist schon das zweite Mal, dass jemand für uns Opfer bringt. Es ist an der Zeit, selbst etwas zu tun, meinst du nicht?«

Als er die grunzenden Geräusche von unterhalb des Schreibtischs vernahm, wusste er, dass er nicht auf eine Antwort zu warten brauchte. Adrian seufzte. Hier grübelnd im Bett zu liegen, würde

niemandem helfen. Er würde morgen nach einer Lösung suchen. Vielleicht ließen sich Björn und seine Mutter doch überzeugen.

Oder vielleicht geht die Sonne morgen im Westen auf?

Adrian zog sich das Kissen über den Kopf. Vielleicht würde Barnaby nach Merle suchen, wenn er ihn …

Ein Geräusch ließ ihn die Augen wieder öffnen. Das Räucherstäbchen war erloschen, und obwohl sich der Mond hinter den Wolken verbarg, konnte er alles erkennen. Die Klamotten, die an Bügeln von den Balken hingen. Der Stapel Bücher auf dem Schreibtisch und Juri, der darunter schlummerte. Was hatte ihn geweckt? Hatte sich der Troll im Schlaf bewegt?

Da ertönte ein leises Pochen von der anderen Seite der Kammer.

Langsam öffnete sich die Tür, und der Lockenkopf von Jazz erschien.

»Adrian? Seid ihr noch wach?«

Adrian nuschelte: »Jetzt schon«

Durch den Türspalt drang nur Dunkelheit. Jazz hatte das Licht nicht eingeschaltet. Sie schlich sich in die Kammer und schloss die Tür hinter sich. Gleich darauf hielt sie sich fluchend den Fuß. »Beim Mutterschrein, was hast du alles in diese Kammer gestopft?«

»Aua!« Juri richtete sich in seinem Schlafsack auf. »Jazz? Bist du das?« Er gähnte herzhaft. »Warum trittst du mich mitten in der Nacht? Kannst du damit nicht bis morgen warten?«

Jazz hielt sich nicht lang mit Erklärungen auf, sondern hob den Zeigefinger an die Lippen.

»Wir können nicht in Arken bleiben«, flüsterte sie, und Adrian war sofort hellwach. Er setzte sich auf die Bettkante und beugte sich vor, um den anderen näher zu sein.

»Merle ist in Gefahr. Das ist wahr. Aber das ist noch nicht alles.«

Sie legte den Kopf schief, um zu lauschen, ob jemand die Treppe hochkam. Aber das Haus blieb still.

»Den Schleier gab es nicht ohne Grund. Es ging nicht nur darum, dass die Magika unerkannt bleiben, sondern auch darum, dass Arken nicht gefunden werden kann. Was, wenn der Orden zurückkehrt? Was wenn weitere Verzehrer nach Arken kommen? Die Magika können sie nicht aufhalten. Aber auch die ganz normalen Menschen sind eine Gefahr. Sie werden sich fragen, warum hier immer wieder der Strom ausfällt und warum niemand diesen Ort zu kennen scheint. Die Magika werden sich nicht länger in Arken verstecken können, wenn wir den Schleier nicht neu weben.«

Adrian und Juri tauschten einen Blick. Dann nickten sie wie auf Kommando.

Jazz lächelte. Ihre Zähne funkelten in der Dunkelheit.

»Nur vier Hexen können diesen Schleier neu weben, und ich weiß nur von einer Person, die uns verraten kann, wo wir diese finden.«

Sie machte eine Pause und holte Luft. Während Juris Augen groß wurden, hob Adrian fragend eine Augenbraue.

»Der Ritter, mit dem Merle unterwegs ist. Er ist der Einzige, der wissen könnte, wo der Orden Hexen gefangen hält.«

Adrian sah Jazz verwirrt an. Wie kam sie darauf, dass der Orden Hexen versteckte? So, wie sie es sagte, klang sie sehr sicher. Hatte sie Informationen, die sie nicht mit ihnen teilte? Aber, überlegte Adrian weiter, spielte das denn eine Rolle? Solange Jazz mit ihnen kam, konnte ihm der Grund egal sein. Und auch, wenn der Ritter ihnen nicht helfen würde, könnten sie Merle befreien. Also nickte er.

Juri klatschte begeistert in die Hände. »Wir gehen also auf eine Quest?«

Jazz hob die Hände und blickte besorgt über die Schulter in Richtung Treppenhaus.

»Ja, wenn wir einen Weg aus Arken heraus finden. Björn wird uns mit Sicherheit nicht einfach die Straße nach Kratzbach nehmen lassen, und das ist eigentlich die einzige Möglichkeit.«

Eine Weile saßen sie grübelnd beieinander und dachten nach. Je länger sie überlegten, desto verzweifelter wurden ihre Einfälle. Dann grinste Juri plötzlich.

»Ich glaube, ich habe eine gute Idee.«

Fetzen grauen Nebels wogten über die Allee, verbanden sich zu größeren Gebilden, rissen auseinander, um feuchtes Kopfsteinpflaster zu offenbaren. Adrian war die Eschenallee schon so oft heruntergegangen, doch der dichte Nebel verwandelte sie in einen fremden Ort. Er konnte die Bäume, die sich auf der anderen Seite der Straße in die dunkle Nacht streckten, nur erahnen.

Juri war lediglich zwei Schritte von ihm entfernt, und doch wogte schon ein grauer Schleier zwischen ihnen. Jazz hielt sich an ihm fest. Erneut zweifelte er, ob Juris *gute Idee* wirklich so gut war. Nachdem Jazz gegangen war, hatte Adrian die halbe Nacht wach gelegen und versucht, einen Brief zu schreiben. Mit Katzes Unterstützung hatte er Papier und Bleistift in der dunklen Kammer gefunden. Lange hatte er um Worte gerungen, um seine Mutter zu beruhigen und sich zu erklären. Schließlich hatte er nur zwei Zeilen zu Papier gebracht.

Wir können Merle nicht im Stich lassen. Macht euch keine Sorgen. Hab euch lieb, Adrian.

Es war eine armselige Botschaft, und er wusste es, aber ihm war einfach nichts Besseres eingefallen.

Doch das war nur der eine Grund gewesen, warum er keinen Schlaf gefunden hatte. Er war sich alles andere als sicher, ob Juris Plan funktionieren würde. Allerdings stammte er ursprünglich gar nicht von ihm, was eigentlich eher dafür sprach. Er stammte von der Magista. Die Geschichte, die sie ihnen kurz vor ihrem Tod erzählt hatte, hatte Juri auf den Gedanken gebracht. Was für ein Zufall – es war fast, als hätte Tante Lia geahnt, was sie vorhaben würden …

Neben seinen Zweifeln hatten ihn Gedanken über die Ausrüstung, allgemeine Aufregung und die Sorge, ob das Haus sie nicht verraten würde, wachgehalten. Doch als sie sich am frühen Morgen aus dem Haus schlichen, war die Villa überraschend ruhig gewesen. Kein Knarzen. Keine quietschenden Türen. Adrian wertete das als Zeichen der Zustimmung.

Juris Gesicht erschien so plötzlich vor ihm, dass Adrian Mühe hatte, nicht in ihn hineinzulaufen. Juri hob die Hand und flüsterte: »Muss kurz was holen, bin gleich wieder da.«

Bevor Adrian etwas erwidern konnte, war die Silhouette des Trolls auch schon im Nebel verschwunden.

Kurz was holen fühlte sich wie eine kleine Ewigkeit an. Adrian spürte, wie Jazz immer wieder nach seinem Rucksack griff, wie um sich zu vergewissern, dass er noch da war. Adrian zählte dreimal bis 100 und wollte sich schon aufmachen, Juri zu suchen, als er wieder Schritte vor sich hörte. Sie dröhnten übertrieben laut in der späten

Nacht. Der Troll konnte einfach nicht schleichen. Er klang schon recht nah, als Adrian ein weiteres Paar Schritte aus der gleichen Richtung vernahm. Trotz der Kälte bildete sich Schweiß auf Adrians Stirn. Die Schritte kamen immer näher. Hektisch gab er Jazz ein Zeichen und zog sie mit sich zum Straßenrand hinter einen breiten Baumstamm. Keine Sekunde zu früh. Schon schälten sich die Silhouetten zweier Gestalten aus dem Nebel. Das »Klack, Klack« ihrer Stiefel ertönte immer lauter. Adrian riskierte einen Blick und fuhr zurück.

Nur wenige Meter trennten sie von den zwei Personen, die über die Straße marschierten. Sie trugen lange Speere, und ihre Haut wirkte wie Wachs. Eine der beiden kannte Adrian nur zu gut.

»Latit und die Ghule«, flüsterte er Jazz zu, so leise er konnte. Die Miliz, von der Björn gesprochen hatte, war offensichtlich schon im Einsatz. Und es war sicher kein Zufall, dass sie ausgerechnet die Eschenallee hinunterliefen. Adrian hielt die Luft an, als die Schritte direkt vor ihnen erklangen. Dann verstummten sie. Adrian konnte seinen Herzschlag in den Ohren hören. Seine Finger gruben sich in die Borke des Baumes, als er glaubte, schnüffelnde Laute zu vernehmen. Seine Lunge verlangte gierig nach Sauerstoff. Schließlich setzten die Schritte wieder ein und entfernten sich langsam. Adrian atmete auf. Da packte ihn etwas bei der Schulter. Nur Jazz' Hand auf seinem Mund verhinderte seinen Aufschrei. Juri hielt ihn an der Jacke gepackt und blickte ihn fragend an. Mit einer Hand hielt er einen gewaltigen Seesack, so lässig, als wäre er nur mit Zuckerwatte gefüllt.

»Musste noch meine Notfallausrüstung von Björn holen«, grinste der Troll und klopfte sich mit dem Cricketschläger gegen das Bein. Adrian schluckte die Antwort herunter, die ihm auf der

Zunge lag, und berichtete von der Ghul-Miliz, die hier Wache lief. Juri hob beide Augenbrauen und nickte langsam. Gebückt führte er sie weiter die Straße hinunter. Nach einigen Dutzend Schritten hatten sie endlich gefunden, wonach sie suchten. Sie blieben im Halbkreis stehen und blickten hinab auf die in das Pflaster eingelassene Platte. Das Eulenwappen von Arken prangte in der Mitte der rostigen Abdeckung. Als Adrian sah, wie Dunst aus den Spalten des eisernen Gullydeckels aufstieg, begann sein Herz heftig zu klopfen. Zu lebendig waren seine Erinnerungen an jene Kreaturen, die dort unten wohnten. Wobei die bleichen Ghule, die sich nur von Fleisch ernähren konnten, noch zu den freundlicheren Bewohnern der Unterstadt zählten. Die Schwaden stiegen empor wie der Odem der Monster aus Juris Rollenspielen. Den anderen beiden schien es ähnlich zu gehen, denn niemand machte Anstalten, den Deckel zu öffnen.

»Vielleicht sollten wir es doch über die Straße probieren?«, fragte Adrian.

Jazz schüttelte den Kopf, ohne den Blick abzuwenden.

»Wenn wir Latits Ghulen über den Weg laufen, werden sie uns nicht so einfach gehen lassen. Björn hat sie sicher informiert. Und einen zweiten Versuch wird es für uns nicht geben. Falls wir die nächsten Wochen nicht mit Hausarrest verbringen wollen, muss das jetzt klappen.«

Juri nickte. Adrian zog sich die Jacke enger um die Schultern. »Und wenn wir durch den Arkener Forst laufen? Es gibt sicher einen Pfad durch den Wald und mit Katzes Hilfe …«

»Ihr schafft es keine drei Schritte in den Forst, ohne bemerkt zu werden«, erklang eine hohe Stimme hinter ihnen.

Alle drei fuhren herum. Milchige Wolken aus Feuchtigkeit scho-

ben sich über die leere Straße. Nur schemenhaft ließen sich die umliegenden Gebäude erahnen. Ansonsten war da nur die blauschwarze Nacht.

»Ihr atmet so laut, ich könnte euch auch mit geschlossenen Augen finden.«

Der Nebel verzerrte das Echo, sodass es schien, als würden die Worte aus verschiedenen Richtungen zugleich kommen. Während Juri seinen Cricketschläger kreisen ließ, sah Adrian, wie Jazz nach ihrem Diarium griff. Die Zeichen auf ihrer Hand begannen zu leuchten. Keiner von ihnen sagte ein Wort. Dann hörte Adrian das Tappen von Stiefeln auf dem Kopfsteinpflaster. Er atmete erleichtert aus, als eine kleine Gestalt aus dem Nebel trat.

»Diana? Was machst du denn hier?«

Das Mädchen mit dem wilden Silberhaar verschränkte die Arme, die in einem viel zu großen Sweatshirt steckten.

»Auf euch aufpassen, was sonst?«

Es hätte lustig geklungen, wenn Adrian nicht gesehen hätte, wie sie letztes Jahr gegen zwei Ghule gekämpft hatte. Und trotzdem, sie konnten Diana jetzt nicht mitnehmen.

»Das ist echt, äh, lieb, dass du uns helfen willst. Aber …«

Sie schnitt ihm mit einer Geste das Wort ab und trat herausfordernd auf ihn zu. Dass sie dabei den Kopf in den Nacken legen musste, hielt sie nicht auf.

»Aber ich bin zu klein?«

Adrian sah hilfesuchend zu seinen Freunden. Jazz schien entschieden zu viel Spaß an der Situation zu haben, um ihm zu helfen. Juri schob sich die langen Haare aus der Stirn und nuschelte: »Es geht nicht um Größe, aber was wir vorhaben, ist gefährlich und du bist … na ja …«

»Ein schwaches Mädchen?« Sie legte den Kopf schief, während ihr Blick Juri festzunageln schien. Sie schnaubte. Mit zwei Schritten hatte sie den Gullydeckel erreicht. Ohne zu zögern, steckte sie ihre Hände durch die Schlitze und stemmte sich dagegen. Zuerst geschah nichts. Als Juri zu Hilfe kommen wollte, gab sie nur ein gefährliches Knurren von sich. Dann erklang ein knirschendes Geräusch, und die Abdeckung löste sich aus dem Boden. Diana wuchtete den eisernen Deckel hoch, um ihn neben Juri auf den Boden zu legen.

Jazz kicherte, während Juri den Deckel ungläubig anstarrte. Die junge Wehrwölfin feixte und stupste Adrian den Ellenbogen in die Seite.

»Also, gehen wir, oder was?«

Adrian blickte erneut zu Jazz, die nur mit den Schultern zuckte. Juri stieß mit dem Stiefel gegen den Deckel, als wollte er prüfen, ob er auch wirklich aus Metall war. Diana wartete nicht auf eine Antwort, sondern kletterte in das Loch hinab. Als nur noch ihr Kopf herausschaute, fragte sie: »Wo gehen wir eigentlich hin?«

Adrian seufzte. Willst du von einem Wolf verlangen, sich an die Regeln zu halten, die du gerade brichst?

Adrian wusste nicht, was er Katze erwidern sollte, nur das, was seine Mutter zu ihm gesagt hatte: Es ist zu gefährlich. Sie ist zu jung. Ihr Platz ist hier.

Aber hatte Diana nicht das gleiche Recht, über ihr Leben zu entscheiden, wie er? Und hatte sie nicht gerade einen zentnerschweren Gullydeckel angehoben?

Er wechselte einen Blick mit seinen Freunden. Schließlich nickte Jazz. »Wir gehen zum Grundsee.«

Seeraben

Nachdem Juri den Deckel wieder verschlossen hatte, drang nur noch der blasse Schimmer der Straßenbeleuchtung hinab. Unter ihnen wartete unbestimmte Düsternis. Die Eisenstufen waren glitschig und von Rost zerfressen. Pilze und Moose wucherten, wo immer sich ein Strahl Licht hinverirrte. Farne erhoben sich aus Backsteinfugen. Es roch nach nassem Stein, Regen und feuchter Erde. Jedes Geräusch rief ein Echo hervor.

Alle schienen sich zu erinnern, was hier unten lebte, denn niemand sagte ein Wort. Stumm kletterten sie die Sprossen hinab. Als Adrian den Boden erreichte, blickte er hinauf zu den wenigen Lichtpunkten hoch über ihnen. Seine Sinne passten sich schnell an, und er wusste, wem er das zu verdanken hatte. Er griff in die Tasche und umschloss die Schnitzerei, die ihm Barnaby geschenkt hatte. Er hatte sich angewöhnt, die kleine Skulptur in den Fingern zu halten, wenn er sich unsicher war und sich Katzes Beistand versichern

wollte. Katze schien das wenig zu beeindrucken, doch irgendwie gab es Adrian Halt.

Die Pflanzen schwanden, und die Umgebung wurde zunehmend farbloser, aber nicht dunkler als ein schattiger Wald am Abend. Adrian sah die dicken Rohre, die sich über ihnen entlangzogen, und die schmalen Schächte, die von dem Tunnel abzweigten. Er fuhr herum, als er ein Geräusch hinter sich hörte. »Autsch! Beim Mutterschrein, ich brech mir hier unten noch alle Zehen. Bin ich die Einzige, die kaum etwas sieht?«

Niemand antwortete, aber Adrian sah, wie Juri seinen Arm ausstreckte und Jazz bei der Hand nahm. Dann wandten sie sich nach Westen. Juri und Jazz gingen voran, und Adrian folgte mit Diana. Sie verursachte nicht den geringsten Laut beim Gehen. Ihr Kopf stand nie still, als wären ihre Augen ständig auf der Suche nach etwas. Adrian beobachtete eine Weile, wie sie mit eingezogenem Kopf und gehobenen Schultern wachsam durch den Tunnel schlich. Dann sprach er sie an. »Mach dir keine Gedanken um die Ghule. Jene, die hier unten geblieben sind, suchen keinen Streit.«

Diana nickte, ohne ihn anzusehen, und antwortete genauso leise. »Und was ist mit den Monstern, die Tonius angegriffen haben?«

Adrian durchfuhr es kalt. »Die Siechen …« Er hatte gesehen, wie sie das Lager der Wehrwölfe angegriffen hatten. Verdammt, er war sogar von einem der Monster durch diese Tunnel gejagt worden! Adrian blickte in die dunklen Gänge, die wie schwarze Löcher in den Wänden klafften.

»Die sind durch die Bannkreise gebannt«, sagte er schließlich. Doch warum klang seine Stimme mehr nach einer Frage als nach einer Antwort?

Noch leiser setzte Diana hinzu: »Jetzt, wo die Magista gegangen

und der Schleier gefallen ist, halten die Bannkreise da überhaupt noch?«

Ihre Blicke kreuzten sich, doch Dianas gelben, wilden Augen konnte er nicht lange standhalten. Ihre Frage war berechtigt. Was, wenn die Bannkreise wie der Schleier versagten und alle Siechen unter der Stadt plötzlich …

»Jetzt macht euch mal keine Sorgen.« Juris Stimme dröhnte viel lauter, als es Adrian lieb gewesen wäre. Es war Adrian immer erschienen, als gäbe es nichts, was der Troll nicht konnte. Aber Flüstern stand eindeutig nicht auf der Liste seiner Fähigkeiten.

»Wir haben Arkens einzige Hexe und einen Katzenschamanen dabei. Wenn das kein Glück bringt, gibt es keins mehr auf der Welt.« Er lachte laut, wie um sich selbst Mut zu machen.

»Die Bannkreise werden halten.« Jazz' Stimme war leise und fest. Sie warf ihnen einen Blick über die Schulter zu.

»Anders als der Schleier sind die Bannkreise nur an das magische Netzwerk gebunden, sie halten, solange ihre Verbindung nicht unterbrochen wird.«

Adrian atmete aus und konnte seinen Atem in der Luft sehen. Aber trotzdem blieb ein Prickeln zwischen seinen Schulterblättern, das nicht weniger wurde.

Für eine Weile hörten sie nur das unablässige Tropfen, das aus allen Richtungen zu kommen schien. Ihre Schritte ergänzten den steten tropfenden Rhythmus.

»Und diese Verbindung?« Diana gab ihrer Stimme einen beiläufigen Klang, den ihre Haltung Lügen strafte. Sie bückten sich unter einem alten Absperrgitter, dessen unterer Teil weggefault war. Flechten hingen wie nasse Bärte daran herunter. »Durch was könnte sie gestört werden?«

Der Gang führte um eine Ecke, hinter der es wieder etwas heller wurde. Jazz antwortete nicht. Ihre Stiefel erzeugten ein saugendes Geräusch in dem Schlick, der hier den Boden bedeckte. Dafür erklang eine fremde Stimme unweit vor ihnen.

»Alles, was die Zeichnung beeinflusst, stört die Verbindung. Eine Veränderung im Leymuster, ein Stück Stein, das auf den Bannkreis fällt, selbst Staub, wenn er zu dicht wird. Habe ich nicht recht, Jazz?«

Eine schlanke Gestalt trat unter einem Abwasserrohr hervor und in den Schein, der durch einen nahen Kanaldeckel fiel. Schneeweiße Haare rahmten ein bleiches Gesicht ein, in dem pechschwarze Augen funkelten. Die Kleidung war zerschlissen. Mehrere Schichten löchriger Klamotten waren übereinandergezogen, und dennoch strahlte das Wesen eine gewisse Eleganz aus. Jede seiner Bewegungen wirkte geschmeidig, und seine Stimme klang samtig und tief wie ein Bergsee.

»Arvid?«, flüsterte Jazz.

»Der Ghulkönig«, knurrte Diana, und Adrian legte ihr vorsichtshalber eine Hand auf den Arm.

Juri begrüßte seinen Freund und schlug ihm auf die Schulter. »Arvid! Ich hatte gehofft, dass wir dich hier unten treffen würden.«

Der Ghulkönig erwiderte die Begrüßung mit einem halben Lächeln. »Ich wünschte, es wäre unter anderen Umständen.«

Er ergriff Jazz' Hand. »Wir haben gehört, was geschehen ist. Es tut mir leid, für dich und uns alle. Wir werden die Magista schmerzlich vermissen.«

Jazz blickte zu Boden, schien etwas sagen zu wollen, aber nickte dann nur stumm. Für einige Augenblicke war nichts als das stete Tropfen zu vernehmen. Dann seufzte Arvid.

»Ich hatte mir schon gedacht, dass ihr versucht, Arken unter-

irdisch zu verlassen, um Björns Miliz zu entgehen. Ihr wisst, dass er auch die Unterstädter um Hilfe gebeten hat?«

»Ja, und wir wären beinahe auch schon Latit in die Arme gelaufen. Wir wollen zum Grundsee und von dort aus mit einem Boot weiter über die Lethe fahren«, erklärte Juri.

Der Ghulkönig hielt noch immer Jazz' Hand. Er blickte ihr in die Augen, während er zu Juri sprach.

»Dann dreht ihr am besten wieder um.« Er lächelte, breiter diesmal. »Es gibt einen kürzeren Weg. Ein Arm des Flusses fließt unterirdisch vom Grundsee durch die Unterstadt. Die Gossenfischer haben ihn genutzt, bevor sie auf dem Grundsee fischen durften. So spart ihr euch einen halben Tag.«

Adrian hörte das Knurren, das Dianas Kehle entwich, bevor sich ihre Lippen öffneten. »Ist das der Weg, den du benutzt hast, um die Ghule zu uns in den Wald zu führen?«

Adrian sah, wie Jazz die Brauen zusammenzog. Doch Arvid schüttelte nur den Kopf. Die bleichen Haare hingen ihm wie ein Schleier vor dem Gesicht.

»Ich bin damals zu euch gekommen, um euch vor dem Angriff zu warnen. Wir denken nicht alle gleich. Ja, einige Unterstädter haben euch angegriffen, weil sie frei sein wollten, weil sie Angst hatten und es müde waren, sich zu verstecken. Ich will nicht entschuldigen, was geschehen ist. Aber ich kann ihre Gründe verstehen, und ich glaube, du kannst es auch.«

Adrian sah, wie Diana das Kinn vorschob. Dann drehte sie sich ruckartig um und stürmte in die andere Richtung davon. Adrian seufzte, nickte dann dem Ghulkönig zu und folgte der Werwölfin. Er wollte ihr sagen, dass er in jener Nacht auch da gewesen war. Dass es nicht Arvids Schuld war. Dass er nur getan hatte, was er

konnte, um Schlimmeres zu vermeiden. Mit drei schnellen Schritten hatte er sie eingeholt. Doch Diana kam ihm zuvor.

»In jener Nacht hat alles angefangen.«

Adrian wollte ihr schon zustimmen, als er Katzes Stimme hörte. Manchmal ist es besser zu schweigen, um das Richtige zu sagen.

Also nickte Adrian nur, und Diana sprach weiter.

»Mag sein, dass es nicht allein seine Schuld ist. Aber bevor er in jener Nacht aufgetaucht ist, gab es keine Monster im Forst. Tonius war noch da, und wir waren noch eine …« Sie rutschte mit dem Fuß im Schlick weg, und Adrian griff schnell ihren Arm. Diana blickte zu ihm auf. »Ich wäre doch nicht gestürzt!«

Er ignorierte sie. »Weißt du«, sagte er und ließ sie los, »es gibt die Familie, in die wir hineingeboren werden.« Er blickte zurück zu den anderen. »Und es gibt die Familie, die wir uns aussuchen.«

Diana folgte seinem Blick und verschränkte die Arme. »Nicht für jene, die den Ruf des Wolfs hören.«

Und wieder stapfte sie davon. Adrian folgte ihr mit einigem Abstand. Nach einer Weile gesellte sich Juri zu ihm und stupste ihn mit der Schulter an.

»Gibt 'ne Menge dicke Luft in Arken. Ist sicher nicht verkehrt, mal für ein paar Tage woanders zu sein.«

Adrian schaute zu seinem Freund und dann zu Diana, die den Tunnel entlangrannte, als hoffe sie, dass sich ihr etwas in den Weg stellen würde. Dann blickte er zu Arvid und Jazz weiter hinten, die im Gespräch vertieft waren. Ganz offensichtlich hatten sie etwas Wichtiges zu zweit zu besprechen, und Juri hatte das verstanden und sie allein gelassen. Adrian war nicht zum ersten Mal überrascht, wie fein Juris Gespür für solche Dinge war.

»Meinst du, es ist besser, wenn wir zurückkommen?«

»Na klar. Braucht halt etwas Zeit, bis Gras über die Sache gewachsen ist. Wir haben dann Merle wieder, und vielleicht stoßen wir auf Hexen, die den Schleier neu weben. Und dann sind alle wieder entspannt.« Juri sagte das mit einer Überzeugung, als würde er vom nächsten Sonnenaufgang sprechen. »Wenn wir lange genug an Türen klopfen, werden wir auch eine finden, die offen ist.«

Der Troll grinste ihm zu, und Adrian konnte sich nicht gegen die Zuversicht wehren, die sich in ihm breitmachte.

Sie folgten dem Tunnel noch eine Weile, bis sich dieser gabelte. Dann übernahm Arvid die Führung, was gut war, denn die Tunnel sahen alle gleich aus, fand Adrian. Backsteinmauern, die von der Natur zurückerobert wurden. Gelegentlich gelangten sie in kuppelartige Räume, in denen sich Wasser in großen Becken sammelte. Doch keiner dieser Räume war so groß wie die Zisterne, die sie jetzt betraten. Mehrere Säulen stützten wie steinerne Baumstämme das Kreuzgewölbe, das sich über ihnen verlor. Schmale Stege führten durch die Wasserbecken auf eine breite Säule in der Mitte des Gewölbes zu, auf der das Wappen von Arken prangte. Irgendjemand hatte Blumen vor der Säule niedergelegt. Auch andere Gaben fanden sich dort. Ein altes Blechspielzeug, ein Kranz aus Moos und getrocknetem Farn. Als sie näher kamen, entdeckte Adrian, dass an der Säule Zettel befestigt waren. Briefe?

Als er Arvid fragend ansah, nickte dieser. »Ja, es ist das, was du denkst. Es sind Abschiedsbriefe an die Magista. Auch wir trauern um sie. Sie hat uns in Arken aufgenommen. Und letztlich ein Zuhause gegeben.« Er trat zu der Säule und fuhr mit den schlanken

Fingern über das Papier. »Sie hat uns nie vergessen. Jede Woche kam sie, um die Siegel und Bannkreise zu prüfen. Sie hat uns mit Nahrung versorgt. Sie tat, was sie konnte, und so viel mehr.«

Erstes Tageslicht drang durch Löcher in der Decke, und Säulen aus Licht stanzten sich in die Dunkelheit. Wo es auf Wasser fiel, glitzerte es wie von Brillanten gesäumt. Tanzende Partikel schwebten wie Lebewesen durch den Raum. Die beleuchtete Kuppel unter der Erde und die Opfergaben verliehen dem Ort etwas Ehrwürdiges.

Bevor er recht wusste, was er tat, kniete Adrian vor der Säule nieder und legte die Schnitzerei in den Kranz aus Moos. Niemand sagte etwas. Selbst Diana las schweigend einige der Gedichte.

Schließlich drängte Arvid sie, ihren Weg fortzusetzen. Sie folgten einem Rinnsal, das immer breiter wurde. Bald hätte Adrian nicht mehr hinüberspringen können. Sie entdeckten die ersten schlanken Kähne an der Kaimauer. Aus manchen Fischerbooten blickten ihnen bleiche Gesichter entgegen. Wenn sie Jazz sahen, legten die Ghule eine Hand auf die Brust und neigten den Kopf.

Arvid wechselte einige Worte mit ihnen, fragte, wie die Fische bissen, oder wie es um ihren Hunger stand. Die Antworten waren ebenso höflich wie kurz. Schließlich weitete sich der Tunnel. Im gleichen Maß strömte mehr Tageslicht hinab. Als der Tunnel endete, fanden sie sich am Ufer eines Teichs wieder. Die Oberfläche des Gewässers war so vollständig von Wasserlinsen und Seerosen bedeckt, dass es wie eine Wiese wirkte. Kahle, bleiche Äste streckten sich wie knöcherne Finger aus dem Wasser. Dunkle Vögel kauerten auf dem Geäst und blickten ihnen argwöhnisch entgegen. Als Juri sich näherte, erhoben sich die Kormorane kreischend von den toten Bäumen in den jungen Morgen. Sie alle traten ans Ufer und streckten sich in den Sonnenstrahlen. Juri warf einen Stein, der in dem

Wasser unterging, ohne Wellen zu schlagen. Diana zog die Nase kraus und deutete auf die stinkende weiße Schicht, die Äste und Steine bedeckte. »Wundert mich nicht, dass der Zugang unentdeckt geblieben ist, bei dem Gestank.«

Arvid war im Schatten des Tunnels zurückgeblieben. »Das Moor, das den Teich umgibt, ist gefährlich. Was wohl ein weiterer Grund ist, warum dieser Flussarm kaum bekannt ist. Ihr braucht ihm nun nur noch zu folgen, bis er euch zum Lethe-Strom bringt.« Arvid nickte in Richtung Sumpf.

Diana drehte sich zu ihm um. »Warum hilfst du uns überhaupt?«

Arvid streckte eine Hand in die frühen Sonnenstrahlen. Sofort stieg feiner Rauch von seinen Fingern.

»Meine Schwester ist dort draußen, und ich wünschte, ich könnte für sie tun, was ihr für Merle tut.«

Es schien, als wollte er noch mehr sagen, aber stattdessen beschirmte er seine Augen und blickte über den Sumpf.

»Wir bekommen Besuch.«

Alle folgten seinem Blick. Tatsächlich, dort bewegte sich etwas zwischen den toten Bäumen über den Sumpf. Die Kormorane krächzten warnend, als sich ein Boot zwischen die kahlen Baumstämme schob. Als es näher kam, erkannte Adrian, dass es zwei schmale Boote waren, die aneinandergebunden waren. Eine kleine Gestalt stakte den vorderen Kahn gemächlich durch das sumpfige Wasser. Adrian erkannte sie im gleichen Moment, in dem er die Stimme hörte.

»Ihr habt doch nicht geglaubt, ihr könntet euch aus Arken schleichen, ohne euch vom Igel zu verabschieden?«

Barnaby lenkte die Boote an einen morschen Steg und kletterte wenig elegant hinaus. »Der Igel mag das Wasser nicht, und ich bin da ganz seiner Meinung.«

Dann drückte er Juri das lange Paddel in die Hand. »Es lohnt einfach nicht, sich an Orte zu begeben, wo es keinen Pudding und keine Äpfel gibt.«

Barnaby begrüßte sie alle, und selbst Diana grinste, als sie ihn sah. Barnaby nuschelte irgendwas, das außer ihr niemand hören konnte. Dann holte er etwas aus der Manteltasche. Dianas Augen weiteten sich, und ihre Hand schoss vor, bevor Adrian mehr erkennen konnte. Die Wehrwölfin faltete ihre beiden Hände zusammen, als würde sie ein Küken in ihrer hohlen Hand halten. Dann ließ sie es in ihrer Hosentasche verschwinden und umarmte ihn. Barnaby grinste sein Kuchengrinsen. Er schien von der Geste genauso überrascht zu sein wie Adrian und räusperte sich schließlich verlegen. »So, jetzt macht euch aber auf den Weg«, sagte er. »Und zwar bevor uns die Seeraben zu neuen Brutplätzen erklären.«

Er ging auf Jazz zu und umarmte sie kurz. Adrian hatte das Gefühl, dass er auch für sie eine Botschaft hatte. Aber Jazz reagierte nicht.

Als Barnaby Adrian gegenüberstand, grinste er ihn nur breit an. »Es scheint, als würde jetzt deutlich mehr Apfelkuchen für mich übrig bleiben.«

»Ich werde mir meinen Anteil zurückholen, wenn ich wiederkomme.«

Adrians Gesicht verzog sich zu einem offenen Lächeln. Trotz der Kälte breitete sich ein warmes Gefühl in seiner Brust aus. Der Igelschamane hatte ihn überrascht. Fast wollte er ihn fragen, woher er eigentlich gewusst hatte, dass sie hier waren. Aber er ahnte, wie die Antwort lauten würde: Igel hat es mir verraten.

Schon wieder half ihm Barnaby. Wenn er nicht mit den Booten gekommen wäre, hätten sie Arvid um einen der morschen Fischerkähne bitten müssen. Adrian wollte ihm danken, für die Boote und

dafür, dass er immer da war, aber er wusste nicht, wie. Schließlich sagte er: »Ich bin froh, dass Igel aufgepasst hat, dass du nicht ins Wasser gefallen bist. Aber wie kommst du jetzt zurück?«

Barnaby lachte und trat näher. »Die Unterstädter kennen mich schon lange, und auch wenn sie meine Äpfel nicht wertschätzen, bin ich hier gern gesehen. Ich glaube, sie teilen meinen Geschmack für Mode.« Er machte noch einen Schritt, sodass nur Adrian ihn hören konnte. »Vertrau dem Pfad, den Katze geht. Aber vertrau ihm nicht blind.«

Als Adrian ihn ratlos anblickte, zuckte Barnaby mit den Schultern: »Na, du wirst schon wissen, was du machst. Und wenn nicht, bist du halt beim nächsten Mal schlauer.«

Er ergriff seine Hand, und Adrian spürte, wie er ihm etwas zusteckte.

Als einige der schwarzen Vögel neugierig näher kamen, wurde es höchste Zeit, Lebwohl zu sagen. Sie verteilten ihre Sachen auf die beiden Boote. Juri würde mit Jazz in das erste steigen. Adrian und Diana nahmen das zweite.

Als Diana in das Boot stieg, lag es so ruhig und stabil auf dem Wasser wie an Land. Das änderte sich, als Adrian hinzustieg und dabei fast ins Wasser fiel.

»Wenn du die Knie beugst, wird es leichter«, verriet Diana ihm. Adrian nickte und war froh, nicht alleine in dem Boot zu sitzen.

Juri stand am Bug seines Bootes und warf Blicke zurück. Schließlich rief er: »Jazz, sollen wir ohne dich fahren?«

Arkens letzte Hexe kam mit langen Schritten aus dem Halbdunkel des Tunnels geeilt und stieg in den Kahn.

Barnaby stieß sie ab und rief Jazz zu: »Der Igel wird über Arken wachen, bis du zurückkehrst!«

Predator Hunter

Jazz massierte sich mit dem Daumen die Handballen. »Morgen habe ich da Blasen, aber so was von sicher«, stöhnte sie vor sich hin. Ihre Finger waren verschrumpelt, und ihr Wollmantel vom Wasser schwer. Die Abendsonne ließ den Himmel in Rot- und Violetttönen erstrahlen.

Anfangs hatte es ihr gefallen, so dahinzugleiten, die Wasservögel zu beobachten und sich von der Strömung wiegen zu lassen. Die Sonnenstrahlen brachten die Schuppen der Fische zum Funkeln und wärmten den kalten Tag. Juri paddelte unermüdlich wie eine Maschine, und das Boot pflügte durch das Wasser. Jazz konnte sich zurücklehnen und die Landschaft genießen. Die Sonnenstrahlen wärmten ihr Gesicht. Sie breitete die Arme aus, als könne sie fliegen. Zum ersten Mal nach sehr langer Zeit warteten keine Aufgaben, Verpflichtungen und kein schier endloser Strom an Problemen auf sie. Sie brauchte nichts zu tun, als auf dem Boot zu sitzen.

Der Katzbuckel und die Burgruine, die auf ihm thronte, verschwanden nach und nach aus ihrem Blick. Sie hatten die Stelle erreicht, an der der Schleier endete. Jazz blickte zur Ruine zurück und dachte an den Kampf von damals, an den Qualm und das Geräusch, als Metall auf Metall geprallt war.

Der Ritter mit der Maske hatte sich ihr genau dort entgegengestellt. Und als er die Maske abnahm, hatte dort kein Mann gestanden, sondern eine Frau. Ihre Mutter. War sie eine Ritterin des Ordens gewesen? Eine Hexenjägerin? Aber warum hatte sie sich dann für sie geopfert? Und sie hatte von ihrem Bruder gesprochen. *Bruder*. Das Wort hatte sich merkwürdig fremd auf ihrer Zunge angefühlt.

Als Jazz wieder nach vorne und aufs Wasser blickte, hielt sie plötzlich das Buch in den Händen. Hatte sie es herausgeholt? Sie konnte sich nicht erinnern. Sie strich über den dunklen Einband und die leeren Seiten. Reto hätte ihr sagen müssen, warum er ihr das Buch gegeben hatte. Aber hätte das etwas geändert? Seine Antworten waren stets so hilfreich wie ein Schild aus Papier.

Der Frierende ist dankbar für jeden Fetzen. Das hatte die Magista immer gesagt.

Sie tastete nach ihrem Diarium und hielt es neben das schwarze Buch. Sie waren sich nicht so unähnlich. Das Diarium war etwas größer und dicker. War das Buch mit dem Nachtschattenwappen vielleicht auch ein Diarium? Es war nicht das erste Mal, dass sie diesen Gedanken hatte. Doch soweit sie wusste, war die Magie von Bannkreisen und Glyphen nur den Eisenhuthexen vorbehalten.

»Du paddelst schon auch, oder, Jazz? Kann doch nicht möglich sein, dass uns die beiden einholen!«

Jazz schreckte hoch. Direkt neben ihnen flog das Boot von Diana

und Adrian vorbei. Sie verstaute die Bücher in ihrem Mantel und griff nach dem Paddel.

Inzwischen, einige Stunden später, war sie sich nicht mehr sicher, ob ihr Einsatz überhaupt einen Unterschied machte. Sie war komplett erschöpft, aber das Wettpaddeln dauerte an. Ein Blick auf das andere Boot verriet ihr, dass Adrian genauso fertig war wie sie. Er hob ermattet die Schultern und deutete auf Diana, die weiterhin wie wild paddelte. Stumm entschieden sie, dass Juri und Diana die Sache unter sich ausmachen sollten.

Die Sonne berührte den Horizont, als Jazz am Ufer einen Steg und ein niedriges Gebäude ausmachte. Auf dem Dach prangte eine Holztafel mit der Aufschrift *Zur Bachforelle*.

»Wie wäre es mit einer Pause?«, rief sie Juri und Diana zu. Doch Juri schüttelte nur den Kopf und paddelte unvermindert weiter. »Wir sind hier mitten in einem Wettrennen!«

»Und wie wäre es mit etwas zum Essen?«

Sie hatten bis auf einige Snacks aus ihrem Proviant den ganzen Tag noch nichts gegessen. Das wurde Juri offensichtlich auch klar, denn er hielt plötzlich inne und blickte zu dem Haus. Das Grummeln aus seinem Magen musste bis dorthin zu hören sein.

»Der Letzte bezahlt die Rechnung!«, rief er und stieß das Paddel in einem wilden Stakkato ins Wasser.

»Tun dir deine Hände auch so weh wie meine?«, fragte Adrian, als sie nebeneinander aus dem Boot stiegen.

»Ach, die Dinger?« Sie schüttelte ihre schlaffen Hände. »Die spüre ich schon längst nicht mehr.«

Adrian grinste und blickte Juri und Diana hinterher, die so schnell den Steg hinunterjagten, dass sie ihn dabei zum Wanken brachten. Juri stürmte voran und Diana versuchte, ihn seitlich zu überholen, aber der Steg war nicht breit genug.

»Vielleicht war es doch nicht die beste Idee, Diana mitzunehmen«, gestand Adrian, während er ihre Rucksäcke aus dem Boot fischte. Sie verstauten die Paddel und befestigten die Leinen an den Haltepfählen. »Dieses Wettrennen war höllisch!«

»Ach, weißt du«, sagte Jazz, während sie auf Adrian gestützt den Steg hinuntertaumelte, »so schnell wie heute bin ich noch nie mit Juri vorangekommen.«

Am Steg waren noch weitere Boote festgemacht. Schlanke bunte Kajaks wippten in den Wellen. Ein altes Ruderboot schien hier schon seit Jahren zu liegen. Auf der anderen Seite lag ein modernes Motorboot, das viel zu groß für den Fluss wirkte. Das Skelett eines Hechts und die Aufschrift *Predator Hunter* zogen sich in leuchtenden Buchstaben über den schwarzen Rumpf. Jazz betrachtete die Sonnensegel in Tarnfarben und die olivgrünen Kisten an Deck. »Jäger«, sagte Adrian, als er ihren Blick sah, »das bedeutet Ärger. Die Wehrwölfe verabscheuen Hobbyjäger mehr als alles andere. Seitdem ein Wolf erschossen wurde, ist das noch schlimmer geworden.«

Jazz sah sich nach Juri und Diana um, aber die stürmten schon durch die Tür in das niedrige Gebäude. Also rang sie sich ein gequältes Lächeln ab und folgte Adrian den Pfad hinauf zur *Bachforelle*. Die Wirtschaft schien die besten Zeiten schon hinter sich zu

haben. Die Fensterläden waren ausgeblichen, die Stufen zur Tür ausgetreten, aber dafür wuchsen die ersten Schneeglöckchen schon vor dem Haus. Es roch nach gebratenem Fisch und geschmorten Zwiebeln. Das reetgedeckte Dach wirkte so gemütlich wie der orange Schein, der aus den kleinen Fenstern fiel. »Immerhin bekommen wir etwas Warmes zu essen«, machte sie sich selbst Mut. Dann schritten sie über die Schwelle.

»Ich hätt' gern noch 'ne Portion Käsespätzle!« Juris Stimme schallte durch die kleine Schankwirtschaft. Einige Köpfe drehten sich in seine Richtung.

»Und ich nehm noch eine Bachforelle«, rief Diana der Kellnerin zu, die gerade Juris Bestellung notierte. Die Kellnerin hob die Augenbrauen und musterte Diana, die sich gerade die Reste der letzten Forelle in den Schlund stopfte. Dann schüttelte sie den Kopf und verschwand in der Küche.

Ein Familienvater, der mit seinen beiden Töchtern in der benachbarten Sitzecke saß, sah mit großen Augen zu ihnen hinüber. Vor Juri und Diana türmten sich bereits drei leere Teller. »Wir waren den ganzen Tag paddeln«, erklärte Jazz dem Mann und verkroch sich tiefer in ihren Mantel.

Juri, dem zwei Spätzle am Kinn klebten, blickte herausfordernd zu Diana. »Weißt du, du kannst auch einfach aufgeben«, sagte er. »Du hast dich gut geschlagen, aber selbst der Hunger eines Wolfs kann nicht mit dem eines Trolls mithalten.«

Juri richtete sich auf und präsentierte stolz seine breite Brust, auf der sich noch mehr Spätzle fanden.

»Wenn du isst, bist du mir lieber, dann redest du weniger!« Diana wischte sich mit dem Tischtuch das Bratenfett von den Lippen.

Jazz schickte ein kurzes Stoßgebet zur Mutter, dass die Kellnerin das nicht gesehen hatte. Wieso machte sie sich überhaupt all die Mühe, für Juri einen Talisman zu verzaubern, damit niemand seine Hörner wahrnahm, wenn er hier von Trollen rumkrakeelte und auch sonst alles tat, um aufzufallen? Beim Mutterschrein, der Zauber machte ihn schließlich nicht unsichtbar, sondern sorgte nur dafür, dass die Leute nicht zu genau hinsahen!

Sie versuchte, ihm einen Tritt unter dem Tisch zu verpassen.

»Ahh«, kam es von Adrian, der schmerzhaft das Gesicht verzog. »Immerhin hat Diana die Jäger noch nicht bemerkt«, flüsterte er ihr zu.

Jazz blickte unter ihrer Kapuze hervor zu dem Tisch in der hinteren Ecke. Dort saßen drei Männer und hielten sich an ihren Bierkrügen fest. Ihre Aufmachung machte mehr als deutlich, warum sie hier in der Gegend waren: Von Kopf bis Fuß steckten sie in nagelneuen Tarnklamotten. Auf einmal lachte Adrian leise. Als Jazz ihn fragend ansah, erklärte er: »Katze meint, die einzige Jagd, auf die diese Männer noch gehen, ist die nach den eigenen Zehen.« Da bemerkte auch Jazz, dass keiner der Männer seine Weste schließen konnte und ihre Bäuche dafür sorgten, dass sie ihre Gläser nur mit ausgestreckten Armen erreichten. Der Mann, von dem sie nur den Rücken sah, hob gerade den Arm, um eine weitere Runde zu bestellen.

Zumindest für den Moment scheint es keine Probleme zu geben, dachte Jazz erleichtert und sah sich im Gastraum weiter um. Nicht mehr als ein Dutzend Menschen saßen an den schlichten Holztischen, die meisten schienen Touristen zu sein, bepackt mit Gürtel-

taschen und Rucksäcken. Einige wenige Einheimische sammelten sich am Stammtisch. Vielleicht machte sie sich einfach zu viele Sorgen. Diana und Juri waren mit der nächsten Portion beschäftigt, und Adrian las erneut den Brief, den Merle geschickt hatte. Jazz fragte sich, ob er ihn inzwischen auswendig kannte. Doch sie verstand, dass er wegen Merle nervös war: Er versuchte, jene zu beschützen, die Hilfe brauchten, so wie es seine Familie schon seit Generationen tat.

Beschützen, Bewahren, Verbergen. Die Worte des Hauses Eisenhut hallten in ihrem Kopf wider.

Ein weiterer Blick in die Runde. Alle waren beschäftigt. Jazz rutschte etwas beiseite und tastete nach dem braunen Büchlein in ihrer Jacke. Niemand sah zu ihr. Sie hauchte auf die Seiten, und das Wappen erschien. Möglichst beiläufig hielt sie das Buch unter den Tisch, sodass nur sie es sehen konnte, und öffnete es. Die Seiten waren wie immer leer. Sie drehte sich etwas zur Seite, um das Buch abzuschirmen, und zog einen Füller aus ihrem Mantel. Mit schwarzer Tinte schrieb sie auf die erste Seite.

Vergeben heißt vergessen! Erinnern heißt handeln!

Sie hob das Buch hoch und so dicht vor ihre Augen, dass es ihr gesamtes Blickfeld ausfüllte. Nichts geschah. Die schwarzen Linien ihrer Handschrift ruhten unverändert auf dem Papier. Gerade wollte sie das Buch zuschlagen, als sie merkte, dass die letzten Buchstaben sich bewegten. Als würde die Tinte von etwas angezogen, floss sie über die Seite, blieb an manchen Stellen hängen und wanderte weiter. Beinahe hätte sie vor Aufregung aufgeschrien. Das Muster wirkte anfangs zufällig, doch je länger die Tinte über die Seite wanderte, desto mehr konnte sie Bruchteile von Buchstaben und schließlich sogar Worten erkennen.

Als sich die Tinte nicht mehr bewegte, stand dort, als hätte es Jazz in ihrer eigenen Handschrift geschrieben:

Dies ist das Diarium von Morgana Nachtschatten. Bist du keine Hexe des Zirkels, trifft dich mein Fluch, während du diese Worte liest.

Jazz klappte der Mund auf. Sie war eine Hexe des Zirkels ... oder nicht? Sie hatte ihre Ausbildung noch nicht abgeschlossen und war nur die Elevin einer Zirkelhexe, aber das reichte doch sicher? Die Tinte wurde wieder flüssig, lief über das Papier zu ihren Fingern. Ihre Fingerspitzen färbten sich schwarz, und die Tinte breitete sich weiter aus. Jazz wollte rufen, das Buch loslassen, aufspringen. Aber sie konnte bloß die Augen aufreißen und zusehen, wie sich die Tinte ihre Arme hinauf bewegte. Ihre Glieder wurden eisig, und Kälte breitete sich über ihre Hände bis zu den Schultern aus und legte sich schließlich über ihren Hals. Dann wurde es dunkel vor ihren Augen.

Über den Brief hinweg, warf Adrian einen Blick auf Diana und Juri, die ihm gegenübersaßen. Wie die beiden es schafften, so viel Essen in sich hineinzustopfen, war ihm schleierhaft. Okay, Juris Hunger war nichts Neues, aber wo speicherte Diana das ganze Essen?

Die leeren Teller begannen, sich zu stapeln, und Adrian war froh, dass er nicht der Letzte gewesen war, der den Steg betreten hatte. Hoffentlich hatte Jazz genügend Geld für die Rechnung dabei. Fragen konnte er sie nicht, denn ihr Kopf war gegen seine Schulter gesunken, und sie gab Schnarchlaute von sich. Das Buch lag ihr auf der Brust. Das war ungewöhnlich, aber vermutlich hatte die Rude-

rei sie einfach sehr angestrengt. Immerhin gab es ihm die Zeit, sich erneut Merles Brief anzusehen.

Die Schrift wurde mit jedem Satz deutlicher und leserlicher. Als hätte Merle von Mal zu Mal mehr Zeit gehabt, die Zeilen zu verfassen. Auch wurden die Sätze länger. Und dann der letzte Satz: Wir brauchen Hilfe!

Er war kaum lesbar. Die Tinte musste noch feucht gewesen sein, als sie den Brief zusammengefaltet hatte. Das gelbliche Papier fühlte sich weich an. Erste Risse breiteten sich von den Rändern aus. Adrian hielt ihn gegen die Lampe, die tief über dem Tisch hing. Er wurde einfach nicht schlau aus dem Brief. Was hatte es mit diesem Ritter auf sich, von dem sie sprach? Warum war Merle nicht geflohen, als er sie allein gelassen hatte? In den letzten Sätzen nannte sie ihn Gabriel und sprach von »wir«. Und die Männer in den Anzügen, vor denen sie sich versteckten? Waren das tatsächlich Verzehrer oder einfach nur Geschäftsmänner? Hatte Merle sie selbst gesehen oder vertraute sie nur auf Gabriels Wort? Egal wie oft Adrian die Zeilen las, es waren einfach zu wenig Informationen. Das Einzige, was er sicher wusste, war der Name der Stadt, in der sie sich versteckte: Grotenheim. Er hatte es nachschlagen müssen und den Ort nur in alten Karten seiner Tante gefunden. Eine kleine Stadt irgendwo im Nirgendwo des Taunus. Als er den Namen in sein Handy eingab, zeigte die Internetsuche keine Ergebnisse. Er fuhr sich mit den Fingern durch die Haare und kramte in seinem Rucksack nach der Karte. Hier war Grotenheim in einem Seitenarm des Rheins eingezeichnet – vermutlich der Fluss, in den die Lethe mündete. Sie sollten die Stadt also per Boot erreichen können. Er krümmte seine Finger. Wie weh das tat! Wenn sie bis dorthin paddeln müssten, würde er sie wohl gar nicht mehr bewegen können.

»Wir nehmen noch ’ne Runde«, klang es von den drei Jägern. Die Kellnerin eilte in ihre Richtung davon. Adrian blickte zu Diana, die damit beschäftigt war, sich einen weiteren Bissen Forelle in den Mund zu schieben. Inzwischen allerdings deutlich langsamer.

Einer der drei Männer – er trug orangefarbene Hosenträger über einem Muskelshirt in Tarnfarben – redete auf die Kellnerin ein. Adrian konnte nicht verstehen, worum es ging, aber der Mann zeigte nach draußen. Als Adrian seiner Geste folgte, sah er das Boot. Der Rumpf der *Predator Hunter* schaukelte sanft auf den Wellen. Als die Kellnerin den Rückzug antrat, rief ihr der Mann mit den Hosenträgern hinterher: »Überleg es dir, Hübsche, so ein Boot kannst du nicht alle Tage von innen sehen.«

Die anderen beiden klopften ihrem Kumpel auf die Schulter. Es war höchste Zeit zu gehen, dachte Adrian. Die drei Männer wurden entschieden zu laut. Diana und Juri hockten müde hinter ihren Tellern. Juri öffnete seinen Gürtel, und Diana sah so aus, als würde sie sich die Forelle gleich noch mal durch den Kopf gehen lassen. Lediglich die Angst vor einer Niederlage ließ sie den nächsten Happen hinunterwürgen. Adrian legte den Brief beiseite.

»Ich glaube, wir sollten uns auf den Weg machen und uns einen Fleck suchen, wo wir unsere Zelte aufschlagen können. Jazz ist auch schon eingeschlafen und …«

Juri rülpste so laut, dass der Tourist am Nachbartisch die Gabel fallen ließ.

»’Tschuldigung«, kam es deutlich leiser von Juri. »Muss mal verschwinden.« Damit stand er auf und lief in den hinteren Bereich der Schänke. Adrian war nur überrascht, dass es so lange gedauert hatte.

»Magst du noch?«, fragte ihn Diana mit vollen Backen und schob

ihm den Teller zu. Adrian konnte den flehenden Blick nicht ignorieren und nahm ihr einige Bissen ab.

»Danke«, kam es so leise von Diana, dass Adrian es fast überhörte. Er nickte. »Auch, weil du mich mitgenommen hast.« Adrian ließ die Gabel sinken. Diana wischte sich mit dem Handrücken über das Gesicht. Auf einmal wirkte sie so klein in dem großen Pullover, versunken hinter dem Stapel aus Tellern.

»Willst du mir sagen, was bei den Wehrwölfen los ist?«

Diana blickte auf die Gräten vor ihr und stocherte mit der Gabel darin herum. »Malinka meint, was mit Titus passiert ist, sei meine Schuld.«

Adrian hob fragend eine Augenbraue. »Weil ich dich geholt hab. Sie meint, sonst wäre Tonius nicht gestorben und Titus nicht in dieser Gestalt gefangen.«

Nein, er wäre dann sicher im Bauch von einem der Wölfe verschwunden.

Adrian atmete laut aus und teilte Diana mit, was Katze dachte. »Alles an dem Abend hätte noch viel schlimmer kommen können. Wenn Malinka jemandem die Schuld geben will, sollte sie …«

»Seht euch den an!« Adrian hielt inne. Einer der Männer mit einem speckigen Basecap hatte seine Hand erhoben und zeigte auf Juri, der gerade den Schankraum betrat. »Diese langen Haare! Der könnte glatt die neue Kellnerin geben. Die alte ist eh ziemlich zickig.«

Adrian lief es kalt den Rücken herunter. »Sag mal, Diana, wollen wir nicht rausgehen? Ich glaube, ich brauch mal frische Luft«, drängte er.

Juri hatte inzwischen den Tisch der Jäger erreicht und grinste sein Trollgrinsen. »Besten Dank. Mein Lehrer sagt immer, man sollte die Haare lang tragen, solange sie noch wachsen.« Er zwin-

kerte dem einen der Männer zu, der eine Halbglatze trug, und ergänzte: »Spart im Winter auch die Mütze«, und ging weiter.

Adrian erhob sich schon, aber als Diana Juris Stimme hörte, drehte sie sich um. Ihre Haltung veränderte sich, als würde alle Müdigkeit mit einem Schlag von ihr abfallen.

Halbglatze umklammerte sein Glas und rief Juri hinterher: »Hey, Dorftrottel. Das war kein Kompliment. Warum besorgst du dir kein Kleidchen passend zu deinen Halskettchen?«

Noch bevor Adrian den Arm ausstrecken konnte, war Diana aufgesprungen. Einen Wimpernschlag später hatte sie sich zwischen Juri und den Jägern aufgebaut. Sie schob die Ärmel ihres Pullovers hoch und funkelte die Männer an.

»Macht ihr euch gerade über meinen Freund lustig?«

Die Männer grölten. »Jetzt muss sich das Mädchen auch noch von 'nem kleineren Mädchen verteidigen lassen.« Der Glatzkopf nahm einen Schluck von seinem Bier und schüttelte den Kopf. »Die echten Männer sterben aus.«

Diana machte einen Schritt auf den Glatzkopf zu.

»Die echten Männer, die drei Liter Bier brauchen, um sich zu dritt über einen lustig zu machen, sind leider noch nicht ausgestorben. Wann seid ihr echten Männer das letzte Mal weiter als vom Klo bis zum Auto gelaufen?«

»Sei lieber still, Mädchen.«

Aber Diana war noch lange nicht fertig.

»Mein Freund würde euch alle drei in die Tasche stecken. Das würde sogar ich schaffen. Ihr kommt ja ohne fremde Hilfe nicht mal von den Sitzen hoch.«

Stühle quietschten, als sich Halbglatze und Baseballkappe erhoben und drohend vor Diana aufbauten.

Adrian und die Kellnerin erreichten im gleichen Augenblick den Tisch.

»Okay, vielleicht sollten wir uns alle …«

»Dein Kumpel und seine kleine Freundin sollen sich bei uns entschuldigen!«, verlangte der Mann mit den Hosenträgern.

»Eher friert die Hölle zu!«, knurrte Diana.

Die Kellnerin schob Adrian beiseite. Ihr Tonfall machte deutlich, dass sie solche Situationen schon allzu oft erlebt hatte. »Meine Herren, es gibt wohl nur einen Weg, das hier friedlich zu klären …«

Kurz darauf war der Tisch abgeräumt und der dickste der Männer hatte sein Hemd hochgekrempelt und stützte herausfordernd seinen Arm auf den Tisch.

Juri rieb sich freudig die Hände und wollte sich gerade gegenübersetzen, als der Hosenträger höhnte: »Wenn Rainer gewinnt, schneiden wir dem Burschen die Haare!« Die drei Jäger grölten. Die Kellnerin zog einen Block aus ihrer Schürze und blickte zu den Männern. »Und was bekommen die beiden, wenn ihr verliert?«

»Das Boot«, schlug Adrian spontan vor.

»Auf keinen Fall«, empörte sich der Hosenträger. »Ich habe Jahre gebraucht, die *Predator Hunter* herzurichten!«

»Ich hab Jahre gebraucht, mir die Haare wachsen zu lassen«, hielt Juri dagegen.

Der Mann verschränkte nur die Arme vor seiner Brust.

»Haben die alten Männer, die im Sitzen jagen, vielleicht weniger Schiss, wenn ich antrete?«

Diana setzte sich an den Tisch und griff nach Rainers Hand.

Der Hosenträger grinste breit, gab der Kellnerin den Schlüssel und rief Juri zu: »Freu dich schon auf deinen Kahlkopf, Mädchen.«

Juri beugte sich zu Diana: »Lass mich jetzt bloß nicht hängen.

Hat wirklich ewig gedauert, bis sie so lang waren.« Diana nickte nur und funkelte ihren Gegner an.

Rainer drehte die Kappe herum und ragte über Diana auf wie ein Berg aus Olivgrün. Ihre kleine Hand verschwand in seiner fleischigen Faust. »Keine Angst, ich mach's kurz.«

Die Kellnerin griff die beiden verschränkten Hände. »Auf die Plätze, fertig, los!«

Am Anfang geschah überhaupt nichts. Die Arme verharrten genau in der Mitte. Keiner schien den anderen herunterdrücken zu können. Langsam färbte sich Rainers Gesicht rot. Seine beiden Kumpel feuerten ihn lautstark an. Der Tisch begann zu wackeln. Schweiß bildete sich auf der Stirn des Jägers. Als er zu Diana herüberspähte, weiteten sich seine Augen vor Entsetzen. Kein Wunder: Sie zeigte keinerlei Erschöpfung, sondern blickte ihn nur neugierig an wie eine Ameise unter einem Vergrößerungsglas.

Seine beiden Kumpel verstummten. Auch auf ihren Gesichtern funkelte jetzt der Schweiß. Der Blick des Hosenträgers schoss zwischen Diana und seinem Boot hin und her. Dann verzog sich Dianas Gesicht zu einem wölfischen Lächeln.

Als Adrian etwas später das Boot betrat, stand der Mond schon am Himmel. Juri trug die noch immer schlafende Jazz an Bord und nickte Diana anerkennend zu.

»Da hast du dir aber ein hübsches Gefährt ausgesucht.«

Diana grinste und balancierte auf der Reling. Adrian ließ seinen Rucksack auf das Deck fallen.

»Ich bin jedenfalls nicht böse, nicht den ganzen Weg bis nach

Grotenheim paddeln zu müssen.« Das Boot war ein echter Glücksfall. So groß, wie es war, würden sie alle an Bord schlafen können. »Wirklich klasse, dass du uns das Boot beschafft hast, Diana.« Er sah das Mädchen an. »Aber musstest du ihm wirklich den Unterarm brechen?«

Diana zwinkerte ihn aus Wolfsaugen an. »Der Arm wird so schnell kein Gewehr mehr abfeuern.«

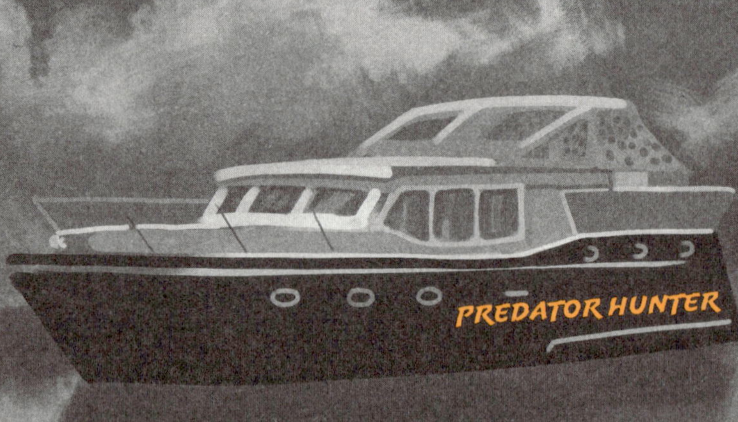
PREDATOR HUNTER

Zimtschnecken und Naschkatzen

Wie ein schlafendes Kind hatte Juri Jazz in die Kabine des Boots getragen und mit ihrem Schlafsack zugedeckt. Sie hatte nicht einmal geblinzelt. Außer gelegentlichem Murmeln war von ihr nichts zu hören gewesen. Erst hatten sie überlegt, Jazz aufzuwecken, aber Juri hatte gemeint, dass es ihre erste ruhige Nacht seit Langem sei und sie ihr auch morgen alles erklären könnten. Also hatten sie ihre Rucksäcke unter Deck verstaut und waren mit der *Predator Hunter*, die Diana in »Predi« umgetauft hatte, den Fluss hinuntergefahren, bis sie in einer Bucht Platz zum Ankern gefunden hatten.

Diana wäre gern noch weitergefahren. Das Boot ließ sich einfach bedienen und folgte sofort jeder Bewegung des Lenkrads. Aber Adrian war müde, das monotone Tuckern des Motors hatte ihn zunehmend schläfrig gemacht. Und Juri ging es nicht anders. Also ankerten sie und beschlossen, alle Fragen auf morgen zu verschieben.

Als Adrian die Stufen in die kleine Kajüte hinuntertaumelte, wäre er fast im Stehen eingeschlafen. Mit geschlossenen Augen sank er neben Jazz, die gerade von Juri mit seinem Schlafsack zugedeckt wurde, auf die breite Liegefläche. »Den brauch ich eh nicht, und sie friert doch so leicht«, erklärte er Adrian, dem alles recht war, solange er nur die Augen schließen konnte. Jazz murmelte Unverständliches und wälzte sich im Schlaf umher.

»Schau dir das an. Selbst im Traum hält sie ihre Magie fest.« Juri deutete auf das braune Buch in Jazz' Fingern. Dann gähnte er ungeniert und streckte sich lang aus. Kurz darauf passten sich seine Atemzüge dem Schaukeln des Bootes an. Adrian rollte sich neben ihm zu einer Kugel zusammen, bereit, den Schlaf zu umarmen. Diana hatte es sich trotz der Kälte auf dem Deck bequem gemacht.

Nachdem er einige Minuten Juris Atemzügen gelauscht hatte, stellte Adrian fest, dass er selbst immer noch wach war. Seine Augenlider waren schwer, doch wenn er sie schloss, wartete kein Schlaf auf ihn.

Die Decke der Kajüte war niedrig. Er konnte sich nicht aufrichten, ohne sich zu stoßen, und der Geruch nach Imprägnierspray, Gummi und Fisch brannte in seiner Nase. Das Boot war still und doch voller Geräusche. Wellen, die leise gegen den Rumpf plätscherten. Der ferne Ruf eines Nachtvogels. Juris Grunzen, das sich mit den gelegentlichen Seufzern von Jazz vermischte.

Adrian legte die Finger an die Außenwand des Bootes, ohne genau zu wissen, warum, aber spürte nichts als das Schaukeln. Trotzdem hatte er ein ungutes Gefühl, was ihre Errungenschaft betraf. Vielleicht wegen der Art und Weise, wie sie zu dem Boot gekommen waren, überlegte er. Die Männer hatten nicht wissen

können, dass sie gegen Diana keine Chance hatten. Auf der anderen Seite durften nun einige Tiere länger in Frieden leben.

Trotzdem fühlte sich Adrian hier an Bord wie ein Eindringling. Dass es nur eine einzige Fluchtmöglichkeit aus der Kajüte gab, machte es nicht besser. Jedes Mal, wenn er die Augen schloss, ließ ihn ein ungewohntes Geräusch wieder hochschrecken. Doch wenn er aus dem Bullauge blickte, war dort nichts als der vom Mond beschienene Fluss. Als er endlich in einen traumlosen Schlaf wegdämmerte, holte ihn eine Stimme zurück.

»Beim Mutterschrein!« Jazz' Schrei erklang viel zu laut in der engen Kabine. Ein Schlafsack raschelte. Etwas polterte zu Boden, und Adrian spürte einen Stoß in der Seite. Als er mit halb geschlossenen Augen versuchte, etwas zu erkennen, bohrten sich grelle Lichtblitze in seinen Schädel. Adrian riss die Hände vor die Augen und stieß sich dabei den Ellenbogen an der niedrigen Decke.

Stöhnend blinzelte er gegen das grelle Licht an.

»Alles okay, Adrian?«

Juris gehörnter Schädel beugte sich über ihn, und der Troll zog ihn in eine sitzende Haltung hoch. Adrian rieb sich den Schlaf aus den Augen. »Bin in Ordnung«, nuschelte er. Jazz starrte ihn aus großen Augen an.

»Wo sind wir? Und was ist überhaupt passiert?«, fragte sie mit kratziger Stimme.

Juri richtete die Taschenlampe auf sie, während die Hexe sich in der Kajüte umsah und gegen das Licht anblinzelte.

Weil sowieso keiner von ihnen mehr schlafen konnte, kletterten sie an Deck, wo Diana auf der Reling saß. Adrian fragte sich, ob sie überhaupt geschlafen hatte oder ob sie dort die ganze Nacht wie Spiderman gehockt und Wache gehalten hatte. Jazz sah sich um,

suchte zuerst das Ufer ab und blickte dann über das Deck. Nach einer Weile schien sie zu ahnen, wo sie war. Ihr blieb der Mund offen stehen. »Bitte sagt mir, dass wir uns nicht an Bord von dem Jägerschiff befinden.«

Adrian setzte sich auf die Sitzbank, die am Heck des Bootes in Form eines großen U angebracht war, und überließ es Juri zu antworten. Er selbst massierte sich den schmerzenden Nacken, während er sich gegen die weichen Polster lehnte. Bei Jagdausflügen mochte man es offensichtlich gemütlich.

Juri ließ sich nicht lange bitten und erzählte mit glänzenden Augen von den Jägern und wie sie ihn angepflaumt hatten. Diana unterbrach ihn gelegentlich mit Kommentaren wie: »Wer im Sitzen jagt, pinkelt auch im Stehen, und beides sorgt immer für eine Sauerei« oder »Solche Typen sind nie alleine unterwegs, weil sie sich selbst nicht ausstehen können.« Besonders ausführlich erzählte Juri vom Armdrücken. Als der Morgen dämmerte, berichtete er noch immer von dem Zweikampf. »Der Kerl wog sicherlich 120 Kilo. Aber Diana zuckte nicht einmal, als er versuchte, ihren Arm zu Boden zu drücken.« Er rubbelte die Handflächen gegeneinander und stieß Diana mit der Schulter an. »Jazz, wirklich, du hättest es sehen sollen! Wie sein Kumpel sich plötzlich panisch nach dem Boot umgesehen hat, als ihm klar wurde, dass sein Freund verlieren wird!« Juri lachte und trommelte gegen die Reling.

»Und dann der Blick, als wir an Bord gegangen sind. Ich möchte wetten, die Männer haben einige wenig freundschaftliche Worte gewechselt.«

Jazz betrachtete Diana mit großen grünen Augen und ließ dann den Blick über das Boot schweifen. Auch Adrian sah sich noch einmal gründlich an Bord um. Das Cockpit war über wenige Stufen

erreichbar, und die Tarnnetze, die darübergespannt waren, sollten wohl Schutz vor der Sonne bieten. Die Kajüte, in der sie die Nacht verbracht hatten, war am Bug untergebracht. Das Heck bot genügend Platz für sechs Personen plus Ausrüstung. Die *Predator Hunter* mochte zwar schon einige Jahre auf dem Buckel haben, war aber noch immer gut in Schuss. Nach einer Weile nickte Jazz, und ihr Mund verzog sich zu einem Lächeln.

»Gut gemacht. Dann haben wir jetzt also ein eigenes Motorboot? Das sollte unsere Reise um einiges vereinfachen.«

Irrte sich Adrian, oder stand Diana nach diesen Worten etwas aufrechter? Auf jeden Fall schien sie es kaum erwarten zu können, weiterzufahren. »Komm, Juri, lass uns den Anker lichten und irgendwo hinfahren, wo wir was zum Essen bekommen«, rief sie und balancierte auf der Reling zum Bug des Schiffs.

Juri streckte sich, bis die Knochen knackten. »Aber nicht mit der Ankerwinde. Das machen wir von Hand. Ist eh an der Zeit für ein Morgentraining.« Er folgte ihr weniger elegant, aber doppelt so laut und ließ Jazz mit Adrian allein zurück.

Adrian zog seine Jacke enger um sich und streckte die Füße auf der Bank aus. Es war zwar kalt, aber deutlich bequemer als in der engen Kajüte. Jazz tat es ihm gleich, und eine Weile beobachteten sie nur das Wasser, das an ihnen vorbeizog. Das Gurgeln der Strömung klang wie Gelächter. Die kahlen Zweige der Uferbäume winkten ihnen zu, während der Himmel zunehmend silberner wurde. Nur gedämpft drangen Dianas und Juris Stimmen zu ihnen.

»Ich hatte eigentlich gedacht, dass Juri den Löwenteil des Ruderns übernommen hätte«, sagte Adrian in die Stille, ohne Jazz anzusehen.

Sie zuckte mit den Schultern und blickte zu den goldenen Bäuchen der Wolken. »Na, das hat er doch auch.«

Adrian sah sie kurz an, registrierte, wie die Zeichnungen auf ihrer Haut sich langsam um ihre Hände wanden. »Aber warum warst du dann so müde? In Arken hattest du immer viel zu tun, aber ich hab noch nie erlebt, dass du am Tisch eingeschlafen bist.« Er schickte eine Wolke Atemluft in den Himmel und spürte, wie Jazz ihn dabei musterte. Es dauerte einen Moment, bis sie antwortete.

»Hmmm, das Rudern muss mich wohl doch mehr anstrengt haben, als ich dachte.«

»Verstehe.« Adrian wollte noch mehr sagen, doch entschied sich, seine Gedanken für sich zu behalten. Also nickte er nur und blies in seine Hände. Auch wenn die ersten Sonnenstrahlen ihn wärmten, war die Luft noch frisch. Aus den Augenwinkeln sah er, wie Jazz nach etwas in ihrem Mantel tastete. Dann schien sie es gefunden zu haben, denn ihre Züge entspannten sich, und sie lehnte sich zurück. Was war eigentlich los mit ihr? Sie war so ganz anders als sonst. Es war nicht das, was sie sagte oder tat, doch sie wirkte viel mehr als nur den einen Meter entfernt.

»Jazz, du bist okay, oder?«

Die Hexe drehte ihm den Kopf zu. Ihre Ohrringe gaben klingelnde Laute von sich. Dann griff sie nach Dianas Schlafsack, um ihn sich um die Schultern zu legen.

»Mach dir keine Sorgen. War einfach nur ein verdammt langer Tag.«

Adrian nickte wieder. Jeder hat ein Recht auf seine eigenen Geheimnisse und sein eigenes Unglück. Er stimmte Katze in Gedanken zu und blickte auf die bleiche Scheibe, die sich über den Horizont schob.

Irgendwann schienen ihm die Augen zugefallen zu sein, denn als ihn etwas anstupste, musste er die Hand heben, um nicht geblendet zu werden. Die Sonne stand schon hoch am Himmel. Es duftete angenehm nach Minze. Adrian brauchte einen Moment, bis er den Teebecher bemerkte, den Diana ihm hinhielt. Er setzte sich auf und nippte an dem Tee. Süße Wärme breitete sich in seinem Mund aus. Er lächelte, und Diana setzte sich neben ihn. Juri, der auf der anderen Seite neben ihm hockte, reichte Adrian eine Tüte mit Brötchen. Vor ihm saß Jazz.

»Ihr habt Frühstück geholt?«

Jazz hob die Schultern. »Ich konnte ihn nicht aufhalten. Sein Magen hat so viel Lärm gemacht, dass man es bestimmt noch in Arken gehört hat.«

Adrian schmunzelte und griff in die Tüte.

»Mhm, eine Zimtschnecke!« Er biss hinein und spürte erst jetzt, wie hungrig er war. Juri legte die dicken Arme auf die Lehne.

»Wir wissen ja, du bist ...«, er beugte sich verschwörerisch vor, »eine Naschkatze!«

Eine Weile saßen sie kauend da. Dann fragte Diana: »Wie ist denn eigentlich der Plan?«

Adrian wechselte einen Blick mit Juri und Jazz. Als Jazz ihm zunickte, holte er die Karte aus seinem Rucksack und breitete sie auf dem Tisch aus. Seinen Teebecher stellte er auf den unteren Rand.

»Wir sind ungefähr hier.« Er deutete auf einen Punkt weiter oben auf der ausgeblichenen Karte. »Und hier ist Grotenheim.« Er fuhr mit dem Finger das blaue Band entlang, das sich vom Teebecher bis nach Grotenheim erstreckte.

»Ihr glaubt, dass Merle noch immer dort ist?«

Adrian nickte zögerlich. »Aber es sieht so aus, als ob in Groten-

heim einige Probleme auf uns warten. Die Stadt ist nur auf alten Karten zu finden. Und es scheint dort auch Verzehrer zu geben.«

Diana gab ein Knurren von sich. Sie hatte nicht vergessen, dass ein Verzehrer für den Angriff der Ghule und die Tötung eines Wolfs verantwortlich war.

»Außerdem treiben sich dort auch Ritter des Ordens herum«, sagte Juri.

»Und wir haben keine Idee, wie wir Merle finden, wenn sie sich nicht mehr in der Lagerhalle verstecken sollte.«

Dianas Zweifel waren ihr im Gesicht abzulesen. Mit jedem Satz wurden sie deutlicher. »Okay, und wenn wir Merle trotz allem gefunden haben, was dann? Glaubt ihr, sie lassen uns einfach so gehen?«

Jazz griff in die Innentasche ihres Mantels.

»Da habe ich gute Neuigkeiten. Sobald wir Merle gefunden haben, bringt uns das hier wieder direkt zurück nach Arken.«

Sie legte einen großen verschnörkelten Schlüssel auf die Karte.

Diana blickte von dem Schlüssel zu Jazz. »Wie kann uns der wieder zurückbringen?«

Auch Juri beugte sich weit über den Tisch und tippte sacht gegen den Schlüssel, der sich langsam um seine Achse drehte. »Mit Magie!«

Diana hob die Füße auf die Bank und zog die Hände zurück in die Ärmel. »Also, das heißt: Wir reisen an einen Ort, den es nicht gibt, um ungesehen nach Merle zu suchen, von der wir nicht wissen, ob sie noch da ist, und dann mit Magie zu entkommen?«

Alle drei nickten. Juri wesentlich optimistischer als Adrian und Jazz.

»Und ich dachte, Malinkas Pläne wären mies«, flüsterte Diana gerade laut genug, dass Adrian sie verstehen konnte.

Das war jetzt zwei Tage her. Seitdem fuhren sie mit der Predi die Lethe stromaufwärts. Das Boot tuckerte gemächlich dahin. Anfangs beschwerte sich Adrian, dass sie mit ihren alten Kähnen, die sie im Schlepptau hinter sich herzogen, auch nicht langsamer gewesen wären. Aber irgendwann gewöhnte er sich an das gemächliche Tempo.

Diana hatte die Kisten der Jäger durchsucht und Munition und Jagdgewehre über Bord geworfen. Niemand sollte mit einem Fingerzucken töten können, hatte sie sie wissen lassen. Über die Konservendosen, von denen sie sich nun ernährten, hatte sie sich gefreut. Bis auf ein paar Angler, die ihnen von Ruderbooten aus zuwinkten, waren sie niemandem begegnet, und Adrian war dankbar dafür. Denn vier Teenager, die sich auf einem Motorboot herumtrieben, wären vielleicht so manchem aufgefallen, und es hätte unangenehme Fragen geben können.

So aber blieben sie unbehelligt.

Juri war vor allem damit beschäftigt, an der Reling zu hängen und Klimmzüge zu machen oder mit der Ankerkette auf den Schultern auf und ab zu springen, während ihn Diana anfeuerte. Jazz saß die meiste Zeit im Heck und steckte ihre Nase in das braune Buch. Ab und zu sah Adrian, wie sie etwas hineinschrieb. Einmal hatte sie ihre Medaillons und andere Gegenstände auf dem Tisch ausgebreitet, doch als er näher kam, ließ sie alles in ihrem Mantel verschwinden und verwickelte ihn in ein Gespräch über ihre Vorräte und wie Juri und Diana miteinander auskamen. Adrian ahnte, dass es Geheimnisse des Zirkels gab, die nur für Hexen bestimmt waren. Schließlich verriet er ihr auch nicht alles, was Katze ihn wissen ließ. Und trotzdem versetzte es ihm einen Stich, als er mitbekam, wie sie die Gegenstände wieder auf den Tisch legte, kaum dass er gegangen war.

Diana bestand darauf, das Boot zu lenken. »Immerhin ist es ja mein Boot, und außerdem ist es kinderleicht. Man muss nur den Schlüssel umdrehen, an diesem Hebel ziehen und am Lenkrad drehen«, ließ sie Adrian wissen, als er fragte, ob sie nicht mal abgelöst werden wolle. Die meiste Zeit saß sie auf dem Kapitänssessel, wie sie ihn nannte, lenkte mit den Füßen, blickte das Ufer entlang und spielte mit einem kleinen Gegenstand, den Adrian nicht so richtig erkennen konnte.

»Hat Barnaby dir das gegeben?«, fragte er daher, als er sie wieder einmal so sitzen sah. Diana schloss die Finger um den Gegenstand und verbarg ihn in ihrer Faust.

Adrian setzte sich zu ihr und tastete nach seinem Katzentalisman, doch den hatte er in der Zisterne zurückgelassen. So fand er nur einen langen harten Gegenstand in seiner Tasche.

»Weißt du, Barnaby hat mir auch mal etwas geschnitzt.«

Diana sah ihn misstrauisch an. Fürchtete sie, dass er ihr Geheimnis erraten hatte? »Eine Katze, die er aus einem Avocadokern geschabt hat. Irgendwie hat es mir geholfen, meinen Weg zu Katze zu finden.«

Diana legte den Kopf schief. Dann streckte sie langsam die Hand aus und öffnete sie, ohne etwas zu sagen.

Adrian brauchte eine Sekunde, bis er die Schnitzerei erkannte. Sie war so lang wie sein kleiner Finger und zeigte einen aufrecht gehenden Wolf. *Titus …* Adrian hatte schon länger nicht mehr an ihn gedacht. Seit er das Wolfsgeheul nicht mehr hörte, wanderten seine Gedanken kaum noch in den Forst.

»Ich frage mich oft, wie es ihm geht«, gab Diana leise zu. »Aber wenn ich das hier in den Händen halte, fühlt es sich an, als wäre Titus nicht so weit weg.« Sie schloss die Finger wieder zu einer Faust. »Ich mach mir Sorgen, wie es ihm geht.«

»Das Rudel wird sich um ihn kümmern, bis wir zurück sind«, versuchte Adrian, sie zu beruhigen.

Diana schüttelte den Kopf, dass ihre langen silbernen Haare flogen. »Das Rudel hat ihn nie aufgenommen, weil er den Ruf des Wolfes nicht akzeptiert hat.«

Also seid ihr beide vom Rudel ausgestoßen, wollte er sagen, schluckte die Worte jedoch herunter. Stattdessen fuhr er mit der Hand in die Tasche und umklammerte das kleine Schnitzmesser, das Barnaby ihm gegeben hatte. Manche Botschaften verlangten nicht nach Worten.

Obwohl Juri Jazz' Talisman um den Hals trug, entschieden Adrian, Jazz und Diana, so selten wie möglich anzulegen. Juri war davon wenig begeistert. Die kalten Dosenravioli und das enge Boot entsprachen nicht seiner Vorstellung von einem Abenteuer. Doch die anderen wollten auf Nummer sicher gehen.

Als sie schließlich am dritten Tag an einem kleinen Hafen in Bitterfurt anlegten, sollten daher auch nur Jazz und Adrian das Boot verlassen. Juri wandte ein, man würde Jazz' Zeichnungen auf der Haut doch auch sehen können. Und ihn würde der Zauber vor ungewollten Blicken schützen. Aber am Ende sah er ein, dass er selbst mit Talisman Aufmerksamkeit erregen würde. Diana meinte, sie habe eh kein Interesse, ihr Boot zu verlassen. Allerdings glaubte Adrian, dass sie insgeheim nur dort blieb, um Juri Gesellschaft zu leisten.

Bitterfurt bestand aus einer Handvoll schräger Häuser und einem steinernen Gebäude, in dem die Hafenmeisterei und ein kleiner Lebensmittelladen untergebracht waren. Dort deckten sie sich mit allem ein, was sie in den letzten beiden Tagen vermisst hatten. Nach einem Blick in ihr Portemonnaie legte Jazz die Stirn in Falten, schien einen Moment zu überlegen und griff schließlich nach ihrem roten Diarium. Adrian sah erstaunt zu, wie sie eine Seite heraustrennte und sie dem älteren Verkäufer mit der Kapitänsmütze reichte. Der Alte blickte erst verwundert auf die Zeichnung, doch dann nickte er nur und legte die Seite zu den Geldscheinen in seine Kasse.

Als sie den kleinen Laden verließen, gewann Adrian nur langsam seine Fassung wieder. »Was war das denn?«, fragte er.

Jazz zuckte nur mit den Schultern. »Wir haben fast kein Geld mehr. Bei dem, was Juri und Diana verdrücken, musste ich mir etwas einfallen lassen.«

Adrian blieb der Mund offen stehen, als sie das rote Büchlein wieder in ihrem Mantel verschwinden ließ. Seit wann hatte Jazz solche Fähigkeiten? Doch er sagte nichts. Schließlich wollte er so schnell wie möglich zu Merle, und wenn sie sich dafür um Hafengebühren und Lebensmittelkosten drücken mussten, dann war das eben so. Wie Jazz das hingedreht hatte, würde sie ihm schon irgendwann erzählen. Eins war ihm allerdings aufgefallen: Jazz verbarg mehr als ein Buch in ihrer Jacke. Hatte sie neuerdings ein zweites Diarium – vielleicht für den Fall, dass eines zerstört würde?

Als sie die Predi wieder erreichten, stürzten sich alle auf das Brot, die Tomaten und den Käse, den sie gekauft hatten. Juri streckte sich und legte sich der Länge nach auf die Bank.

»Ist doch nett, die Nacht in einem Hafen zu verbringen. Vielleicht können wir später die Leute hier fragen, wie es weiter stromaufwärts aussieht. Ich hätte auch nichts gegen frische Brötchen zum Frühstück.«

Adrian schüttelte den Kopf. Zu seiner Überraschung tat es ihm Jazz gleich.

»Ich glaube, wir sollten lieber weiter die Lethe hinauffahren. Sie warten in Arken auf uns. Umso schneller wir zurückkehren, desto besser«, sagte Jazz.

Juri blickte zum Horizont.

»Aber es dämmert bereits. Wenn es dunkel wird, sollten wir besser vor Anker liegen.«

Adrian nickte. »Du hast recht, aber die Predi hat Laternen, und die Fahrrinne wird eh freigehalten. Wir müssen nur Ausschau nach den Schildern halten.«

Jazz stimmte ihm zu. »Wenn wir noch ein paar Stunden weiterfahren, könnten wir schon morgen in Grotenheim sein.«

Juri blickte zu Diana. Die zuckte nur mit den Schultern. »Ist wirklich nicht so schwierig. Wir brauchen nur in der Mitte zu bleiben, und die Schilder sind ja kaum zu übersehen.«

Der Troll seufzte, warf der Bäckerei gegenüber sehnsuchtsvolle Blicke zu und biss in sein Käsebrot.

Adrian hatte sich einen herabhängenden Zweig abgebrochen und bearbeitete ihn mit dem Schnitzmesser. Er blickte zurück auf die beiden Boote im Schlepptau, während Holzspäne ins Wasser rieselten. Die Rinde löste sich leicht von dem toten Ast, aber das Holz

wich nur groben Spänen unter der Klinge. Wie schaffte es Barnaby nur, solche feinen Figuren aus dem Holz zu locken? Adrian war schon mit dem Anspitzen eines Zweigs überfordert.

Juri, der neben ihm hockte, packte eine kleine Holzschachtel aus seinem Seesack.

Der Himmel war blutrot, und die Nacht breitete schon ihren Mantel aus. Neben dem Tuckern des Motors erklang ein leises Summen, als die Scheinwerfer am Bug der Predi eingeschaltet wurden.

»Das ist Turnai!«, sagte Juri und deutete auf die hölzerne Pyramide, die er in der Hand hielt. »Björn sagt, während früher die Könige Schach spielten, spielten die Ritter Turnai.« Er erklärte voller Begeisterung, dass es drei verschiedene Figuren, Ritter, Knappen und Späher gab, die darum kämpften, die Pyramide zu kontrollieren. Aber Adrian hörte nur mit halbem Ohr zu. Während er versuchte, dem Ast eine Spitze zu verpassen, wanderten seine Gedanken zu Jazz.

Was machte sie mit den beiden Büchern? Seit wann konnte sie Zeichnungen wie Geld benutzen? Und wieso wollte sie die Nächte durchfahren – er selbst war zwar auch dafür, aber für Jazz klang das ungewöhnlich.

Je länger er darüber nachsann, desto schwerer wurde es für ihn, den Stock in den Händen zu halten. Schließlich fielen ihm die Augen zu.

Der Boden unter seinen Pfoten war feucht. Es roch nach Fischatem und kalten Steinen. Er hörte das Gurgeln des Wassers und wusste, dass sich Fische darin versteckten. Geschmeidig wie ein Schatten glitt er auf den Baumstamm, der über das Wasser ragte. Im Schatten der Äste sah er es silbern im Wasser glitzern. Er duckte

sich. Sein Schwanz pendelte wild hinter ihm. Der Wind drehte, worauf etwas Fremdes, Fauliges in der Luft lag. Weit über ihm schlugen Schwingen und verdunkelten das schwache Licht. Er duckte sich tiefer. Sein Körper presste sich auf den Stamm. Seine Krallen bohrten sich in die Borke. Unter ihm schwamm ahnungslos die Beute, über ihm erschallte der hohe Ruf eines Raubvogels. Er spannte sich zum Sprung.

»Adrian!«, etwas rüttelte an seinem Arm. »Adrian, wach auf!« Er öffnete die Augen und sah Juris Gesicht viel zu dicht vor sich. Das Muster auf seiner Haut, die gebogenen Hörner und die roten Pupillen. Der Troll hatte ihn beim Arm gepackt.

»Was ist denn …?« Aber Adrian brauchte den Satz nicht zu beenden. Er sah selbst, was los war. Um sie herum hatte sich dichter Nebel gebildet, die Sicht reichte gerade noch bis zum Ufer. Die Sonne war längst untergegangen. Wo nicht die Scheinwerfer als weiße Strahlen den Nebel erhellten, war es dunkel.

»Der Nebel ist vor ein paar Minuten aufgezogen und wird seitdem immer dichter.«

Adrian stützte sich auf die Reling und hievte sich in die Höhe. Das Boot schwankte unter ihm.

»Fahren wir etwa noch?«

Juri nickte. »Jazz fürchtet, wenn wir direkt hier vor Anker gehen, könnte uns ein anderes Schiff in der Dunkelheit rammen.«

Adrian runzelte die Stirn. Es war doch unwahrscheinlich, dass bei dieser Suppe irgendein anderes Schiff auf der Lethe fuhr.

Mit Juri im Schlepptau betrat er das Cockpit. Diana saß mit aufgerissenen Augen hinter den blinkenden Armaturen und umklammerte das Lenkrad. Jazz stand neben ihr und schien in die Ferne zu blicken. Oder ins Nichts?

Adrian sah die weiße Wolkenwand, die von den Laternen angestrahlt wurde. Was dahinter lag, ließ sich nur erahnen. Eine zu niedrige Brücke, ein umgestürzter Baum, Felsen?

Er fasste Jazz an der Schulter. »Jazz, ich glaub, wir sollten anhalten und morgen weiterfahren.«

Sie nickte. »Wir suchen schon nach einer Anlegestelle.«

»Vielleicht wäre es besser, direkt hier vor Anker zu gehen.«

Doch die Hexe schüttelte den Kopf. »Wir können nicht mitten in der Fahrrinne halten«, wiederholte sie. »Dann könnten uns andere Boote rammen.«

Gebannt blickten alle vier hinaus zu dem feuchten Nebel, der über ihr Boot kroch. Als würden sie durch ein Meer aus Wolken fahren, glitten sie durch die Schwaden.

Ein knirschendes Geräusch ertönte, und das Boot schwankte für einen Moment. Das allgegenwärtige Tuckern setzte aus. Hatten sie etwas gerammt? Waren sie auf Grund gelaufen? Unwahrscheinlich. Es klang vielmehr, als ob der Motor schlapp gemacht hätte. Adrian stöhnte auf. Diana drehte die Schlüssel im Schloss, einmal, zweimal. Der Motor blieb still. Sie hieb auf die Armaturen, bis ein rotes Licht ansprang. Neben dem Licht stand in großen Buchstaben TANKANZEIGE.

Juri deutete darauf. »Uns ist der Sprit ausgegangen.«

»Das Licht hat vorhin noch nicht geleuchtet, ehrlich«, verteidigte sich Diana.

Ein knirschendes Geräusch ertönte, diesmal lauter.

»Und was war das?«

»Vielleicht einfach nur Treibgut, das im Fluss schwimmt«, sagte Diana.

Sie glitten nur noch dahin. Ohne den tuckernden Herzschlag des

Bootes klangen ihre Stimmen viel zu laut. Die Lichter des Cockpits strahlten wie Fremdkörper in der Dunkelheit, die weiße Nebelwand wie ein unüberwindliches Hindernis.

»Lösch die Lichter«, flüsterte Adrian.

»Wieso? Dann sehen wir gar nichts mehr.«

»Vertrau mir.«

Die Wehrwölfin drückte einen Knopf, und im nächsten Moment sahen sie nichts als die blinkenden Lichter der Anzeigen. Adrian umklammerte sein Schnitzmesser. *Komm schon Katze, lass mich nicht hängen.*

Jetzt, wo der Nebel nicht länger die Lichtstrahler reflektierte, nahm er schemenhafte Formen in der Schwärze der Nacht wahr. Umrisse, die dunkler waren als die Nacht selbst. Ein Baumgigant streckte einen Ast über das Wasser.

»Etwas mehr nach links«, sagte Adrian, als er mit Schrecken sah, wie dicht sie dem Ufer kamen. Nicht einmal Juri merkte an, dass das auf einem Schiff Backbord hieß. Alle starrten nur nach draußen, bemüht, etwas zu erkennen. Bei jedem Ast, der gegen den Rumpf schlug, zuckten sie zusammen.

»Wir treiben nur noch dahin und werden immer langsamer«, sagte Adrian schließlich leise. »Wir müssen anlegen. Es ist zu gefährlich.«

»Aber nicht hier. Zu viele umgestürzte Bäume liegen am Ufer«, antwortete Juri ebenso leise.

Eine alte Boje leuchtete in geisterhaftem Orange. Das Wrack eines alten Ruderboots ragte wie die Überreste eines Urzeitmonsters aus dem Wasser.

Dann tauchten Umrisse am Ufer auf, die keinen natürlichen Ursprung haben konnten. Wie überdimensionierte Bauklötze ragten

sie vor ihnen auf. »Container?«, überlegte Adrian. Und dann erkannte er auch einen Verladekran.

»Ein Hafen«, flüsterte er, als könnten laute Worte das Boot vom Kurs abbringen. Hinter dem Kran warteten Anlegestellen, die wie mit dem Messer geschnitten den Fluss umrahmten. Die meisten der Stege schienen verrottet. Wie abgebrochene Zähne ragten sie über den Fluss. Aber der Kai trotzte immer noch Zeit und Natur.

»Dort können wir anlegen!« Adrian zeigte auf eine Stelle, an der ein großer rostiger Ring in die Kaimauer gelassen war.

Juri atmete hörbar aus. »Ich hab uns schon auf Grund laufen sehen.«

Auch Diana fuhr sich mit der Hand über die Stirn, als sie langsam auf den Kai zutrieben, und tätschelte die Armaturen, als wären sie Haustiere. Juri lief los, um die Fender aufzuhängen und die Landung vorzubereiten. Sanft dockte die Predator an. Adrian sah, wie Juri mit einem dicken Tau von Deck sprang und es um einen Poller wickelte. Wo war eigentlich Jazz geblieben? Als Adrian sich umdrehte, um sie zu suchen, blickte er in ihr kalkweißes Gesicht. Ihre Augen waren groß, und das Feuer darin loderte wild. Sie deutete auf den verlassenen Hafen, und die Zeichen auf ihrer Haut glommen. Als sich ihre Lippen bewegten, erklangen ihre Worte wie aus weiter Ferne: »Diesem Ort wurde alle Magie ausgesaugt.«

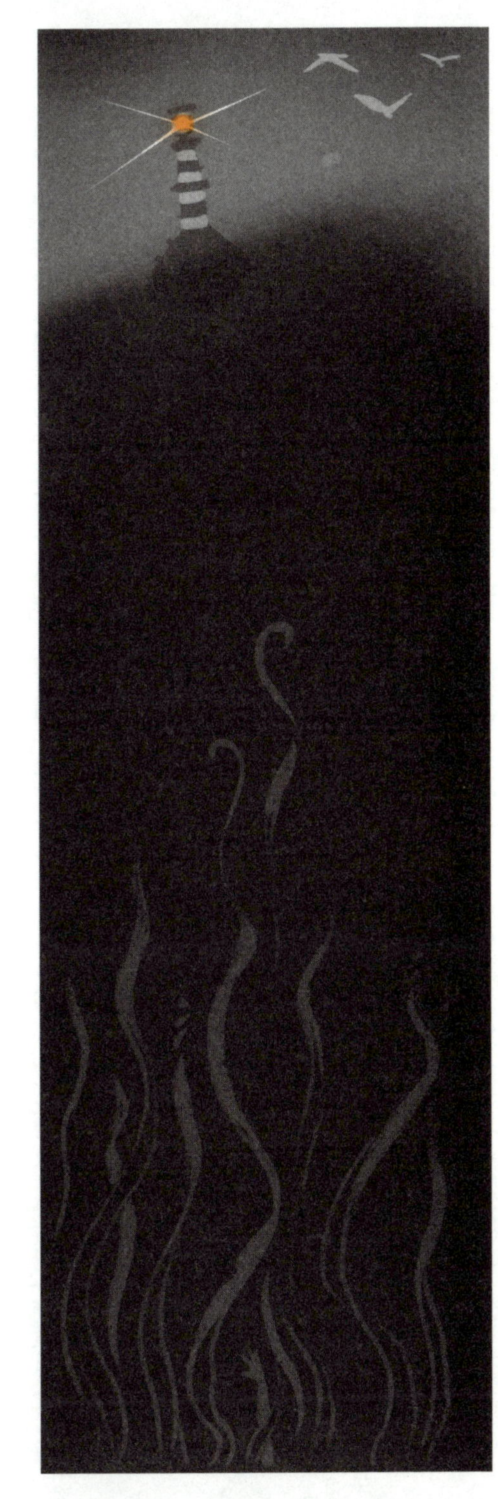

Der vergessene Hafen

Jazz achtete weder auf das schwankende Boot noch auf die Kälte, die sich wie ein unsichtbares Tier an Bord schlich. Sie sah nur den glühenden Nebel, der, von wenigen Bojen erleuchtet, in der Finsternis schimmerte. Sie ahnte, dass sich dahinter ein aufgegebener Hafen verstecken mochte. Eingestürzte Lagerhallen. Rostende Frachtcontainer. Schiffwracks, die den Hafen nie wieder verlassen würden. *Genauso wie wir.*

Jazz erschrak bei dem Gedanken. Aber es war weniger der vergessene Hafen, der sie so beunruhigte, als das, was fehlte: Die magischen Ströme, die sich wie ein goldenes Netzwerk über die Welt erstreckten, die Leylinien, die wie Blutgefäße alles verbanden und mit Energie versorgten – es gab sie hier nicht! Dieser Ort war tot, leer gesaugt, leblos wie ein Skelett. Und es war nicht das erste Mal, dass sie an einem solchen Ort war.

»Jazz!« Sie spürte Adrians Hand auf ihrer. »Jazz, ist alles okay?«

Sie drehte sich zu ihm um, während sie langsam wieder ins Jetzt zurückkehrte. Im Cockpit waren die Lichter der Anzeigen erloschen. Hatte Diana sie ausgeschaltet, oder hatte die Batterie nicht mehr ausgereicht?

»Bin okay«, antwortete sie mit Verspätung. »Dieser Hafen …« Sie deutete auf die schemenhaften Formen im Nebel. »Wir können hier nicht bleiben! Es ist kein guter Ort.«

Diana und Adrian folgten ihrem Blick. Die Nebelschwaden wanden sich viel zu langsam im orangen Licht der Bojen. Ansonsten war da nur Dunkelheit. Die Schwärze der Nacht, begleitet vom Plätschern des Wassers, dem Knarren der Seile und den leisen Geräuschen, die nur aufgegebene Orte von sich gaben.

Als plötzlich Schritte die Stufen zu ihnen hinaufpolterten, zog Jazz das Reizgas aus ihrer Tasche.

»Ho, mach langsam, Jazz. Ich bin's nur.« Juri hatte die Hände erhoben.

Jazz ließ das Reizgas sinken und schüttelte den Kopf.

»Tut mir leid. Es ist nur dieser Ort … Er ist …«

»… unheimlich«, beendete Diana ihren Satz.

Das ferne Geschrei von Möwen dröhnte viel zu laut durch die Nacht. Für einen Moment sagte niemand etwas. Das Boot wankte hin und her, und mit jedem Atemzug wurde die Nacht kälter und dunkler.

»Ohne Treibstoff kommen wir hier nicht weg«, sprach Diana aus, was vermutlich alle dachten.

»Wir könnten auch mit den Kähnen weiterpaddeln«, schlug Adrian vor. Aber weder Jazz noch den anderen gefiel die Idee, in der Dunkelheit mit den Holzbooten unterwegs zu sein.

»Bestimmt gibt es in einer der Lagerhallen Reservekanister? Ist

doch immerhin ein Hafen«, sagte Juri. Alle nickten, doch keiner erwiderte etwas.

»Dann lasst uns aussteigen und suchen.« Wieder nickten alle, aber niemand machte Anstalten, sich zu bewegen.

»Die Angst vor einer Sache ist immer schlimmer als die Sache selbst«, brummte Juri schließlich. »Von so ein bisschen Dunkelheit lassen wir uns doch nicht aufhalten. Ich hab was, das es uns allen einfacher machen wird.« Bevor noch jemand etwas sagen konnte, war er unter Deck verschwunden. Jazz blickte hinüber zu Adrian. Er schien das gleiche Unbehagen zu spüren wie sie. Oder lag es nur daran, dass er besser sah? Sie wollte ihn gerade fragen, als Juri mit einem Bündel in der Hand zurückkam.

»Ich hab Seenotfackeln und Knicklichter bei der Ausrüstung der Jäger gefunden. Die brennen zwar nicht lange, aber so sehen wir zumindest, was da draußen auf uns wartet.«

Gemeinsam stiegen sie hinab zum Heck. Juri entzündete zwei Leuchtfackeln und warf sie in hohem Bogen an Land. Funken flogen durch die Nacht, dann brannten Schwaden aus rotem Rauch und gelben Flammen auf dem Kai.

Die Fackeln beleuchteten den wallenden Nebel und verwandelten ihn in eine blutrote Wolke. Unnatürliche, kantige Formen reckten sich wie dunkle Knochen in den Scharlachdunst. Jazz trat einen Schritt zurück. Die Seenotfackeln entstellten die undurchdringliche Finsternis zu einem Albtraum. Erinnerungen stiegen vor ihrem inneren Auge auf …

Hohle Männer mit gesplitterten Gesichtern und langen Mänteln kamen auf sie zu, kreisten sie ein und jagten sie den Bahnhof hinab …

Sie schüttelte den Kopf, um die Erinnerungen zu verscheuchen,

und massierte sich den Kiefer. Es tat weh, sie hatte die Zähne zu heftig aufeinandergepresst. Sie band sich die dunklen Locken zusammen und stützte sich auf die Reling.

»Okay, wenn es nicht anders geht, lasst es uns so schnell wie möglich hinter uns bringen.«

Adrian drehte sich zu ihr um.

»Siehst du die Halle am Ende des Piers?«

Jazz kniff die Augen zusammen und schüttelte dann den Kopf.

»Oder den Container mit der aufgebrochenen Tür?« Er zeigte in eine andere Richtung. Wieder schüttelte Jazz den Kopf.

»Vielleicht ist es dann besser, wenn du hierbleibst? Selbst mit Katzes Hilfe ist es schwierig, etwas zu erkennen.«

Jazz wollte widersprechen, aber Juri kam ihr zuvor.

»Die Gruppe zu spalten, ist immer eine schlechte Idee. Aber tatsächlich sollte jemand hierbleiben und auf das Boot aufpassen. Und du bist die Einzige, die es mit Bannkreisen sichern kann.«

Jazz gefiel die Idee nicht, aber Juri hatte recht, das wusste sie. Sie konnten das Boot nicht einfach so zurücklassen. Seufzend blickte sie zu Diana. »Ich weiß nicht mal, ob ich hier Magie wirken kann. Und Diana sieht sicher auch nicht mehr – sie könnte das Boot genauso gut beschützen wie ich. Vielleicht sogar besser.«

Diana legte den Kopf in den Nacken und atmete tief durch die Nase ein. Als sie wieder ausatmete, erklärte sie: »In der Lagerhalle am Ende vom Kai riecht es nach ausgelaufenem Öl. In dem aufgebrochenen Container werden irgendwelche Elektrogeräte gelagert. Möwen brüten schon seit einiger Zeit nicht mehr hier, aber dafür treibt eine tote Ratte im Wasser neben dem Boot.«

Jazz schnaubte. »Also gut. Aber nehmt Fackeln mit. Wenn es

Probleme gibt, zündet eine rote an, und ich komme euch zu Hilfe.« Alle nickten. Sie schnallten sich ihre Rucksäcke auf den Rücken, umarmten sich und verließen das Boot.

Das war jetzt wie lange her? Zehn Minuten? Es fühlte sich an wie eine Stunde. Das rote Leuchten der Fackel war längst erloschen, ihre Freunde waren von der Nacht verschluckt. Der Nebel dämpfte alle Geräusche. Nur gelegentlich klang der Laut von klirrenden Ketten und ächzenden Tauen an ihr Ohr. Egal in welche Richtung sie blickte, sie sah nichts außer dem Schimmern der Bojen. Was, wenn sich genau jetzt jemand an Bord schlich? Sie würde es nicht einmal merken.

Sie straffte die Schultern und griff nach den Knicklichtern, die Juri ihr gegeben hatte. Einige Augenblicke später lagen die grün leuchtenden Lichter am Kai wie übergroße Glühwürmchen. Jazz nickte zufrieden. Das war schon besser. Sie sprang an Land und legte die Hand auf den kalten steinernen Boden. Nichts. Nicht ein Hauch Magie steckte an diesem Ort.

Eine Brise ließ sie frösteln. Mit steifen Fingern holte sie die Marker aus ihrer Tasche und begann, in großen Schwüngen Glyphen auf den Boden zu zeichnen – Zeichen der Abwehr und des Schutzes, die sich miteinander zu einem großen Signum verbanden. Doch anders als sonst leuchteten die Zeichen nicht. Erst als Jazz ihre Arbeit vollständig beendet hatte und einige Foci an Schlüsselstellen legte, begann das Signum, schwach zu schimmern. Zu schwach. Es würde kaum jemanden aufhalten, der wirklich an Bord kommen wollte, aber vielleicht zumindest verlangsamen.

Sie kletterte wieder an Bord und blies in ihre hohlen Hände. Schade, dass sie den Kaminstein der Magista nicht mehr hatte, dachte sie. Wie von selbst fuhren ihre Finger über die Medaillons, die von ihrem Hals baumelten. Ihre Fingerspitzen fanden ihr eigenes Amulett und das Amulett ihrer Mutter, das beinahe identisch aussah. Sie umklammerte beide. *Unser Schlimmstes tun wir nicht aus Hass, wir tun es aus Liebe. Geh und rette deinen Bruder!*, lauteten die letzten Worte ihrer Mutter. Aber wie sollte sie jemand suchen, den sie nicht kannte und von dem sie ja noch nicht einmal den Namen wusste?

Ob ihr das Diarium der Nachtschattenhexe dabei helfen könnte? Sie dachte an die Bilder, die sie im Traum gesehen hatte, nachdem der Fluch des Buches über sie hinweggespült war.

Alles hatte sie aus großer Ferne von weit oben gesehen, als wenn sie auf dem Rücken eines Vogels geflogen wäre. So viele Bilder. Männer in funkelnden Rüstungen. Brennende Dörfer. Kampf und Rauch. Hexen auf der Flucht. Schwerter in der Nacht. Jedes Bild hielt kaum länger als ein Lidschlag. Die meisten waren ihr gleich wieder entschwunden, wie bei einem nächtlichen Traum. Als sie wieder erwacht war, war das Buch verändert. Jazz konnte es jetzt aufschlagen, die Losung der Nachtschatten hineinschreiben und darin lesen. Jedes Mal, wenn sie das Buch seitdem öffnete, stand etwas anderes auf den Seiten. Es waren Notizbucheinträge von einer Hexe, die wie Jazz auf der Suche nach anderen war. Anleitungen zu Alltagszaubern wie jenem mit dem Geld, den sie an dem kleinen Hafen ausprobiert hatte. Aber auch komplexere Rituale wie Spiegelmagie wurden beschrieben. Jazz brannte darauf, sie auszuprobieren. Wenn stimmte, was in dem Buch stand, konnte man zum Beispiel mit einem verzauberten Spiegel durch andere, fremde

Spiegel sehen. Sie hätte gern mehr darüber erfahren, aber gerade, als sie sich einlesen wollte, war Adrian dazugekommen, und so hatte sie schnell das Buch geschlossen.

Das Rauschen von Schwingen riss Jazz aus ihren Gedanken. Sie sah auf, konnte aber nichts erkennen. War es nur eine Möwe, die nachts aus dem Schlaf geschreckt war? Sie suchte noch immer den Himmel ab, als sie der Ruf eines Vogels dazu zwang, in die andere Richtung zu blicken. Auch hier erkannte sie nur Dunkelheit und die Knicklichter, die sie ans Ufer geworfen hatte. Doch was war das? Da kam doch etwas auf sie zu … Ein winziges Licht, nicht mehr als ein silberner Funken, begleitet von einem grünen Schimmer.

Kaum stand Adrian auf festem Boden, wurde es dunkler um ihn. Die Finsternis jenseits der Notfackeln erschien ihm zunehmend undurchdringlich. *Katze, lass mich jetzt bloß nicht hängen.*

Hast du nicht zugehört, was die Hexe geredet hat? Ich kann dich hier nicht begleiten. Aber keine Sorge, falls du verloren gehst, komme ich auch ohne dich zurecht.

Verdammt, und das hättest du mir nicht sagen können, als wir noch auf dem Schiff waren?

Ein schnurrender Laut erklang in seinem Kopf, der ihn an eine lächelnde Katze denken ließ. Dann war es still.

Mist! Adrian drehte sich zurück zum Schiff. Sollte er Jazz fragen, ob sie doch mit ihm tauschte?

Aber Juri klopfte ihm auf die Schulter. »Auf geht's, Schamane, lass uns nachsehen, was sich an diesem Ort versteckt.«

Er kramte die Knicklichter heraus und verteilte sie. »Für den Fall, dass wir uns aus den Augen verlieren.« Adrian und Diana banden sich die Lichter um die Handgelenke und leuchteten jetzt in Grün, Blau und Orange.

»Go go Power Rangers«, flüsterte Juri und hielt ihnen seine breite Faust hin. Adrian erwiderte den Gruß, während Diana nur mit den Schultern zuckte. »Gegen Voltron hätten die doch keine Chance.«

Juri schüttelte den Kopf, während er losstiefelte. »Pfft, Roboterlöwen! Die Power Rangers hatten immerhin Robodinos!«

Selbst seine Stimme klang ungewöhnlich leise, als befürchte er, aufzuwecken, was auch immer sich hier verbergen mochte. Diana sog schnüffelnd die Luft ein. »Der Geruch nach Öl kommt aus einer Halle irgendwo dort hinten«, erklärte sie.

Für eine Weile sagten sie nichts mehr. Nur das Tappen ihrer Schritte war zu hören. Adrian folgte dem grünen Leuchten vor sich. Obwohl sie nur langsam vorangingen, beschleunigte sich sein Atem, und Schweiß lief ihm den Nacken hinab. Er hielt die Arme ausgestreckt, um nicht gegen Hindernisse zu prallen, trotzdem stolperte er immer wieder und stieß sich schließlich heftig den Fuß an. Ein Stück Metall schepperte laut über den Boden. Sofort war Diana neben ihm, und trotz der Dunkelheit sah er die unausgesprochene Frage in ihrem Gesicht. »Katze kann mich hier nicht begleiten«, flüsterte er. Diana nickte nur stumm und griff seine Hand.

»Hier, nimm die. Jetzt, wo wir uns so lautstark angekündigt haben, macht es auch keinen Unterschied mehr«, sagte da Juri und reichte ihm eine Taschenlampe, die er wohl aus seinem Rucksack

geholt hatte. Seine Stimme hatte ihren sicheren Klang verloren. Adrian drückte auf den Schalter, und ein Strahl grellen Lichts brannte sich durch die Nacht.

Sie liefen jetzt nebeneinander. Ihre Stiefel schickten ein unwillkommenes Echo durch den verlassenen Hafen. Adrians Herz schlug in doppeltem Tempo, jagte bei jedem fremden Geräusch höher. Irgendwo in der Finsternis vor ihnen quietschte etwas, eine Wetterfahne vielleicht. Scherben knirschten unter ihren Sohlen. Adrian richtete den Strahl der Taschenlampe auf den Boden. Zerbrochene Petroleumlampen. Taue, auf denen Moos wuchs. Rostzerfressene Rohre, die mit einer Schicht toter Schneckenhäuser bedeckt waren. Der Lichtstrahl wanderte weiter über den Kai. Aus einem alten Gummistiefel baumelte ein vertrockneter Farn. Zerrissene Fischernetze hingen wie übergroße Spinnweben von dunklen Laternen. Ein fischiger Geruch mischte sich mit dem Gestank von stehendem Wasser und Algen. Wo der Beton aufgeplatzt war, kam rostiges Innenleben wie tiefe Wunden zum Vorschein.

»Was meint ihr, warum dieser Hafen aufgegeben wurde?«, fragte Adrian, als er die unheimliche Ruhe nicht länger ertragen konnte. Er schwenkte den Lichtstrahl. Ein zerborstener Holzzuber lag neben einem leeren Aktenkoffer in einer Pfütze.

»Ich weiß nicht«, antwortete Diana leise. »Aber ich hätte hier gar nicht erst einen gebaut. Das ist kein Ort für Menschen!«

»Da!« Juri zeigte in die Dunkelheit vor ihnen und raste los. Als Adrian den Strahl der Lampe noch oben richtete, sah er das geteerte Tor einer großen Lagerhalle einige Schritte vor ihnen. Das breite Tor klaffte offen wie ein zahnloser Mund, breit genug, um einen Sattelschlepper zu verschlucken. Adrian richtet die Lampe auf die Öffnung, wo nichts zu sehen war als geborstener Beton und rostige

Stahlträger, die sich in der Decke verloren. Unschlüssig blieben sie vor dem Tor stehen. Gestank nach Öl, Schimmel und feuchtem Dachboden wehte ihnen entgegen. Sie wechselten einen Blick. Stumm hielt ihnen Juri die Faust entgegen, und diesmal schlug auch Diana ein. Dann traten sie gemeinsam durch das Tor.

Juri zog eine Notfackel aus dem Gürtel und entzündete sie. Funken flogen, bevor sie grünes Feuer einhüllte. Adrian musste die Augen abwenden, um nicht geblendet zu werden. Alles war in smaragdenes Licht getaucht, selbst die Schatten wirkten dunkelgrün und tanzten im unbeständigen Licht. Die Lagerhalle war viel größer, als es der Hafen vermuten ließ. Verschimmelte Kisten türmten sich in die Höhe. Über die meisten waren Planen gespannt, wodurch die Halle wie ein Miniaturgebirge wirkte. Sie war so riesig, dass sie sicher mehrere Schiffe aufnehmen konnte. Und nur ein kleines Stück vor ihnen lag eine Kante. Eine Kante, hinter der, einige Meter tiefer, dunkles Wasser drohte. Offenbar konnten Boote in die Halle einfahren, um hier ihre Ladung zu löschen.

Diana wedelte den Rauch beiseite, hielt schnüffelnd die Nase in die Luft und deutete dann tiefer in die Halle. »Der Ölgeruch kommt von dort.«

Sie setzen ihren Weg schweigend fort, kletterten über Zahnräder in der Größe von Autoreifen und über Hügel aus Fischernetzen, immer an der Kante entlang. Die zuckenden Schatten verwandelten aufgerollte Taue in riesige Schlangen, zerrissene Planen in aufgerissene Mäuler. Von der Decke baumelten zerfetzte Segel wie ausgefranste Flügel. Das Licht sorgte vor allem für Schatten, in denen sich alles Mögliche verstecken mochte. Adrian fröstelte. Ohne Juri und Diana wäre er längst umgekehrt, um auf den Morgen zu warten. So aber ging es immer tiefer hinein. Der Strahl seiner Lampe

wanderte an den Säulen empor, die das Dach trugen. An einigen klebten Zettel und Warntafeln. Durch ein Loch in der Decke drang Nebel. Schließlich offenbarte der Strahl ein altes Schiff, das angedockt dalag. Diana nickte.

»Dort müssen wir hin.«

Adrian ließ das Licht der Taschenlampe über das Schiff wandern. Es war zwei Stockwerke hoch und musste früher einmal elegant ausgesehen haben. Inzwischen hatten Zeit und Verfall die Farbe abblättern lassen. Nicht einmal der Name war zu entziffern. Das Boot war mehr als dreimal so lang wie die Predi und sicher viermal so alt. Die Bullaugen waren geborsten, und das Tau, mit dem man es an einen Poller festgezurrt hatte, dick mit vertrocknetem Moos bewachsen. Einem gestrandeten Wal gleich hing das große Boot hier, als würde es darauf warten, für immer in sein nasses Grab zu sinken. Adrian lief ein kalter Schauer über den Rücken. Um sich abzulenken, blickte er sich in der Halle um. Ob es wohl noch irgendwo anders Treibstoff gab? Unter den Planen und Kisten? Doch er sah nichts, was nach einem Fass Diesel aussah. Frustriert schüttelte er den Kopf.

Diana musste seine Geste falsch verstanden haben.

»Ja, ist eine verdammte Sauerei. Von diesem Ungetüm tropft mit Sicherheit jede Menge Schweröl ins Wasser. Das erklärt auch, warum hier nichts mehr am Leben ist.«

Ihre Stimme schnitt zu laut durch die Stille der Halle und ließ Adrian nervöse Blicke in alle Richtungen werfen. Auch Juri umklammerte seinen Kricketschläger fester.

»Fänd ich gut, wenn hier wirklich alles tot wär«, ließ er sie wissen. Dann setzten sie ihren Weg zum Boot fort. Noch langsamer jetzt. Umso näher sie ihm kamen, desto mehr wollte Adrian um-

drehen. In den Geruch nach Öl mischte sich noch ein anderer süßlicher, abstoßender Gestank. Wie ein schwimmender Friedhof lag das Boot vor ihnen, als die grüne Fackel erlosch.

Nur Adrians Taschenlampe erhellte die Dunkelheit.

»Ich hab noch zwei Fackeln«, ließ Juri die anderen wissen.

»Die solltest du lieber auslassen, während wir nach Treibstoff suchen«, schlug Diana vor.

Sie kletterten auf das Schiff, und es stöhnte unter ihren Schritten, während sie über das Deck schlichen. Juri deutete auf Zettel, die an Reling und Luken klebten. Sie waren nicht so ausgeblichen, wie sie sein sollten. Adrian schluckte.

Diana zog die anderen weiter durch ein offenes Schott hinein in die Eingeweide des Schiffs. Vorbei an der Kombüse, in der ein leerer Trinkwassertank am Boden stand. Weiter an demolierten Türen und aufgebrochenen Kisten vorbei. In einem Raum lagerten alte Matratzen und leere Konservendosen. Muffige Kleidung lag in der Ecke, und die Reste eines Steaks schimmelten auf einem Pappteller. Die drei nickten sich nur stumm mit weit aufgerissenen Augen zu und beeilten sich weiterzukommen.

Endlich erreichten sie den Maschinenraum. Dicke Rohre, an denen weckergroße Manometer hingen, wanden sich durch den Raum, bis sie in einem gewaltigen Motorblock mündeten. Der Boden war mit einer klebrigen dunklen Flüssigkeit bedeckt.

»Auch dieses Öl wird seinen Weg ins Grundwasser finden und alles im Umkreis verseuchen«, prophezeite Diana. Sie bückte sich und hob ein aufgeklapptes Feuerzeug hoch. »Wir haben Glück, dass Diesel nicht so leicht entflammbar ist.«

Adrian half Juri dabei, den Tank des Schiffs zu finden. Sie brauchten nicht lange. Er nahm den Großteil des Raums ein. Durch ein

fingergroßes Loch strömte der Diesel hinaus und sickerte auf den Boden. Juri öffnete den leeren Frischwassertank, den sie in der Kombüse gefunden hatten, und ließ die goldene Flüssigkeit hineinlaufen.

Zum ersten Mal, seit sie die Halle betreten hatten, atmete Adrian auf. Auf dem Boden hockend betrachte er die Flüssigkeit, die in den Kanister lief. Sie hatten gefunden, weshalb sie gekommen waren. Sie würden den Tank der Predi auffüllen und dann zusehen, dass sie von hier verschwanden. Er wischte sich den Schweiß von der Stirn. Das hier war nur ein verlassener Ort, sonst nichts. Vielleicht hatte er einfach zu viel Angst vor dem Unbekannten.

Der Strahl seiner Taschenlampe fiel auf Juris angespanntes Gesicht. »Wir haben's gleich geschafft«, sagte er. »Mit dem, was in deinen Kanister passt, kommen wir hier locker weg.« Doch Juris Gesichtsausdruck änderte sich nicht. Starr blickte er auf den Tank, der schon zu zwei Dritteln gefüllt war. »Weißt du, das ist es ja gerade. Das Boot muss hier doch schon seit Jahren liegen …«

Adrian blickte zu den Wänden, von denen sich die Farbe abschälte. »Sicher schon seit Jahrzehnten, so wie der Kahn von Rost zerfressen ist!«

Juri folgte seinem Blick. »Genau. Aber wieso kann immer noch Diesel auslaufen? Der Tank müsste schon längst leer sein.«

Juri starrte ihn aus seinen roten Augen an, und Adrian spürte wieder dieses Kribbeln zwischen den Schulterblättern. Er blickte zu dem kreisrunden Loch und dann zu dem Kanister, den Juri gerade verschloss, und musste schlucken.

»Du meinst, das Loch ist neu?«

Juri kam nicht mehr dazu zu antworten. Ein Schrei ließ sie herumfahren.

»Diana«, rief Adrian und stürmte mit Juri los, in die Richtung, aus der der Schrei erklang.

Diana stand zitternd in einer Kabine, die Arme eng an den Körper gepresst, und starrte auf die jenseitige Wand. Juri sprang zu Diana, während Adrians Taschenlampe die Wand absuchte.

Und dann sah er den Grund für Dianas Schrei.

Alle Luft wich aus Adrians Lungen. Wie von einem unsichtbaren Schlag getroffen, taumelte er. Die Taschenlampe fiel ihm aus der Hand, rollte über den Boden und beleuchtete die Wand. Eine völlig ausgemergelte Gestalt mit bleicher Haut und schneeweißen Haaren hing über einer Matratze. Zerlumpte Kleidung baumelte an ihr herunter. Die Hände waren mit Eisenketten an die Wand gefesselt. Nur vertrocknete Haut und Knochen waren von dem übrig, was einst ein Mensch war. Adrian wollte wegsehen, aber er konnte nicht. Der Tote wurde nur von diesen Fesseln aufrecht gehalten. Adrians Blick folgte den Ketten und dem Ring in der Wand, an der sie verankert waren. An der Stelle waren Buchstaben in die Wand gekratzt. Ein einzelnes Wort, das der Gefangene mit seinen eigenen Ketten dort hinterlassen hatte: *ARKEN*

Dann hob Juri die Taschenlampe auf und erlöste sie von dem Anblick.

»Wer tut so etwas?«, keuchte Adrian, als er wieder Luft bekam. Doch er kannte die Antwort, noch bevor Juri sie ihm gab. »Verzehrer!«

Der Aktenkoffer, den er vorher am Hafen gesehen hatte, fiel ihm wieder ein. Er dachte an Van Zaken und die Verzehrer in ihren dunklen Anzügen, die seine Tante an einem ähnlichen Ort festgehalten hatten. Jetzt machte auch das Feuerzeug Sinn, das sie in der Dieselpfütze gefunden hatten.

»Die Verzehrer wollten bestimmt das Schiff in Brand setzen und dadurch ihre Spuren verwischen.«

Er dachte an das Loch im Tank. Wie lange lief dort schon Diesel aus? Seit Tagen oder seit Stunden?

»Nichts wie raus hier!«

So schnell sie konnten, stürmten sie an Deck. Sie achteten nicht mehr darauf, wie laut sie waren. Sie wollten nur raus hier. An Deck entzündete Juri eine Fackel und drückte sie Diana in die Hand. Grünes Feuer leuchtete in ihrer Faust. Sie jagten durch die Lagerhalle. Rohre fielen um. Etwas klatschte ins Wasser. Sie sahen nicht zurück, sondern stürmten nur auf das Tor zu und dann den Kai entlang, so schnell sie konnten. Als sie endlich Jazz erblickten, schrien sie ihr zu, die Leinen loszumachen. Die Hexe reagierte sofort. Adrian wagte es nicht zurückzusehen. Seine Seiten stachen, während er keuchend weiterraste. Ein metallischer Geschmack machte sich in seinem Mund breit. Diana sprang als Erstes an Deck. Juri half Adrian und Jazz an Bord, bevor er selbst mit einer schwungvollen Bewegung den Kanister auf das Deck warf. Kraftvoll stieß er sich und das Boot vom Kai ab und sprang schließlich selbst hinauf.

Adrian kniete auf die Hände gestützt da. Er spürte, wie ihn endlich Katzes Kraft wieder erfüllte, während der verlorene Hafen langsam in der Nacht verschwand.

Grotenheim

Das Boot trug sie tuckernd einem grauen Morgen entgegen. Der Motor bollerte in seinem steten Rhythmus, als hätte er nie etwas anderes gemacht. Langsam, aber beharrlich zogen sie an kahlen Bäumen und vertrocknetem Schilf vorbei. Fort von jenem Ort, den sie so überstürzt verlassen hatten.

Adrian stand neben Juri am Heck und blickte über die Kähne im Schlepptau zurück auf das gurgelnde Wasser, die Spur aus Luftblasen, die sich im dunklen Horizont verlor. Irgendwo dort hinter ihnen lagen der verlassene Hafen und der Schrecken, den er beherbergte.

Kaum waren sie an Bord gewesen, hatte Juri den Tank des Bootes aufgefüllt und dabei geschworen, dass der ohnehin noch halb voll gewesen sei. Doch es spielte keine Rolle. Wichtig war nur, dass der Motor wieder angesprungen war und sie den Hafen endlich verlassen konnten.

Adrian war seinem Freund dankbar, dass er es übernommen hatte, Jazz zu erklären, was sie gesehen hatten. Ihr Gesicht hatte darauf schlagartig alle Farbe verloren. Nur ein Wort war ihr über die Lippen gekommen: »Verzehrer!«

Seitdem standen sie hier und blickten zurück, um sich zu versichern, dass ihnen nichts folgte. Und doch war da etwas. Jedes Mal, wenn Adrian die Augen schloss, sah er es vor sich. Das Bild von dem Ghul, dem alle Magie und alles Leben ausgesogen worden war, bis nichts zurückblieb als eine leblose Hülle.

»Unsere schlimmsten Befürchtungen sind also wahr«, unterbrach Jazz die Stille. »Es gibt noch mehr Verzehrer.«

Adrian nickte stumm. Juri fuhr sich mit der Hand über die Augen.

»Juri, erinnerst du dich an das Ghulnest in Frankfurt?«, fragte sie.

Der Troll nickte und schob sich Strähnen braunen Haars hinter seine breiten Hörner. »Jetzt wissen wir, warum sie es so schnell aufgegeben haben.«

Jazz' Finger umfassten die Reling, dass ihre Knöchel weiß hervortraten. »Die Ghule werden überall gejagt. Die Verzehrer müssen sie im Hafen aufgespürt haben, bevor sie es nach Arken schaffen konnten. Sie waren so nah.«

Adrian sah den an die Wand geketteten Toten wieder vor sich. »Ob er wohl aus Verzweiflung oder aus Hoffnung Arken in die Wand geritzt hat?«, sprach er seine Gedanken laut aus. »Vielleicht als letzte Botschaft für andere Ghule?«, vermutete Juri.

»Oder als Warnung, weil die Suche nach Arken sein Ende bedeutet hat?«, sagte Jazz düster und schüttelte gleichzeitig den Kopf. »Aber woher wussten die Ghule von Arken?«

Die Zeichen auf ihrer Haut leuchteten, als sie sich zu Juri umdrehte: »Große Mutter, ich hoffe, der Tote war nicht Arvids Schwester?«

Juri zuckte nur mit den Schultern. »Wer immer er auch war, ich hoffe, er ist jetzt an einem besseren Ort.«

Nach einer Pause sagte Adrian. »Merle erwähnt auch Verzehrer in ihrem Brief. Meint ihr, sie haben sie auch …«

Juri verschränkte die Arme und kniff die Augen zusammen. »Auf keinen Fall! Ghule sind am Tag leichte Beute. Merle nicht. Und wenn sie von einem Ordensritter begleitet wird, kommen sie sicher nicht leicht an ihm vorbei.«

Jazz legte Adrian und Juri die Arme um die Schultern. »Wenn es dort noch mehr von den Monstern gibt, können wir nicht vorsichtig genug sein. Noch wichtiger, als Merle da rauszuholen, ist es, euch gesund zurückzubringen.«

Juri klopfte auf den Kricketschläger an seiner Seite.

»Ich schätze, wir werden es bald herausfinden. Aber was immer uns in Grotenheim erwartet, erwartet uns gemeinsam. Und gemeinsam kehren wir nach Arken zurück.«

Die Sonne stand als fahle Scheibe an einem schmutzig grauen Himmel, als die Lethe in den Rhein floss. Ein gewaltiger Fluss, gewaltig und viele Male so breit wie die Lethe. Zahlreiche Schiffe mit bunten Flaggen tummelten sich auf der Wasserautobahn. Lange Frachtschiffe schoben sich schwer beladen über den Strom. Kleine weiße Motorboote wimmelten zwischen ihnen wie winzige Putzerfische an der Seite von Walen. Die Predi wurde Teil dieser bunten Karawane.

Obwohl Diana protestierte, löste Juri sie ab. Sie beschwerte sich noch, während sie sich schon in ihren Schlafsack wickelte. Keine Minute später war sie fest eingeschlafen. Adrian betrachtete sie schuldbewusst. Er hätte ihr all das ersparen können, wenn er sie nicht mitgenommen hätte.

Ob sie es weiß oder nicht, es ist geschehen. Aber nun könnt ihr die Zukunft verändern, damit sich die Vergangenheit nicht wiederholt.

Noch bevor der Abend dämmerte, verließen sie den Rhein über einen Seitenarm. Die Landschaft wurde hügliger und karger. Sie begegneten keinen weiteren Schiffen. So folgten sie dem Fluss einige Stunden, bis Adrian weiß getünchte Häuser ausmachte, die sich entlang des Ufers duckten. Die Gebäude erschienen ihm wie Bauklötze, die ein riesiges Kind verloren hatte. Die hellen Würfel hatten alle einen ähnlichen Aufbau: Einen Quader, an den sich ein Carport anschloss, und ein Garten von der Größe zweier Parkplätze. Die meisten Gärten waren mit Steinplatten oder Kies bedeckt, auf denen dunkle Schirme und Grillöfen standen. Wo sich noch Rasen fand, war er akkurat auf wenige Millimeter gestutzt. Die Menschen, die hier lebten, schienen alle den gleichen Geschmack zu haben. Schmale Fenster, Flachdächer und dunkle Neuwagen.

Nun waren sie auch nicht mehr die Einzigen, die mit einem Motorboot über den Fluss fuhren. Die Boote waren alle weiß und funkelten wie gebleckte Zähne auf dem dunklen Wasser. Als sie an einem von ihnen dichter vorbeikamen, winkte Juri hinüber, was mit

argwöhnischen Blicken beantwortet wurde. Jazz legte ihm die Hand auf den Arm.

»Die Menschen hier scheinen Fremde nicht zu mögen.«

Die Bauklötze der Vorstadt wurden zunehmend von älteren Gebäuden ergänzt, bis sie schließlich in einen Altstadtkern übergingen. Doch auch zwischen diesen jahrhundertealten Häusern glitzerten Glaspaläste.

In einem kleinen Hafen leuchteten weitere helle Boote. Ein Landungssteg kam in Sicht, von dem aus Männer in marinefarbenen Hosen und weißen Hemden in ihre Richtung starrten.

»Warum glotzen die uns so an?«, wollte Diana wissen.

»Anscheinend erkennen sie Fremde schon von Weitem«, mutmaßte Jazz.

»Vielleicht sollten wir hier vor Anker gehen und mit den Paddelbooten an Land rudern?«, schlug Adrian vor. Alle stimmten ihm zu. Er wollte schon anfangen, die Boote loszumachen, als Jazz ihn aufhielt.

»Lass uns noch ein bisschen warten, bis die Sonne untergeht. Irgendwas an diesem Grotenheim gefällt mir nicht. Und im Dunkeln fallen wir weniger auf. Außerdem möchte ich es noch mal versuchen …«

Kurz darauf saßen sie zu viert auf den Sitzbänken im Heck. Jazz faltete die Karte aus und fuhr mit dem Finger den Weg entlang, den sie bis hierher genommen hatten.

»Ich hatte es in Arken schon versucht, aber nie ein klares Ergebnis erhalten. Jetzt, wo wir so dicht sind, klappt es hoffentlich besser«, begann Jazz. »Adrian, gib mir bitte Merles Brief.« Sie zog sich ihr Medaillon über den Kopf, faltete den Brief, den Adrian ihr gereicht hatte, zweimal und wickelte die Kette darum. In kreisenden

Bewegungen ließ sie die Kette über die Karte schwingen. Die Zeichen auf ihrer Haut begannen zu leuchten. Einzelne Locken lösten sich aus dem Zopf und richteten sich auf. Das Feuer in Jazz' Augen loderte. Ihre Lippen bewegten sich, ohne dass Adrian Worte verstehen konnte. Juri stieß ihn begeistert mit dem Ellenbogen an und ließ ihn überflüssigerweise wissen. »Sie wirkt Magie!«

Das Pendel rotierte im Kreis, ohne seine Bahn zu verändern. Nach einigen Sekunden seufzte Jazz: »Wieder nichts. Ich hatte das schon befürchtet. Es hat wieder nicht funktioniert.«

Adrian nahm ihre Hand. »Probier es weiter.«

Er spürte Juris Hand auf seiner Schulter und sah, dass Diana den Kreis schloss.

Jazz atmete tief durch und versuchte es erneut. Adrian schloss die Augen und rief sich Merles Gesicht vor Augen. Die bunten Haare und die Brille, die ihr immer von der Nase rutschte. Er stellte sich vor, wie sie auf dem Katzbuckel gespielt und mit ihrem Gesang die Burg zum Einsturz gebracht hatte. Dachte an Bilbo, das Shirehorse, mit dem sie zum Markt ritt. Daran, wie sie grinsend im Schulbus neben ihm gesessen hatte …

»Seht doch!«, rief Juri. Tatsächlich veränderte das Pendel seine Bahn. Wie magnetisch angezogen, blieb es über einer Stelle der Karte hängen. Adrian sah erleichtert, dass die Stelle Grotenheim markierte.

»Sie ist hier!«, flüsterte er.

»Allerdings ist der Maßstab der Karte so groß, dass wir nicht wissen, wo genau«, wandte Jazz ein.

»Aber es ist ein Anfang. Wenn Merle noch hier ist, werden wir sie auch finden!«, jubelte Juri.

Im Dunkel der einbrechenden Nacht ruderten sie an Land, wo sie die Boote unter Büschen versteckten.

Jazz schärfte ihnen allen ein, unsichtbar zu bleiben, weil sie nicht wüssten, was in dieser Stadt vorging, und Merles Brief sei eine Warnung. »Beim ersten Anzeichen von Gefahr verschwinden wir auf die Predi«, erklärte sie. Sie zog den Schlüssel aus der Tasche. »Falls das nicht geht, kehren wir damit nach Arken zurück.

Alle drei nickten. Jazz sah Juri an. »Ich weiß, das ist alles furchtbar aufregend für dich, aber bleib nicht stehen, blick nach unten und sprich mit niemandem«, mahnte sie ihn.

»Pfft, ist ja nicht das erste Mal, dass ich mich im Ninja-Modus in eine Stadt schleiche.«

»Aber es ist das erste Mal, dass du dafür nicht auf Stealth würfelst. Das ist keine Pen-and-Paper-Kampagne!« Als Juri seufzend in sich zusammensackte, setzte sie hinzu: »Ich weiß, du hast das drauf. Umso weniger wir auffallen, desto schneller finden wir Merle.«

Sie alle streckten ihre Fäuste zusammen. »Für Merle«, sagten Adrian und Juri.

»Für Arken«, erwiderten Diana und Jazz.

Als die Straßenbeleuchtung anging, verschwanden die Menschen von den Straßen. Wie auf ein geheimes Zeichen hin stiegen sie in ihre dunklen Autos und brausten aus der Altstadt. Die Glaspaläste der Banken und Maklerbüros waren längst geschlossen, aber auch Restaurants, Modeboutiquen und Supermärkte sperrten zu, als die Sonne versank. Nur mit Mühe fanden die vier noch eine geöffnete Imbissbude. Auch hier wurde offensichtlich bald zugemacht, der Besitzer war schon dabei, die Tische abzuwischen.

Bevor Juri etwas sagen konnte, bestellte Jazz Falafeln mit Schafskäse für alle. Der Besitzer beäugte sie von der Seite.

»Ihr seid aber nicht von hier.«

Adrian wollte schon fragen, woher er das wusste. Aber Jazz war schneller.

»Wir sind auf der Durchreise.«

»Es verirren sich selten Touristen nach Grotenheim.«

»Kann ich mir vorstellen. Macht hier deshalb schon alles so früh zu?«, wollte Jazz wissen.

Der Mann zuckte mit den Schultern. »Lohnt sich einfach nicht. Ihr seht ja selbst, alle Leute gehen nach Hause.«

Zwischen zwei Bissen Falafel fragte Juri, bevor es jemand verhindern konnte: »Da haben wir aber Glück, dass du noch offen hast. Wir waren schon am Verhungern, und die Falafeln sind fantastisch.«

Der Mann beobachtete, wie Juri das Essen in sich hineinstopfte. Er stützte sich auf die Theke.

»Seit zwei Generationen gehört meiner Familie der Laden. Essen war immer gut. Aber es sind immer weniger Leute gekommen. Grotenheim war kurz vorm Aussterben. Zogen immer mehr Leute in die Großstädte.«

Er hatte einen Fleck entdeckt, den er nun akribisch bekämpfte.

»Und das hat sich geändert?«, wollte Adrian wissen. Der Mann hielt inne und richtete seine Schürze.

»Die Firma kam, und mit ihr wurden neue Häuser gebaut. Das Leben findet jetzt draußen in den Vororten statt. Die meisten Einwohner arbeiten für die Firma und wohnen in einem der weißen Würfel. Sie kommen nur zum Arbeiten in die Stadt. Und wieso auch nicht? Sie haben ihre Heimkinos, bestellen alles online und treffen sich mit ihren Nachbarn zum Grillen. Aber ich beschwere mich nicht. Es kommen viele Leute zum Mittag, und ich kann

pünktlich Feierabend machen. Wirklich, die Firma hat Grotenheim gerettet, und ihr werdet keinen finden, der das anders sieht.«

Der Mann nickte, wie um sich selbst zu bestätigen, und fing an, die Stühle hochzustellen.

Als sie danach satt und müde durch die Gassen Grotenheims gingen, stellte Juri fest: »Hätte nicht erwartet, dass es so einfach ist, unbemerkt zu bleiben. Außer uns ist ja niemand auf der Straße. Wir können uns also ganz ungestört umseh…«

Adrian hielt Juri an der Schulter fest, bevor er um die Ecke biegen konnte.

»Was'n los?«, wollte der Troll wissen. Alle blieben stehen.

»Ich weiß es nicht. Das war Katze, sie hat dich festgehalten.«

Noch bevor er sein Totem fragen konnte, hörten sie, wie sich Schritte näherten.

Adrian deutete auf einen nahen Hauseingang, und so schnell sie konnten, kauerten sie sich dort hinein. Schon erreichten sie die Schritte, und ein schlanker Mann eilte an ihnen vorbei. Adrian hörte, wie Diana Luft einsog. Was war los? Der Mann mochte Mitte dreißig sein. Sein blondes Haar war zurückgekämmt, der schwarze Anzug saß perfekt. Seine Absätze erzeugten ein hohles Klacken, wenn sie das Pflaster berührten. Sie warteten einige Atemzüge, bis sich das Klacken entfernte.

»Ein Verzehrer?«, fragte Juri.

Adrian wollte schon antworten, als eine zarte Hand seine Finger umfasste.

»Er hat nach überhaupt nichts gerochen«, sagte da Diana. Doch es war nicht sie, die ihn festhielt. Es war Jazz. Sie hatte die Lippen zu einem Strich zusammengepresst, und der Schweiß stand ihr auf der Stirn. Adrian brauchte keine Bestätigung mehr. Der Mann war

ein Verzehrer gewesen. »Wieder nur mit Glück entkommen«, flüsterte Jazz da so leise, dass er es mehr von ihren Lippen las, als dass er es hörte. »Magie ist wirkungslos gegen diese Monster.« Ihr Atem ging hastig. »Und sie sind selten allein.«

Von nun an wählten sie nur die dunkelsten Gassen aus und schlichen wie Geister durch die gespenstische Stadt. Die Straßen waren makellos sauber, die Mülleimer leer. Die wenigen Büsche und kleinen Bäume waren in perfekt geometrischen Formen beschnitten. Umso länger sie durch die Gassen schlichen, desto mehr hatte Adrian das Gefühl, in einer Kulisse gefangen zu sein. In keinem der Fenster brannte Licht. Keine Wand war beschmiert. Nicht einmal Aufkleber klebten an den Straßenpfählen.

Nach wenigen Minuten hatten sie den Marktplatz erreicht. Kopfsteinpflaster, eingerahmt von vierstöckigen Gebäuden mit restaurierten Fassaden. Der Platz war leer. Laternen erschufen Inseln aus Licht. Juri machte einige Schritte auf den Platz hinaus, kehrte aber gleich wieder zurück. »Zu unsicher. Keine Deckung, und fünf Gassen münden hier. Zu leicht könnten wir gesehen werden. Besser, wir drehen um …«

Das Geräusch von harten Absätzen auf Stein erklang hinter ihnen und näherte sich schnell.

»Zu spät«, flüsterte Adrian und zog Jazz mit sich. Diana huschte lautlos an ihnen vorbei. Mit Handzeichen deutete sie auf eine Litfaßsäule in der Mitte des Platzes. Zwei Atemzüge nachdem sie hinter der Säule verschwunden waren, dröhnte das Echo der Schritte aus einer nahe gelegenen Gasse.

Adrian hielt die Luft an, als aus einer anderen Gasse weitere Schritte ertönten.

Die Schritte hielten aufeinander zu, bis sie plötzlich stoppten. Zischende Laute erklangen, wie Adrian sie noch von keinem lebenden Wesen vernommen hatte. Er hörte Jazz keuchen und ein leises Knurren von Diana. So gut er konnte, presste er sich gegen die Säule, um möglichst unsichtbar zu werden. Nach unendlichen Augenblicken erklangen erneut Schritte, die sich aber rasch entfernten. Adrian atmete auf.

»Sie patrouillieren«, stellte Diana fest.

»Zu riskant, den Weg zur Predi zurück zu suchen. Wir brauchen ein Versteck«, sagte Juri und blickte sich um.

Adrian nickte, während das Klacken sich weiter entfernte.

Vier der Gassen, die auf den Platz mündeten, waren beleuchtet, nur eine war dunkel. Sie entschieden sich für diese und schlichen weiter. Die Zeit verstrich.

Nach einer Weile bemerkte Adrian, dass direkt vor ihm ein Stein im Pflaster fehlte. Kurz danach sah er einen überquellenden Mülleimer.

»Wir sind nicht mehr im Stadtzentrum«, ließ er die anderen wissen. Tatsächlich wurde die Straße immer ungepflegter, umso länger sie ihr folgten. Von einem Haus fiel der Putz, bei einem anderen war eine Scheibe eingeschlagen. Ein Fahrrad rostete neben einer verbeulten Regenrinne. Adrian wusste nicht, wieso ihn das aufatmen ließ. Als er eine Katze sah, die von einem der Dächer zu ihnen hinabschaute, lächelte er.

»Ich glaube, wir sind auf dem richtigen Weg.«

Kurz darauf erreichten sie ein Gebäude, das einst eine Kirche gewesen war. Nun wuchsen Birken aus dem zerborstenen Dach. Eine Mauer war eingedrückt, viele der Buntglasscheiben gesplittert. Die Kirche war in eine Reihe von Häusern eingekeilt, die wenig jünger und kaum gepflegter aussahen. Als Adrian bemerkte, wie eine getigerte Katze durch ein zerbrochenes Fenster ins Innere kletterte, blieb er stehen.

»Ich glaube, wir sollten heute Nacht hierbleiben.«

Jazz fuhr mit ihren Fingern über die gebrochenen Scheiben. »Ein aufgegebener Ort.« Adrian folgte ihrem Beispiel.

»Aber einer, an dessen Sicherheit viele geglaubt hatten.«

Sie folgten der Katze ins Innere der Kirche. Es roch noch immer nach Weihrauch. Blätter und Erde sammelten sich in den Ecken. Einige Fliesen waren gesprungen, und Gras wuchs in den Ritzen. Das Echo ihrer Schritte erzeugte einen andächtigen Rhythmus.

Außer dem Eingangsportal gab es keinen weiteren Zugang, und das war mit einer dicken Eisenkette versperrt. Sie lehnten einige Sitzbänke vor das zerbrochene Fenster.

»Wenn jemand hier reinkommt, hören wir es«, erklärte Juri.

»Wenn hier jemand reinkommt, gibt es für uns keinen Weg mehr hinaus«, antwortete Diana.

»Dann müssen wir dafür sorgen, dass das nicht passiert.« Er zwinkerte ihr zu. »Kannst du so gut kämpfen wie Armdrücken?«

»Besser«, ließ sie ihn wissen und zeigte ein wölfisches Grinsen.

Während Juri und Diana den Glockenturm erkundeten, begann Jazz damit, einen Bannkreis hinter das Portal zu zeichnen. Als würde sie mit goldener Farbe malen, leuchteten die Spuren einige Sekunden, ehe sie ein dunkles Rot annahmen. Adrian ging durch

das Mittelschiff zum Altar. Seine Finger glitten über die blank polierten Bänke. Wie viele Generationen hatten sich hier getroffen, um zu beten? Wie viele Schuhsohlen hatten den Boden betreten? Würden sie die letzten Besucher sein? Adrian glaubte nicht an die Kirche oder Religionen, aber er wusste, dass Glauben Kraft hatte. Er berührte eine der Säulen und schloss die Augen. Der Stein war kalt unter seinen Fingern. Er spürte eine Einsamkeit, die nicht seine war. Schwach, kaum spürbar. Er ahnte am Rande seines Bewusstseins, dass da etwas war. Das Echo des Glaubens von Tausenden, das noch in diesem Gemäuer existierte?

Etwas klopfte gegen sein Bein. Er öffnete die Augen und sah eine getigerte Katze, die ihn neugierig anblickte. Er beugte sich hinab, um sie zwischen den Ohren zu streicheln, und wurde mit einem tiefen Schnurren belohnt.

Als er zu seinen Freunden zurückkehrte, saß eine getigerte Katze auf seiner Schulter. Eine rote Kerze brannte auf dem Altar neben einer Schnitzerei, die grob an ein Tier erinnerte.

Schwertfang und Hohlkehle

Samtene Dunkelheit umschloss sie wie ein geschmeidiger Mantel. Sie war geborgen. Sie war zu Hause. Liegen und die Wärme nachspüren. Einfach nur die kuschlige Behaglichkeit fühlen. Doch ein Geruch lockte sie. Sie kannte diesen Duft. Es roch süß und so vertraut. Milch mit Honig! Sie blinzelte und streckte ihre Hand aus. Kinderfinger bewegten sich. Die Tasse auf dem Nachttisch war so groß. Sie drehte den Kopf. Über ihr leuchteten Sterne, die ihre Mutter an die Decke geklebt hatte. Ein Sternenzelt nur für sie. Jetzt hörte sie auch Musik. Eine Melodie, die sie wieder und wieder gehört hatte. Dort stand auch ihre Spieluhr, wo sie immer gestanden hatte. Der helle Vogel mit der Uhr im Schnabel, aus dessen Brust die Melodie erklang. Nein, kein heller Vogel, ein weißer Rabe, ging es ihr auf. Sie träumte ihn schon wieder, den Traum, der ihr so bekannt war. Sie richtete sich in ihrem Kinderbettchen auf. Sah das Mobile aus weißen Federn, die langsam im Kreis tanzten. Und dort in der

Ecke, aus der das Nachtlicht schimmerte, stand ihr blaues Dreirad. Sie wusste, wie die Räder rochen und wie es knirschte, wenn sie damit über Sand fuhr.

Die Zimmertür öffnete sich einen Spaltbreit. Ein Strahl goldenes Licht fiel in ihr Zimmer und auf sie. Sie konnte nur eine Silhouette in der Tür erkennen, aber sie wusste, wer es war. Mama! Sie wollte nicht länger im Bettchen liegen. Wollte zu ihrer Mama. Die Tür öffnete sich weiter.

Fremde Geräusche schlichen sich in ihr Zimmer. Geräusche, die in ihrem Zuhause nichts zu suchen hatten. Laute Rufe, etwas zerschellte auf dem Boden, Metall knallte auf Metall. Sie zog ihre Bettdecke hoch. Die Silhouette verschwand, als die Tür geschlossen wurde. Aus Rufen wurden Schreie. Sie klammerte sich an ihr Bettzeug. Ein Beben erfasste den Raum. Etwas Feuchtes lief ihr über die Wangen. Ein Glas mit Kaugummikugeln fiel aus dem Regal und zersprang auf dem Boden. Bunte Murmeln rollten über die Dielen. Sie zog die Bettdecke bis zur Nasenspitze, als sich die Tür erneut öffnete. Ganz langsam diesmal. Sie wusste, es war nicht ihre Mama. Der Schein der nun hereinfiel, war gefährlich orange.

Das war der Moment, in dem Jazz immer aufwachte und der Traum endete. Doch diesmal nicht.

Sie ballte die Hände zu kleinen Fäusten und zwang sich, zur Tür zu sehen.

Jemand betrat ihr Zimmer.

Jemand, der viel kleiner war als ihre Mutter. Ein Junge von vielleicht sechs Jahren, der in einem Pyjama steckte und ein kleines Holzschwert in der Faust hielt. Dunkle Haare und leuchtend grüne Augen, die ihr vertraut waren. Ihr Bruder! Er schlich zu ihr hinüber und hielt ihr die Hand entgegen. Worte verließen seinen Mund,

doch sie konnte sie nicht verstehen. Er zog sie aus dem Bett. Legte den Finger auf seine Lippen und führte sie zu ihrem Schrank.

Erneut bebte das Zimmer. Jazz drückte die Hand ihres Bruders so fest sie konnte. Einige der hellen Sterne fielen zu Boden. Bücher stürzten aus dem Regal. Jazz hatte Angst, doch ihr Bruder hielt sie. Er öffnete die Schranktür, hinter der all ihre Kuscheltiere warteten. Wollte, dass sie sich darin versteckte. Da erschienen Schatten vor ihrer Tür. Sie wollte, dass er mit in den Schrank kam. Die Tür knarrte, als die Klinke heruntergedrückt wurde. Ihr Bruder stieß sie in den Schrank. Das Letzte, was sie sah, war etwas langes Silbernes, das sich in den Raum schob. Dann schloss ihr Bruder die Tür. Es war völlig dunkel. Sie konnte den Atem ihres Bruders durch die Schranktür hören. Er hatte sich vor sie gestellt. Die Dielen stöhnten, als sich schwere Schritte näherten.

»Gabriel!«

Jazz erwachte schweißgebadet. Sie saß aufrecht. Mondlicht fiel durch die Buntglasscheiben der Kirche. Staub tanzte in der Luft. Ihr Schlafsack klebte an ihr. Sie spürte die harten Fliesen unter sich. Ihr Atem ging schwer. Hatte sie gerade geschrien, oder war es nur ein Traum? Gabriel! Sie erinnerte sich an den Namen ihres großen Bruders! Eine Mischung aus Erleichterung und Verlust breitete sich in ihrer Brust aus. Sie schob sich die Haare aus der Stirn. War es nur Traum oder eine Erinnerung? Auch jetzt noch konnte sie die Kuscheltiere riechen, die in dem Schrank lagen.

Gabriel, wolltest du mich an jenem Tag beschützen? Was ist in dieser Nacht geschehen, dass ich euch für immer verloren habe? Was ist aus dir geworden?

Sie fasste sich mit beiden Händen an die heiße Stirn. Die früheste Erinnerung, die sie außer diesem wirren Traum hatte, war das Kin-

derheim, in dem sie aufgewachsen war. Die Gesichter von Frauen, die sich über sie beugten. Das mit Aufklebern übersäte Bett und die Kuscheltiere, die nicht ihre waren.

Nein, das stimmte nicht ganz. Da war noch etwas vorher. Blaues Licht. Hände, die sich zu ihr hinabstreckten.

Juri brummte im Schlaf neben ihr. Aber Jazz war jetzt hellwach. Sie schnappte sich ihren Rucksack, schlich durch das Mittelschiff zum Portal und stieg die Treppe zum Glockenturm hinauf. Die Stufen waren ausgetreten. Sie konnte noch Juris Fußabdrücke im Staub erkennen.

Die Treppe wand sich wie ein Schneckenhaus hinauf. Mit jedem Schritt wurde es kühler. Ihr Atem bildete Wölkchen in der Luft.

Am Ende der Treppe wartete ein kleiner, quadratischer Raum. Putzbrocken knirschten unter ihren Füßen. Eine Leiter führte hinauf zu einer Glocke, die sicher seit Jahren nicht mehr geläutet hatte.

Jazz hockte sich hin, entzündete einen Kerzenstummel und kramte ihr Diarium heraus, um darin ihren Traum festzuhalten. Mit dem Namen ihres Bruders fing sie an. Gabriel Oleander.

Als sie fertig war, waren ihre Finger mit Tinte bekleckst. Sie atmete durch. Diese Erinnerungen – sie war sich inzwischen sicher, dass es wirklich Erinnerungen waren – würde ihr niemand mehr nehmen.

Ihre Mutter hatte sich entschieden, für den Orden des Hammers zu arbeiten. Warum? Hatte sie sich rächen wollen und deswegen mit dem Feind gemeinsame Sachen gemacht? Oder wollte sie so ihre Familie schützen? Und was war mit ihrem Bruder geschehen?

Unser Schlimmstes tun wir nicht aus Hass, wir tun es aus Liebe, hatte ihre Mutter gesagt. Hatte sie die Liebe zu ihren Kindern auf den Pfad der Rache geführt?

Jazz dachte wieder an ihren Traum. Sie war darin nicht älter als

vier, das war vor über zwölf Jahren. Zur gleichen Zeit war der große Frieden gescheitert.

Sie brauchte mehr Informationen, entschied Jazz und griff nach dem braunen Buch. Irgendwo zwischen diesen Seiten steckten die Antworten. Sie schlug das Buch auf und schrieb die Losung hinein.

Immer wieder las sie, was auf der ersten Seite stand. Es war stets die gleiche Handschrift, aber jedes Mal ein anderer Text. Aufzeichnungen über Beschattungen, Tagebucheinträge über Begegnungen mit anderen Hexen, Vermutungen über den Aufbau des Ordens, Rezepte für Tinkturen, Rituale, um Flüche zu wirken. Jazz wünschte, sie hätte mehr Zeit, wusste sie doch, dass jedes Mal, wenn sie das Buch schloss, die Zeilen verschwanden. Dennoch klappte sie es immer wieder zu, auf der Suche nach Aufzeichnungen über den gescheiterten Frieden und das, was damals passiert war.

Als sie das Buch zum wiederholten Mal öffnete, graute schon der Himmel. Ein Satz auf der ersten Seite stach ihr ins Auge.

Stehst du mit dem Rücken zur Wand, kann dir niemand in den Rücken fallen. Das passte gut zu ihrer Situation, fand sie und begann zu lesen. Es handelte sich um die Anleitung zu einem Zauber, einem Fluch, um aus brenzligen Situationen zu entkommen. Weil sie wusste, sie würde die Stelle nicht wiederfinden, beschloss sie, der Anleitung zu folgen. Alles, was sie brauchte, hatte sie dabei: Papier, Kerzenwachs, Tinte und ein kleines Gefäß.

Die Zeichen auf das Papier zu schreiben, fiel ihr leicht. Den Fetzen Papier auf eine bestimmte Art zusammenzufalten und in das Fläschchen zu stecken, war auch einfach, aber es mit dem Korken zu versiegeln, noch während das Papier brannte, stellte sich als schwieriger heraus als erwartet. Laut Beschreibung musste die Öffnung komplett verschlossen sein, bevor die Glut erlosch, damit sich

der Fluch nicht verflüchtigte. Krähen krächzten auf dem Dach, als Jazz ihr Resultat zwischen Finger und Daumen in die Höhe hielt. Sie hob eine Augenbraue und betrachtete das Fluchglas.

»Und das soll helfen, wenn man mit dem Rücken zur Wand steht?«, fragte sie sich leise.

»Das hängt davon ab, wer davorsteht«, erklärte eine rauchige Stimme.

Jazz schnaubte. Sie brauchte sich nicht umzudrehen, um zu wissen, wer hinter ihr aufgetaucht war.

»Reto.« Sie erhob sich. Wie jedes Mal trug er sein abgetragenes Tweedjacket und die geflickte Stoffhose. Er klopfte sich gerade den Staub von den Händen.

»Einen charmanten Unterschlupf hat sie sich ausgesucht.«

Jazz machte sich gar nicht erst die Mühe, ihn zu fragen, wie er hergekommen war. Sie ahnte, dass die Antwort ähnlich ausweichend ausfallen würde wie bisher.

»Warum bist du hier?«

Reto blickte sie mit gespielter Überraschung an, ehe er eine theatralische Verbeugung aufführte.

»Unserer Übereinkunft wegen.« Er zog das Manuskript aus der Tasche, das Jazz ihm gegeben hatte, und hielt es ihr hin.

Vogelkrallen scharrten auf dem Dach, als sie danach griff.

»Doch wir haben auch eine Warnung für sie. Die Zeit wird knapp, und sie ist an einem äußerst gefährlichen Ort.«

Jazz verdrehte die Augen. »Du hast mir doch selbst gesagt, der einzige Weg, Arken zu retten, wäre, andere Hexen zu finden.«

Reto legte den Kopf schief, seine aschblonden Haare fielen ihm in die Stirn.

»Wir sagten auch, es gäbe einen anderen Weg, wenn sie uns ver-

traut. Der Schleier ist gefallen, und sie ist die letzte Hexe von Arken. Mit ihr steht und fällt alle Hoffnung.«

Jazz verschränkte die Arme vor der Brust.

»Danke, dass du mich daran erinnerst.«

Er streckte ihr seine behandschuhte Hand entgegen. »Komm mit mir, und ich zeige dir einen anderen Weg, um Arken zu schützen. Einen Weg, der dich in deine vergessene Vergangenheit führt.«

Jazz kniff die Augen zusammen und musterte sein Gesicht, während seine ausgestreckte Hand noch immer in der Luft hing. War das wieder eins seiner Spiele? Und wieso wusste er so viel? Aus den grauen, goldgesprenkelten Augen ließ sich weder das eine noch das andere herauslesen.

»Jazz, bist du da oben?«, hörte sie plötzlich Juris tiefe Stimme.

»Juri, eine Sekunde, ich komme gleich runter.«

Reto ließ den Arm sinken. »Ihre Zeit wird knapp. Sie kann weiter die Ordenshexen suchen, aber Arken wird nicht so viel Zeit bleiben. Oder sie vertraut uns.«

Ihre Finger spielten mit dem Schlüssel in ihrer Tasche. Sie traute Reto nicht über den Weg, aber er wusste etwas. Mehr als er ihr sagte. Da war sie sich sicher.

»Jazz, mach dir keinen Stress. Ich schau mal, ob ich irgendwo was zu Futtern für uns und die Katze bekomme.«

Sie machte zwei Schritte in Richtung Wendeltreppe.

»Juri, warte kurz, ich komme mit. Ich bin gleich da.«

Noch bevor sie sich umdrehte, wusste sie, dass Reto den Glockenturm verlassen hatte. Der Raum war leer. Sie blickte auf den Rucksack am Boden: Die Mappe mit den Märchen fehlte. Jazz krümmte die Finger zu Fäusten.

»Dieser verdammte Dieb!«

Sie mussten eine Weile an geschlossenen Ladenfronten vorübergehen, bis sie ein Geschäft fanden, in dem sie sich mit den nötigsten Lebensmitteln eindecken konnten. In diesem abgelegenen Teil von Grotenheim schienen es die Läden schwer zu haben. Doch für sie war das von Vorteil. Kaum jemand war unterwegs. Auch der kleine Supermarkt war bis auf die Verkäuferin leer. Auf den spärlich bestückten Regalen sammelte sich Staub in den Lücken zwischen Konservendosen und Spülmittel. Juri hatte sich die Kapuze über den Kopf gezogen und zugeschnürt. Jazz war sich nicht sicher, welchen Effekt die Anwesenheit von so vielen Verzehrern auf den Talisman hatte, und wollte lieber kein Risiko eingehen. Jetzt guckte nur noch Juris Nase hinaus. Seine Nasenspitze und die Brezel, die zur Hälfte in seinem Mund steckte. Trotzdem beäugte die Frau an der Kasse ihn mit hochgezogenen Augenbrauen. Er signalisierte ihr mit zwei erhobenen Daumen, wie gut ihm die Brezel schmeckte.

»Sie sind aber nicht von hier?«, fragte die ältere Dame über den Rand ihrer violetten Brille hinweg.

Jazz lächelte entschuldigend und nestelte an ihren Amuletten. »Auf der Durchreise und sehr hungrig.«

»Sehe ich«, ließ sie die Verkäuferin wissen und nahm Jazz' Zeichnung widerspruchslos entgegen.

Aber es hatte auch seine Vorteile, einen Troll dabeizuhaben. Er trug die vielen Papiertüten in seinen beiden Pranken, obwohl er nebenbei einen Apfel verschlang. Jazz betrachtete ihn von der Seite, überrascht davon, wie er das, ohne seine Hände zu benutzen, bewerkstelligte. Es musste wohl eine besondere Trollfähigkeit sein, dachte sie und lächelte in sich hinein.

Obwohl es helllichter Tag war, waren sie auch auf dem Rückweg allein, und Jazz dankte der großen Mutter dafür. Die dreistöckigen

Gebäude wirkten verlassen. In den Fenstern der Fachwerkfassaden hingen keine Gardinen. In den wenigen Blumenkästen waren alle Pflanzen längst vertrocknet. Nur ihre eigenen Schritte hallten durch die schmalen Straßen. Sollten die Verzehrer nur in der Nacht patrouillieren, hätten sie genügend Zeit, Merle zu suchen, überlegte Jazz.

Ideal wäre es, wenn sie an einem zentralen Platz eine geheime Botschaft für sie verstecken könnten. Eine, die nur Merle verstand, damit sie wusste, dass ihre Freunde hier waren, um ihr zu helfen.

»... fehlt mir schon sehr ...«, erklärte Juri gerade. Jazz antwortete nicht, sie hatte nicht mitbekommen, worüber er vorher geredet hatte.

»Was, wenn sie nichts zu essen hat oder einsam ist?«, sprach der wankende Berg aus Papiertüten neben ihr da auch schon weiter.

»Deswegen machen wir ja so schnell wie wir können«, antwortete Jazz leichthin.

»Und was, wenn sie nicht genügend gestreichelt wird?«

Bitte? Jazz sah Juri mit erhobener Augenbraue an. »Ich glaub, sie hat andere Probleme.«

»Du weißt ja nicht, wie wichtig das für sie ist. Pampelmuse braucht Streicheleinheiten mindestens so sehr wie Futter.«

Jazz seufzte auf. Natürlich, Juri redete von seinem dreibeinigen Hund! Sie atmete tief durch.

»Ich bin mir sicher, dein Vater sorgt dafür, dass sie genügend gestreichelt wird. Da brauchst du dir keine Sorgen zu ma...«

Jazz unterbrach sich, weil Juri unvermittelt stehen geblieben war und drei Schritte in einen verwilderten Hinterhof hinein machte.

»Juri, wir sollten wirklich sehen, dass wir weiterkommen ...

Doch er stellte die Einkaufstüten ab, beugte sich hinab und fuhr mit der Hand über den Boden. »Ich glaub's nicht!« Er stand wieder auf und hielt Jazz die offene Hand hin. Darin lag ein längliches Stück poliertes Metall. Als er ihren Blick bemerkte, beeilte er sich zu erklären: »Das ist das Bruchstück einer Klinge. Oder wahrscheinlich ein Teil von einem alten Messer ...« Er schüttelte den Kopf, dass ihm die Kapuze vom Kopf rutschte. »Siehst du, hier am Schwertfang ist es stumpf und ab hier ist es scharf geschliffen.« Er zeigte auf eine andere Stelle. »Und diese Vertiefung ist eine Hohlkehle, um das Gewicht zu verringern. Das ist das Bruchstück eines Schwertes, und es liegt noch nicht lange hier.«

Jazz betrachtete es mit neu erwachtem Interesse. Sie spürte, wie sich ihr die Nackenhärchen aufstellten, während ihr Blick über den Hinterhof schweifte. Das Unkraut war braun und abgestorben. Im hinteren Teil war es schwarz, als wäre es verbrannt. Der Boden war an mehreren Stellen aufgewühlt. An einem toten Strauch hing ein Fetzen schwarzer, glänzender Stoff.

»Lass uns zusehen, dass wir von hier verschwinden«, flüsterte sie.

Der Troll packte die Papiertüten, und sie hasteten los. Jazz hatte Mühe, mit seinen ausgreifenden Schritten mitzuhalten. Sie wollte ihn gerade bitten, etwas langsamer zu gehen, als sie hinter sich wieder das Klacken von harten Sohlen auf Stein vernahmen. Die Schritte kamen näher. Jazz und Juri fielen in einen leichten Lauf. Das Klacken wurde wieder leiser. Sicherheitshalber bogen sie zweimal ab, als sich auch Schritte von vorne näherten.

Juri wechselte einen schnellen Blick mit Jazz. Dann warf er die Papiertüten in eine Ecke und zog den Kricketschläger unter der Jacke hervor. Sie sprinteten zurück. Jazz hörte nichts als das Dröh-

nen ihrer Schritte und das Rauschen des Windes in ihren Ohren. Sie blickte die Straße hinab, und ihr Herz setzte einen Schlag aus, als sie einen Mann in einem schwarzen Anzug mit dunklem Hut erblickte, der ohne jede Eile die Straße hinunterschritt. Juri sah ihn auch, und ein tiefes Grunzen ertönte aus seiner Brust. Sie jagten zwischen hoch aufragenden Häusern hindurch, ausgetretene Stufen hinunter, eine schmale Gasse hinab. Die Wände waren hier so nah, dass Juris Schultern daran entlangschabten. Drei Stufen führten sie tiefer unter einem Torbogen hindurch auf einen gepflasterten Platz. Die Fenster der dreistöckigen Gebäude waren stumpf und von Spinnweben bedeckt. Eins der Häuser war eingerüstet, die anderen dem Verfall überlassen worden. Früher einmal mochte dies ein kleiner Marktplatz gewesen sein, um den herum Händler ihre Läden und Handwerker ihre Werkstätten führten. Jetzt war es eine Falle. Drei enge Pfade schnitten strahlenförmig von dem Platz durch die ausgeblichenen Steinbauten. Juri stemmte sich gegen das schmiedeeiserne Tor, durch das sie den Platz betreten hatten. Die Scharniere protestierten quietschend, als sich das Tor langsam schloss. Jazz zerrte ihr Diarium aus dem Mantel, löste eine Seite heraus und murmelte mit glühenden Augen die Beschwörungsformel. Das Schutzsignum leuchtete auf, schwebte zum Tor und wurde dort wie von unsichtbaren Kräften festgehalten. Für mehr blieb keine Zeit. Schon meinte Jazz, dunkle Anzüge in den schattigen Gassen zu erkennen. Ein Blick zurück zeigte ihr den Mann mit dem dunklen Hut, nur durch das Tor von ihnen getrennt. Jazz' Finger schlossen sich um den Schlüssel in ihrer Tasche, mit dem sie nach Arken zurückkehren könnten, als der Mann den Mund unnatürlich weit aufriss und dunkler Nebel daraus hervorquoll. Noch wurde die wabernde Dunkelheit von dem Signum aufgehalten, doch der Zauber leuchtete schon schwächer. Jazz' Finger wurden feucht, ihr Herzschlag wummerte in ihren Ohren. Juri neigte den Kopf und streckte die Hörner vor. Dann zeigte er auf das Baugerüst. »Dort rauf!«

So schnell sie ihre Füße trugen, rannten sie hinüber. Eine Leiter war nicht zu entdecken, aber Juri warf Jazz empor wie einen Strohballen. Ihre Hände klammerten sich um ein Stahlrohr, an dem getrocknete Zementklumpen hingen. Sie versuchte, mit ihren Stiefeln einen Tritt zu finden, trat aber nur ins Leere. Wie ein verwelktes Blatt pendelte sie hin und her. Das Quietschen des schmiedeeisernen Tors gab ihr neue Kraft. Sie holte Schwung, spürte, wie sich das Gerüst unter ihrem Gewicht bewegte wie ein altersschwaches Tier. Endlich fand sie mit den Füßen Halt und drückte sich nach oben. Dann sah sie die schwarzen Anzüge, die im Gleichschritt den Platz betraten. Jazz rollte sich über ihre Schulter auf den Rücken. Das Gerüst gab ein lautes Knirschen vor sich, und die Planke unter ihr bewegte sich. Sie warf sich zur Seite, sprang auf und nahm die Stufen zur nächsten Etage. Sie erreichte gerade eine weitere Ebene, als sie das Beben spürte. Laut krachend stürzte der untere Teil des Gerüsts ein. Ein gewagter Sprung brachte sie auf einen schmalen Balkon und in Sicherheit, als auch der Rest des Gerüstes klirrend zu Boden stürzte.

»Juri!« Ihr Schrei ging im Dröhnen des Metalls unter. Staub brannte in ihrer Kehle, und sie beschirmte ihre Augen.

Als sich der Staub langsam legte, entdeckte sie ihn. Er stand zwischen dem zusammengebrochenen Gerüst und dem Gebäude, die Beine schulterbreit auseinander, den Kopf eingezogen, die Hörner nach vorne gestreckt, und wirbelte seinen Kricketschläger durch die Luft. Ein Halbkreis aus dunklen Anzügen hatte ihn eingeschlossen.

Jazz begriff, was er vorhatte. Er wollte die Verzehrer aufhalten, damit sie fliehen konnte. Doch das würde sie nicht zulassen.

»Juri, verdammt! Setz deinen Trollhintern in Bewegung und kletter hoch zu mir, oder ich komm runter! Du kannst das!«

Juri schnaufte und schüttelte den Kopf. Als er sah, dass Jazz tatsächlich Anstalten machte, wieder über das Balkongeländer zu klettern, feuerte er seinen Kricketschläger in den nächsten Anzugträger, der nach hinten geschleudert wurde wie von einer Kanonenkugel getroffen. Doch seine Lücke im Kreis wurde sofort von einem anderen übernommen. Ein halbes Dutzend Verzehrer war inzwischen auf dem Platz und schritt stumm auf Juri zu. Der nahm drei Schritte Anlauf und stürmte auf die Fassade zu. Schneller, als Jazz es ihm zugetraut hatte, lief er daran zwei Schritte empor, stieß sich ab und flog hinauf zu einem Rohr, das unter ihr aus der Wand ragte. Gleich darauf hing er vier Meter über dem Boden. Ein Grinsen bildete sich auf seinem Gesicht, als er sich an dem Rohr emporzog. Jazz' Finger schlossen sich um das Geländer. »Du schaffst das, Juri! Los zeig mir, wofür du so hart trainiert hast!«, rief sie ihm zu. Dieses Manöver würde ihm keiner der Anzugträger nachmachen können. Er würde es schaffen!

Sie hörte ein knisterndes Geräusch, als ob Zeltplane zerrissen würde. Dann sah sie es auch. Alle Anzugträger unter ihnen hatten ihre Kiefer in einem unmöglichen Winkel aufgerissen. Die Haut in ihrem Gesicht splitterte wie Porzellan, und schwarzer Nebel wand sich aus ihrem hohlen Inneren. Die dunklen Schwaden vereinigten sich und wanden sich weiter aufwärts. Juri war gerade dabei, seinen Fuß auf das Rohr zu hieven, als ihn der dunkle Nebel erreichte.

Ein rauchiger Tentakel umfing seinen Arm und zerrte ihn hinab.

»Nein!« Jazz' Haare richteten sich auf, und die Zeichen auf ihrer Haut leuchteten. Sie beugte sich über das Geländer hinab. Verkeilte ihre Füße, um Juri zu Hilfe zu kommen. Doch es reichte nicht. Juri hielt sich nur noch mit zwei Fingern. Sein Sturz hinab zu den Verzehrern war höchstens Augenblicke entfernt. Der Putz an der Wand fiel in großen Brocken in die Tiefe, als sie sich weiter über das Geländer beugte. Wie lange, bis die Wand nachgeben würde?

Die Wand! Sie griff in ihre Manteltasche und tastete nach dem kleinen, harten Gegenstand unter ihren Fingerspitzen. Mit zusammengebissenen Zähnen schleuderte sie ihn hinab zwischen die Verzehrer. Mit einem Klirren zersprang das Fluchglas in der Mitte des Kreises.

Im nächsten Augenblick schoss eine blaue Flammensäule in den Himmel. Schmerzen explodierten in Jazz' Armen. Elmsfeuer tanzten über ihre Unterarme. Die Zeichen, die sie sich auf die Haut gemalt hatte, strahlten in blauem Feuer, brannten sich in ihre Haut wie glühende Scherben. Jazz krümmte sich, während glühende Finger über ihre Haut schabten. Sie wollte den Schmerz hinausschreien, aber er blieb ihr in der Kehle stecken.

Augenblicke, Atemzüge, Minuten? Jazz wusste es nicht. Aber irgendwann ebbte der Schmerz ab. Das Feuer wurde zu einem Glühen und verschwand schließlich ganz. Auf wackligen Beinen stemmte sie sich in die Höhe. Die Welt schwankte unter ihr, aber sie kannte nur einen Gedanken. Juri!

Das Rohr, an dem er gehangen hatte, war leer. Darunter klaffte ein schwarzes ausgefranstes Loch, wie ein Brandloch, das sich bis in den Kern der Erde erstreckte. Aschefetzen wehten zu ihr hinauf. Als sie sich weiter hinabbeugte, erklang ein raues Flüstern.

»Jazz.«

Dann sah sie Juri am unteren Rand ihres Balkons baumeln. Das Gesicht von Asche dunkel, die Haare versengt.

Ohne zu zögern, griff sie nach seinen Armen und zog ihn in die Höhe und über das Geländer.

Kaum stand er auf dem Balkon, schloss ihn Jazz in eine Umarmung. Sie standen lange so da, und Jazz spürte, wie es ihr feucht über die Wangen lief.

Dann hörten sie die Geräusche unter sich.

In der undurchdringlichen Finsternis des Lochs bewegte sich etwas. Ein Schaben erklang aus dem Abgrund. Verzehrer kletterten aus dem Loch. Ihre Anzüge waren verbrannt oder hingen als verkohlte Fetzen an ihnen herunter. Wo verbrannte Haut sein sollte, erblickte Jazz nur weißes Porzellan, über das sich dunkle Risse zogen.

»Lass uns verschwinden, solange wir können«, durchbrach Juri ihre Erstarrung und griff nach ihrer Hand. Als sein Blick auf ihre Finger fiel, erstarrte er seinerseits. Sie löste ihre Finger aus seinen und drehte ihren Arm im Licht. Alle Zeichen auf ihrer Haut waren verschwunden.

Quasimodo

War das nicht gerade Jazz' Stimme?

Adrian öffnete die Augen einen Spaltbreit. Es war noch mitten in der Nacht. Sein Rücken schmerzte von dem harten Boden. Obwohl es eisig war, klebte sein Schlafsack wie eine Tüte warme Gummibärchen an ihm. Er rieb sich das Gesicht und verspürte das dringende Bedürfnis, sich die Zähne zu putzen. Als er sich zur Seite drehte, ertastete er geborstene Fliesen. Richtig, sie waren in diese Kirche eingestiegen, um zu übernachten. Er gähnte. Neben ihm lag Juri und gab genau die Geräusche von sich, die man von einem schlafenden Troll erwartete. Als Adrian sich aufrichtete, sah er auf seiner anderen Seite Diana liegen, zusammengerollt wie eine Schnecke. Gähnend legte er sich wieder hin. Im Halbschlaf sah er, dass Jazz an ihm vorbeischlurfte. Sie schwang sich ihren Rucksack über die Schulter. »Wozu braucht sie den denn jetzt?«, dachte er noch, bevor ihm die Augen wieder zufielen.

Pfoten, weich wie Moos, trugen ihn hoch über die Menschensiedlung. Die Steinplatten unter ihm waren rau, die Nacht voller Geräusche. Er blickte über die mondbeschienenen Menschenbauten und lächelte, wie nur Katzen es können.

Jetzt fühlte er sich leichter. Er verbarg sich im trockenen Gras, die Schultern gespannt, den Kopf nah am Körper. Das Loch war nur einen Katzensprung entfernt. Er hatte gesehen, wie etwas darin verschwunden war, und er würde bereit sein, wenn es wieder hervorkroch.

Er blinzelte und streifte den nächtlichen Holzweg entlang, den Menschen über den Fluss gebaut hatten. Das Wasser unter ihm funkelte vielversprechend im Mondlicht. Er sah, dass sich im Schatten der Boote silberne Beute versteckte. Wenn er nur etwas dichter herankäme! Er beugte sich hinab und stützte sich mit einer Pfote gegen einen Pfahl. Wenn der Fisch noch etwas näher heranschwamm, könnte er ihm nicht mehr entgehen. Harte Sohlen schlugen auf den Steg und verjagten die Schuppenträger.

Wieder war er woanders. Das dunkle Fell seiner Pfoten war schon mit erstem Grau durchsetzt. Etwas quiekte im Gebälk unter ihm, aber er wusste, dass es der Mühe nicht wert war. Vor einigen Sommern noch wäre das anders gewesen. Er streckte seinen Rücken durch und fuhr mit den Krallen über die Dachschindeln. Es war eine gute Nacht. Sein Bauch war voll, und keine anderen Kater streunten durch sein Territorium.

Er schloss die Augen und roch fließendes Wasser, Algen und Fisch. Mit einer trägen Bewegung richtete er sich auf und hielt seine

Schnauze in den Wind. Als er die Augen öffnete, lag die Menschensiedlung unter ihm. Er saß auf dem höchsten Punkt eines Menschenbaus und blickte hinab auf einen großen, flachen Regenschutz. Darunter lag eine weitläufige Höhle, die die Zweibeiner aufgegeben hatten – das wusste er. Doch heute Nacht liefen dort Menschen. Mit steifen Schritten hasteten sie auf das Haus zu. Er reckte die Nase in die Luft. Menschen, die nach nichts rochen.

Mit wenigen, geschmeidigen Bewegungen kletterte er auf den krummen Apfelbaum. Seine Krallen fanden in der rauen Borke festen Halt. Das gefleckte Fell verwandelte ihn in einen Schatten. Er brauchte nur noch auf Beute zu lauern. Seine Jungen würden nicht lange warten müssen. Er verschmolz mit dem Ast und spähte in die Nacht. Der Wind drehte und brachte fremde Laute an sein Ohr. Neugierig folgte er den Tönen, die von Wintersonne und Bächen voller Fische berichteten. Er schlich durch das Schilf und sah, dass es ein Mensch war, der diese Musik hervorbrachte. Dass etwas so Ungeschicktes so etwas Schönes machen konnte, überraschte ihn. Ein Mensch mit buntem Kopffell hockte in einer Ruine und machte Töne, die es mit dem Gesang von Vögeln aufnehmen konnten. Hinter dem Mensch erschien ein zweiter, der silbern funkelte. Dann erstarb die Musik.

Er stolzierte auf kurzen Beinen durch die große Höhle mit den glatten Steinen. Von oben drang durch die durchsichtigen Steine silbernes Licht herein. Jetzt war er nicht länger allein. Menschen waren hier. Menschen waren gut. Sie brachten Nahrung, ohne dass man jagen musste. Gerade schliefen sie. Der eine Mensch interessierte ihn besonders. Er würde ihm zeigen, dass er ihm Nahrung geben durfte.

Adrian spürte einen milden Druck auf seiner Brust. Als er blinzelte, nahm er nur einen verschwommenen roten Schatten wahr. Schon wollte er die Augen wieder schließen, als er das Schnurren hörte. Er öffnete die Augen ganz und sah, dass sein Blick erwidert wurde. Eine kleine getigerte Katze saß auf seiner Brust und sah ihn auffordernd an. Adrian streckte die Hand aus, um die Katze zu streicheln, spürte das feine Fell unter den Fingern, während er sich an die Träume erinnerte.

Merle! Sie war noch in der Stadt!

»Jetzt schau mich nicht so an. Ich weiß doch auch nicht, wie lange es dauert, bis er wiederkommt.«

Die getigerte Katze musterte ihn noch einen Moment fordernd und schien dann zu entscheiden, dass es Zeit für Fellpflege war.

Adrian spritzte sich etwas Wasser aus einer Regentonne hinter der Kirche ins Gesicht. Die Katze brachte sich mit einem Sprung in sichere Entfernung. Das Wasser war eiskalt, aber er fühlte sich danach frischer und weniger müde. Neben ihm erklang ein angestrengtes Brummen. Diana mühte sich mit einem von Juris selbst gemachten Müsliriegeln. Adrian schüttelte den Kopf. »Du wirst dir daran die Zähne ausbeißen.« Die Riegel waren mittlerweile hart wie Stein. Selbst Juri hatte das einsehen müssen. Der Hauptgrund, warum er sich vor einer Weile mit Jazz aufgemacht hatte, um Frühstück zu holen. Jazz war da gerade erst von ihrem morgendlichen Ausflug zurückgekehrt gewesen. Was sie wohl zu so früher Stunde gemacht hatte?

Adrian beschloss, dass zwei Handvoll Wasser eine ausreichende

Morgenwäsche abgaben, und presste Zahnpasta auf seine Zahnbürste. Während sich ein angenehmer Geschmack nach Pfefferminze in seinem Mund breitmachte, dachte er über die Traumbilder nach.

Er war sich sicher, dass es Katzes komplizierte Art war, ihm etwas mitzuteilen. Du hättest es mir auch einfach sagen können, teilte er seinem Totem in Gedanken mit.

Worte sind eine Menschenerfindung und entsprechend unzuverlässig.

Adrian hielt beim Zähneputzen inne. Die Antwort verblüffte ihn viel weniger als die Tatsache, dass Katze ihm überhaupt geantwortet hatte. Normalerweise wurden seine Fragen mit Schweigen beantwortet.

Hast du mich durch Katzenaugen sehen lassen, um mir zu zeigen, wo Merle ist? Wo ist diese Ruine, in der ich sie gesehen habe? Und warum hat Merle plötzlich aufgehört zu spielen? Wegen des Ritters?

Schweigen.

Adrian seufzte. Es wäre ja auch zu einfach gewesen. Als er sich den Mund ausspülte, erklang ein Geräusch, als wenn Totholz abbrach. Danach hörte er Dianas triumphierendes Gekicher. Sie hielt ihm den Müsliriegel hin, von dem eine Ecke fehlte.

»Und ob die noch gehen«, stellte sie fest, während ihre Kiefer mahlten.

»Und wie viele Zähne hat dich das gekostet?«

»Werwölfe haben einen festen Biss«, ließ sie ihn wissen und kaute, als hätte sie einen besonderen Leckerbissen im Mund.

Adrian warf die Zahnbürste in seinen Rucksack und blickte auf zum grauen Himmel. Wolken aus Stahl verbargen die Sonne und sorgten für Zwielicht. Ihre Bäuche hingen so tief, er meinte sie über die Giebel der Dächer kratzen zu hören. Ob die Wolken wussten,

wo Jazz und Juri waren und wann sie endlich wieder zurückkämen? Er hatte sich überlegt, ihnen beim Frühstück von den Katzenträumen zu erzählen. Denn er war sich sicher, dass er die Lagerhalle gesehen hatte, die Merle im Brief erwähnt hatte. Die Männer in den schwarzen Anzügen, die dort aufmarschiert waren, ließen ihn schaudern. Merle mit ihrer Gitarre schien zum Glück woanders zu sein. Hohes Schilf war da gewesen und eine verfallene Ruine. War sie weit außerhalb der Stadt?

»Gibt es einen Grund, warum du auf und ab läufst wie ein aufgeschrecktes Hühnchen? Wenn du hungrig bist, gebe ich dir was von meinen Riegeln ab.«

Erst jetzt wurde Adrian klar, dass ihn seine Schritte beständig im Kreis über den Hinterhof führten. Er hockte sich auf eine Kabeltrommel und bettete seinen Kopf in die Hände. Die getigerte Katze schien das als Einladung zu sehen, es sich auf seinem Schoß bequem zu machen. Adrian blickte zu Diana. Die Verbindung, die sie zu Wolf hatte, war so anders als die, die er mit Katze teilte. Diana war schon wieder damit beschäftigt, ein weiteres Stück von dem Riegel abzubeißen. So wie sie dabei guckte, war es nicht einfacher geworden.

»Hattest du auch schon mal so merkwürdige Träume …«

Diana hielt inne und blickte ihn an. Der übergroße Müsliriegel steckte ihr zwischen den Kiefern, die sie weder auf- noch zubekam.

»'räume?«

»Ach, nicht so wichtig.« Adrian schüttelte den Kopf und blickte zu der Katze die ihn aufforderte, ihr den Bauch zu streicheln.

Diana hatte es inzwischen geschafft, den Riegel zwischen den Zähnen zu befreien.

»Du meinst solche, wo du durch Wolfsaugen siehst und Rehe durch den Wald jagst?«

Adrian blickte auf. Diana winkte ab, als hätte er sie gefragt, ob sie schon einmal Schnee gesehen hätte.

»Janka schickt mir andauernd solche Träume. Dann weiß ich, wie sie sich bei der Jagd fühlt, wo der Rest des Rudels ist und wer sich im Wald rumtreibt.« Sie erzählte es mit fast schon gelangweilter Beiläufigkeit.

Adrian nickte zögernd. Er spürte die Wärme der Katze auf seinem Bauch. Als sie anfing zu schnurren, berichtete er Diana, was er geträumt hatte.

Sie hörte ihm zu, ohne ihn zu unterbrechen. Schließlich nahm sie den Riegel aus dem Mund und fragte: »Und warum sitzen wir dann noch hier rum?«

Als die beiden aus dem geborstenen Kirchenfenster kletterten, blickte ihnen die getigerte Katze vorwurfsvoll hinterher. Für Juri und Jazz hatte Adrian eine Nachricht hinterlassen. Er hoffte, die beiden würden sie finden, wenn sie mit dem Frühstück zurückkamen.

Er wollte ohnehin nur kurz mit Diana gucken, ob er das Dach fand, das ihm Katze gezeigt hatte. Auch wenn Merle inzwischen woanders war, versteckte sich dort vielleicht ein Hinweis auf ihren Aufenthaltsort.

»Also, wo müssen wir hin?«, fragte Diana.

Adrian blickte die Straße entlang. Die Gebäude sahen alle furchtbar ähnlich aus. Schmucklose, graue Fassaden, die sich in beide Richtungen erstreckten.

»Ich habe keine Ahnung. In dem Traum hab ich alles von einem hohen Dach aus gesehen.«

Diana nickte, als wäre der Fall nun völlig klar. »Dann müssen wir dorthin.«

Ihr Finger ragte wenige Zentimeter aus dem Ärmel und war auf das höchste Gebäude der Straße gerichtet. Nur die Kirche war noch höher, aber das Turmfenster dort wäre selbst für Diana zu schmal. Adrian betrachtete das eingesunkene Dach des Hauses und die hervorstehenden Dachsparren. Könnte dies das Haus gewesen sein, auf dem er in seinem Traum gesessen hatte?

Diana wartete nicht auf eine Antwort, sondern marschierte schon in die angegebene Richtung davon. Noch bevor Adrian sie aufhalten konnte, trat sie vor die Haustür, von der grüne Farbe abblätterte, und betätigte den Türklopfer. Dreimal. Doch es tat sich nichts. Diana zögerte nicht länger, rammte die Tür ein und verschwand im Inneren. Adrian warf einen Blick über die Schultern und versicherte sich, dass niemand sie sah. Dann folgte er ihr durch das aufgebrochene Tor.

Diana wiederholte diese Strategie, bis sie es auf das Dach geschafft hatten. An den Schornstein gelehnt, blickten sie über die Dächer Grotenheims. Wie die Panzer jahrhundertealter Schildkröten erstreckte sich die Hügellandschaft aus Dachziegeln bis zum Fluss. Die Ansicht war der aus seinem Traum nicht unähnlich.

»Es ist nicht das richtige Dach, aber mir ist gerade wieder eingefallen, dass es nach Fisch und Fluss gerochen hat.«

Diana kletterte den Schornstein hinauf, um sich einen besseren Überblick zu verschaffen. Ihre silberne Mähne flatterte im Wind. Dann ruckte ihr Arm nach vorn.

»Wir müssen weiter in diese Richtung.«

Adrian nickte und wollte schon wieder die Treppen hinuntergehen, als ihn Diana zurückhielt.

»So geht es viel schneller.« Sie sprang vom Schornstein ab, segelte durch die Luft und rollte sich auf dem nächsten Dach ab, das sicher drei Meter entfernt war. Adrians Blick pendelte zwischen Treppe und Diana hin und her. Dann sah er ein Katzenlächeln vor seinem inneren Auge und spürte auf einmal Katzes Beistand. Mit drei Schritten hatte er den Rand erreicht und schnellte durch die Luft. Er drehte sich um seine eigene Achse und kam in einer filmreifen Dreipunkt-Landung neben Diana auf. Ihre gelben Augen blitzten, als sie ihn anlächelte. Einen Wimpernschlag später rannte sie zum nächsten Dach. Adrian blieb ihr auf den Fersen.

Sie hechteten von einem Dach zum nächsten, schreckten Tauben auf und versuchten, sich gegenseitig zu überholen. Dachschindeln lösten sich unter ihren Sohlen und einige Dächer ächzten besorgniserregend, aber sie wurden nicht langsamer. Sie kamen dem Fluss immer näher. Adrian roch schon die Fischernetze und die Flussalgen. Und dann sah er das lange Flachdach aus seinem Traum. Es war lang und schmal. An einigen Stellen war die dunkle Dachpappe aufgerissen und der Dachstuhl eingesunken. Vielleicht wurden hier früher Waren für die Binnenschifffahrt gelagert? Jetzt lagerte dort nur noch Staub.

Diana kniete sich neben ihn.

»Ich glaube, das ist das Lager aus Merles Brief«, sagte Adrian.

Diana kniff die Augen zusammen. »Mehrere Ausgänge. Der große Parkplatz macht es schwer, sich unbemerkt zu nähern. Durch die Nähe zum Fluss würden sie zumindest nicht verdursten. Es ist kein schlechtes Versteck. Wir sollten es uns mal anschauen«, schlug sie vor.

»Auf keinen Fall!« Adrian schüttelte den Kopf. »Gestern Nacht waren Verzehrer hier und haben sich umgesehen.«

»Dann ist ja gut, dass wir am Tag hier sind.« Diana grinste und sprang vom Dach.

Das große Tor rollte fast lautlos zur Seite, als sich Diana dagegenstemmte. Das Vorhängeschloss, mit dem es abgesperrt war, lag aufgebrochen davor. Waren das die Verzehrer oder Merle gewesen? An der Decke wand sich ein Gewirr aus Eisenschienen und Ketten. Darunter zogen sich schmale Fenster über die gesamte Länge der Halle. Zu Adrians Überraschung waren die meisten davon noch intakt. Bis auf einige große Holzkisten befand sich nichts in der Halle.

Mit einem knirschenden Geräusch zersprang eine Scherbe unter seinem Stiefel. Diana schnaubte. »Geschmeidig wie ein rostiger Eimer, der die Treppe hinunterfällt. Bist du sicher, dass dein Totem nicht Kamel ist?«

Adrian wollte ihr gerade eine passende Antwort zuflüstern, als Katzes Stimme in seinem Kopf erklang.

Zu schade, dass die Kleine schon zu Wolf gehört.

Adrian schnaubte und begnügte sich damit, mit den Augen zu rollen und weiter in die Halle zu pirschen.

In einem der offenen Holzkästen fanden sie Decken, leere Wasserflaschen und zerknüllte Erdnusstüten. Adrian beugte sich hinab. Als seine Finger über die Decken fuhren, fühlte er etwas Hartes. Adrian griff danach. Der Gegenstand war nicht viel größer als ein Daumennagel. Als er die Hand öffnete, lag ein Stück Plastik darin, das grob an ein Dreieck erinnerte.

»Ein Plektrum!« Er blickte Diana an. »Das muss Merles sein.

Warum sonst würde hier ein Plektrum liegen? Also war sie wirklich hier! Aber wo ist sie jetzt?«

»Hoffentlich an einem freundlicheren Ort«, antwortete Diana und sah sich in der Halle um.

Sie spähten in die anderen Kisten, die aber völlig leer waren. Am Ende der Halle führte eine schmale Tür in ein winziges Büro. Die Fenster zur Halle waren mit vergilbten Jalousien verhängt. Doch was war das?

In der Mitte des mit billiger Auslegware gedämmten Bodens steckte ein Schwert in einem Bündel schwarzen Stoffs.

Adrian trat näher. Das Schwert ragte aus dem Stoff wie ein Kreuz. Es knackte unter seinen Sohlen, während er einen Schritt darauf zumachte. Als er den Blick nach unten richtete, sah er, dass weiße Porzellanscherben den Boden bedeckten. Welche Zweifel er bis zu diesem Moment auch gehabt haben mochte, sie waren schlagartig ausgeräumt.

Er deutete auf die Scherben. »Das müssen die Überreste eines Verzehrers sein«, flüsterte er.

Diana beugte sich hinab und betrachtete die Scherben und den Stoff. »Die liegen hier mindestens seit zwei Tagen.«

Adrian atmete auf. Also war es nicht gestern Nacht passiert. Ob die Verzehrer gestern noch einmal hier waren, um nach ihrem Kollegen zu suchen? Aber warum hatten sie dann seine Überreste zurückgelassen?

Ein Klappern am Lagertor, das sie selbst gerade erst vor wenigen Minuten geschlossen hatten, riss ihn aus seine Gedanken. Kurz darauf hallten harte Absätze durch die Halle.

Adrian und Diana tauschten einen gehetzten Blick. Wenn sie durch die Bürotür gingen, würden sie sofort entdeckt. Adrian ergriff das Schwert. Er hatte kaum eine Idee, wie man das Ding ver-

wendete, aber es war sicher besser, als unbewaffnet von einem Verzehrer überrascht zu werden.

Diana deutete auf die Eisengitter vor dem einzigen Fenster des Raumes. Die Schritte kamen immer näher. Ein hartes Klacken, das stets im gleichen Rhythmus erklang. Das Büro hatte nur diese eine Tür. Sie hockten in der Falle! Wie viel Zeit blieb ihnen, bis der Verzehrer hier war?

Adrian wollte sich schon mit dem Schwert neben die Tür stellen, als ihn ein leises Maunzen innehalten ließ.

»Quasimodo«, hauchte Diana. Dann sah auch Adrian die kleine getigerte Katze aus der Kirche. Sie blickte ihn unter einem Schreibtisch an, der an die Wand geschoben war. Zufall? Adrian schüttelte den Kopf. Er hatte aufgehört, an Zufälle zu glauben, wenn es um Katzen ging.

»Wenn sie reingekommen ist, kennt sie vielleicht auch den Weg raus«, flüsterte er Diana zu und kroch mit ihr unter den Schreibtisch zu der Katze. Diese drehte sich um und verschwand durch einen kleinen Spalt in der Wand, wo ein Ventilator in die Wand eingelassen war, den man zur Seite aufklappen konnte. Die quadratische Öffnung war nicht groß, und Adrian war froh, dass Juri nicht bei ihnen war. Nachdem auch sie sich leise durch die Öffnung gequetscht hatten, fanden sie sich auf dem großen Parkplatz wieder. Sie folgten der Katze, bis sie maunzend vor einer Regenrinne stehen blieb. Sie war aus Blech und an vielen Stellen verbogen.

»Da sollen wir raufklettern?«

Die Katze maunzte wie zur Antwort. Seufzend steckte Adrian sich das Schwert in den Gürtel.

Diana kletterte die Regenrinne hoch, als hätte sie nie etwas anderes gemacht. Doch als Adrian ihr folgen wollte, legte ihm die Katze

auffordernd eine Pfote aufs Bein. Er stöhnte. »Ich glaube das einfach nicht.« Dann steckte er sich die Katze unter den Pullover, die sofort anfing zu schnurren, und folgte Diana. Es war erstaunlich, wie er wie von selbst Spalten im Beton fand, in die er seine Füße stecken konnte. Seine Hände zogen ihn mit solcher Leichtigkeit an der Regenrinne empor, dass er Diana bald eingeholt hatte. Als sie es auf das Dach der Halle geschafft hatten, hörten sie, wie unter ihnen das Tor der Halle bewegt wurde. So schnell sie konnten, rannten sie weiter und kletterten an einem dicken Elektrokabel hinüber zu einem angrenzenden Dach. Von dort aus warf Adrian einen Blick zurück. Auf dem Parkplatz neben der Lagerhalle stand ein Mann in einem schwarzen Anzug und blickte zu ihnen empor. Er verharrte regungslos und machte keine Anstalten, ihnen zu folgen. Adrian versuchte, das Kribbeln zwischen seinen Schulterblättern abzuschütteln. Was genau ging hier vor sich?

Vom Dach aus hatten sie einen guten Blick über die Stadt. Bald hatten sie die Kirche ausgemacht, in der sie Unterschlupf gefunden hatten. Die Katze steckte den Kopf aus seinem Pullover und rieb ihren Kopf an Adrians.

»Ein Glück ist Quasimodo gekommen und hat uns da rausgeholt«, sagte Diana.

Adrian schüttelte den Kopf: »Ich glaube nicht, dass ihr der Name gefallen würde.«

In dem Moment explodierte der Himmel. Eine blaue Feuersäule schoss unweit der Kirche empor und brannte ein Loch in die Wolkendecke. Die Flammen züngelten zwei Atemzüge lang in grellem Azur, ehe sie in sich zusammenfielen und verschwanden.

»Jazz«, war alles, was Adrian sagte, dann stürmten sie über die Dächer davon.

Der letzte Foci

Das Portal flog auf. Bruchstücke der Tür schossen samt der Eisenkette durch das Mittelschiff. Jazz stürmte in die Kirche wie ein Orkan. »Wir müssen sofort von hier verschwinden!« Ihre Stiefel quietschten auf den geborstenen Steinplatten. Juri folgt ihr dichtauf und rieb sich die Schulter, mit der er gerade die Tür aufgebrochen hatte.

Die Kirche war leer. Staubpartikel tanzten in den farbigen Säulen aus Licht, das durch die Buntglasfenster drang. Jazz hastete das Mittelschiff hinunter. Die rostigen Kronleuchter über ihr baumelten träge. Eine Ratte flüchtete sich in ein Loch unter einer Bank. Von Adrian und Diana fehlte jede Spur.

Jazz rief ihre Namen, die laut in dem Gewölbe widerhallten. Sie lief den Gang hinunter bis zum Altarraum und öffnete das Gitter, das den Chor vom Mittelschiff trennte. »Adrian?«, rief sie erneut, als sie die schmale Treppe entdeckte, die einige Stufen hinabführte. Sie

folgte ihr und fand sich bald in einem niedrigen, von Säulen gestützten Raum wieder. Eine Krypta!, ging es ihr auf. Das Kreuzgewölbe wurde von vier schmucklosen Pfeilern getragen. In kleinen Alkoven waren Heiligenbildnisse untergebracht. Ansonsten war der Raum leer. Mit drei Schritten hatte sie ihn durchquert. Eine Sackgasse.

»Jazz, schau einmal dort.«

Jazz ließ den Altarraum samt Kanzel und Chorgitter hinter sich und lief zu Juri zurück. Die Haut des Trolls war deutlich bleicher als sonst, fiel ihr auf. Das mussten die Folgen des Verzehrer-Angriffs sein. Auch Flecken auf dem Gesicht des Trolls traten deutlicher hervor. Dennoch lächelte er, als er auf die Müsliriegelverpackung zeigte, die an einer der Säulen klebte. Eine Nachricht von Adrian und Diana! Jazz griff danach, und ihre Augen flogen über die Notiz. Sofort fiel die Spannung von ihr ab. »Sie wollen nur was nachgucken und sind gleich wieder da.«

Juri atmete erleichtert aus. »Ich dachte schon, die Verzehrer hätten sie geholt.«

Jazz zerknüllte den Zettel. »Beim Mutterschrein! Adrian macht einfach nie, was man ihm sagt. Er geht viel zu große Risiken ein! Und Diana unterstützt ihn auch noch.«

Juri legte ihr sanft seine Pranke auf die Schulter.

»Erinnert dich das nicht an jemand?«

Jazz schnaufte und blies sich eine Locke aus der Stirn.

»Wir haben seine Tante verloren. Wir dürfen nicht auch noch ihn verlieren.«

Juris Lächeln verschwand, als er stumm nickte.

Schritte hämmerten über die Straße und kamen näher. Wie eine Person drehten sich Juri und Jazz zur Tür. Einen Moment später hatte der Troll eine Gebetsbank über den Kopf gestemmt, bereit, sie

auf jeden Feind zu werfen, der die Kirche betrat. Jazz hatte ihr Reizgas gepackt und ihre brennenden Augen auf den Eingang geheftet, als zwei Gestalten in die Kirche stürmten.

Juri ließ die Bank krachend zu Boden fallen. Mit weit geöffneten Armen rannte er Adrian entgegen, der durch das Mittelschiff auf sie zu lief. Der Troll hob seinen Freund hoch wie eine Puppe und umarmte ihn.

»Bekomme keine Luft!«, ließ ihn Adrian wissen.

Jazz hielt Adrians Gesicht mit beiden Händen fest. »Wir dachten schon, sie hätten euch gekriegt.«

»Keine Sorge …!« Diana thronte auf Juris breiten Schultern, »Ich habe auf ihn aufgepasst. Aber was ist mit euch? Ihr wirkt nicht so, als hättet ihr nur Frühstück geholt!«

Mit knappen Worten erklärte Jazz, was geschehen war. Als sie zu der Stelle mit der Feuersäule kam, hob sie die Arme.

»Der Fluch hat mir alle Glyphen von der Haut gebrannt.«

Adrian sah sie fragend an.

»Die Glyphen helfen mir, die Magie zu kanalisieren. Du kannst dir das so ähnlich vorstellen wie einen Hahn, der den Wasserdruck reguliert.«

Eine Pause entstand, in der sich alle ansahen. Erst jetzt machte sich in Jazz so richtig die Erkenntnis breit, wie knapp sie den Verzehrern entkommen waren. Sie mussten so schnell wie möglich zum Schiff zurück und von hier verschwinden! Auch wenn sie nicht wussten, wo Merle war – mit jeder Minute wurde die Gefahr, entdeckt zu werden, größer. Gerade wollte sie das den anderen mitteilen, als Adrian das Wort ergriff.

»Ich habe Merle gesehen, und ich glaube, wir haben ihr altes Versteck gefunden.«

Jazz und Juri sahen ihn erstaunt an. Bitte? Was war das denn jetzt für eine Geschichte? Doch dann begann Adrian zu erzählen: von seinem Traum und von Merles Gesang, schließlich von der Lagerhalle und wie sie dorthin gekommen waren. Dann zog er das Schwert hervor und gab es Juri. »Das hier steckte mitten in weißen Scherben und den Überresten eines dunklen Anzugs.«

Juri nahm es mit beiden Händen entgegen, drehte es in den schwieligen Fingern und klopfte sacht gegen die Schneide. Dann nickte er Jazz zu. »Das ist ein Ordensschwert. Ganz ähnlich wie das, von dem wir das Bruchstück gefunden haben. Es hat die typisch breite Parierstange, die mit der Klinge ein Kreuz bildet. Und dieser Stern hier«, er deutete auf das Heft der Waffe, »ist das Ordenssymbol. Wie bei Björns Schwert ist es im Knauf eingraviert. Durch die Fehlschärfe lässt es sich auch zweihändig führen. Und du sagst, es hat einen Verzehrer zu Fall gebracht?« Adrian nickte. »Es steckte zwischen den Scherben. Ich schätze, so ein Ding zwischen den Rippen hält jeden auf.« Juri hob die Augenbrauen und wollte Adrian das Schwert zurückgeben, aber der schüttelte nur den Kopf.

»Behalte du es. Du bist der Einzige von uns, der damit umgehen kann.«

Juri legte den Kopf nachdenklich auf die Seite und fuhr mit dem Daumen langsam über die Schneide. »Ich fürchte, Arken kann nicht länger nur mit einem Schild verteidigt werden.«

Adrian dachte an Björn, der von einigen Magika auch der Schild von Arken genannt wurde, und gab seinem Freund in Gedanken recht.

Jazz steckte das Reizgas wieder in ihre Tasche. »Es ist gut zu wissen, dass sie Merle nicht gefunden haben. Ich weiß nicht, wie sie es geschafft hat, sich vor den Verzehrern zu verstecken! Aber trotz-

dem müssen wir zusehen, dass wir aus Grotenheim verschwinden!« Sie begann damit, ihren Schlafsack aufzurollen.

»Verschwinden?« Adrian breitete entgeistert die Hände aus. »Wir waren Merle noch nie so dicht auf der Spur wie jetzt. Es ist nur eine Frage der Zeit, bis wir sie finden.«

Jazz blickte zu ihm auf, und ihr Herz zog sich zusammen. »Nein, Adrian. Es ist nur eine Frage der Zeit, bis die Verzehrer *uns* finden. Lieber hinterlassen wir Merle eine Nachricht und warten außerhalb der Stadt auf sie.« Sie zog einen Gegenstand aus der Tasche. »Es geht hier nicht nur um uns oder Merle. Das hier ist unser Weg zurück nach Arken. Der Schlüssel zu einer vergessenen Zuflucht. Was meinst du, was passiert, wenn die Verzehrer ihn in die Finger kriegen? Es ist zu gefährlich!«

Adrian verschränkte die Arme vor der Brust und blickte auf den altertümlichen Schlüssel in ihrer Hand.

»Verstehe. Dann solltet ihr schnell verschwinden, der Schlüssel und du. Ich werde hierbleiben, bis ich Merle gefunden habe.«

Diana sprang von Juris Schultern und stellte sich hinter Adrian. Beide schauten Juri an, der von einem Bein aufs andere trat. »Ihr wollt beide die beschützen, die euch wichtig sind. Wir finden einen Weg, beides zu …« Ein Brummen ließ ihn verstummen. Die Katze, die um Adrian Füße schlich, stellte die Haare auf, blickte zum Portal und fauchte. Klacken von harten Absätzen erklang, bevor sich die dunkle Silhouette in die Kirche schob. Ein Mann in einem langen schwarzen Mantel kam auf sie zu. Sein Blick aus kalten, hungrigen Augen glitt gelangweilt an den Wänden empor, bis er schließlich auf ihrer Gruppe verharrte. An seinem Gesicht war wenig Menschliches übrig. Wo Mund und Nase sein sollten, prangte ein gesplittertes schwarzes Loch. Fremdartige heisere Laute drangen

aus seiner Brust, die sich langsam zu verständlichen Worten verbanden. »Ihr gehört jetzt der Firma.«

Dunkler Rauch quoll aus dem gesplitterten Loch, das er anstelle eines Gesichts trug. Im selben Moment flog eine Gebetsbank durch die Luft, krachte in den Verzehrer und schleuderte ihn in Richtung Portal.

»Lauft!« Juris Stimme drang wie ein Glockenschlag durch die Kirche. Diana erwachte als Erste aus ihrer Erstarrung. Sie setzte über Bänke hinweg auf des Seitenschiff und die eingeschlagene Scheibe zu. Vom Portal aus erklang das Klacken von Dutzenden Absätzen, als eine Schar Verzehrer in die Kirche strömte. Juri warf ihnen eine weitere Bank entgegen, die von dem schwarzen Nebel verschluckt wurde, der sich in der Kirche ausbreitete.

Noch bevor Diana das Fenster erreicht hatte, erklang ein Krachen. Dann explodierten sämtliche Buntglasfenster. Ein schillernder Scherbenregen hagelte ins Innere. Diana hatte sich bei dem Geräusch unter eine der Bänke geworfen. Adrian zog Jazz mit sich unter eine Empore. Scherben bohrten sich in Bänke und Säulen. Juri hatte seinen Seesack wie einen Schild erhoben und entging so der Explosion aus Glas. Der Glasregen war kaum vorüber, als wogende Schwärze durch die Fenster in die Kirche schwappte. Die Verzehrer schritten unbeirrt im Gleichschritt den Gang hinunter. Dunkler Nebel umwölkte sie und breitete sich auf dem Boden aus. Jetzt wurde Jazz klar, warum sie nie rannten.

Es gab keinen Grund dafür.

Es gab kein Entkommen.

Adrian schüttelte sie. »Wir müssen hier weg.« Juri half Diana auf, und zu viert liefen sie auf die Chorschranke zu, die den Altarraum absperrte.

Adrian öffnete gerade das Gitter, als einer der Verzehrer lospreschte. Das Klacken seiner Schritte wurde zu einem Stakkato. Die anderen Verzehrer behielten ihr langsames Tempo bei, aber das Schnarren ihrer Stimmen wurde lauter.

Die bleiche Kreatur war nur noch wenige Schritte entfernt und spie ihnen Dunkelheit entgegen. Diana knurrte, schnappte sich einen Kerzenleuchter und stürmte auf den Verzehrer zu.

»Nein!« Doch Adrians Schrei kam zu spät. Kaum berührte Diana den dunklen Nebel, wanden sich rauchige Tentakel um sie. Die Wehrwölfin keuchte, als der Nebel sie in die Knie zwang. Sie bäumte sich auf. Hielt ihren Arm zum Schlag in die Höhe. Jazz wollte Adrian zurückhalten, doch er riss sich los und stürmte zu Diana. Noch bevor ihn der Nebel erreichte, sprang er ab, überschlug sich in der Luft und schnappte sich den Kerzenleuchter aus Dianas Fingern. Dann feuerte er ihn in das Zentrum der Dunkelheit.

Ein Krachen wie von hundert geborstenen Spiegeln ertönte, gefolgt von einem unmenschlichen Kreischen. Der Nebel zog sich zurück. Der Verzehrer krümmte sich auf dem Boden. Schwerfällig kroch er zurück zu den anderen und hinterließ eine Spur aus Scherben, bis er von dem dunklen Nebel verschluckt wurde. Juri schnellte vor und hastete zu Diana, die bewegungslos am Boden lag.

Jazz ließ den Blick durch den Raum schweifen: Es gab nur einen Ausweg. Sie öffnete ihr Diarium. Nur die Chorschranke schirmte sie jetzt noch von den näher kommenden Verzehrern ab. So viele Schutzglyphen, wie sie fand, löste sie aus dem Buch und begann, die Beschwörung zu murmeln. Und kaum hatte sie die Worte gesprochen, entflammte die Magie. Bogen aus knisternder Energie sprangen von dem Gitter, und wo sie einschlugen, hinterließen sie dunkle Abdrücke.

Sie drehte sich um und sah Juri und Adrian hinter sich stehen. »Los, hinab in die Krypta. Das ist unser einziger Weg hinaus.«

Mit wenigen Schritten hatte sie den Bereich hinter dem Altar erreicht. Sie holte ihren Stift heraus und begann sofort, Glyphen zu ziehen, doch ohne die Zeichen auf ihrer Haut war es viel schwieriger. Als hätte der Stift einen eigenen Willen, versuchte er, ihr andere Symbole aufzuzwingen. Sie konnte hören, wie die Verzehrer nach der Magie des Schutzzaubers griffen. Jetzt fehlte nur noch ein Focus, um das Signum zu aktivieren. Jazz zog sich ein kleines Kupfermedaillon über den Tisch. Einer ihrer letzten Foci.

Für wenige Atemzüge würde der Bannkreis den Zugang zur Krypta blockieren, und sie würde diese Atemzüge nutzen!

»Juri, der Bannkreis wird die Verzehrer fernhalten, während wir einen anderen Weg nach draußen suchen.« Jazz wusste, das Vertrauen des Trolls in Magie war weit größer als ihr eigenes. Juri machte einen Schritt die Treppe hinunter, mit Diana über der Schulter wie ein schlafendes Kind. Er hielt Jazz auffordernd die Hand hin.

Doch Jazz schüttelte den Kopf. »Erst du, dann Adrian. Nur ich kann den Kreis aktivieren.«

Adrian folgte Juri die wenigen Stufen hinunter.

»Und du meinst, dass wir so nach draußen kommen?«

»Ihr werdet in Sicherheit sein.« Jazz legte den Focus auf das dafür vorgesehene Symbol. Schlagartig erstrahlte der Bannkreis. Jazz zeigte den anderen den Schlüssel. »Wir sehen uns in Arken. Ich lenke sie ab, damit ihr entkommen könnt.«

»Jazz! Nein! Wir schaffen es zusammen!«, rief Juri entsetzt auf. Sie sah das Flehen in seinen Augen und wandte den Blick ab. Dann schüttelte sie den Kopf, ohne ihn anzusehen. »Es ist der einzige Weg!«

Jazz sprintete los. Nur ein einziges Mal blickte sie zurück, denn

der Schmerz in Juris Gesicht zerriss ihr das Herz. Aber sie hatte keine Wahl. Sie musste dafür sorgen, dass die anderen in Sicherheit waren. Sie hatte nur noch zwei Foci, aber die würden reichen müssen.

Jazz kletterte die schmale Treppe zur Kanzel hinauf. Hinter der Chorschranke wogte ein undurchdringlicher Nebel aus Finsternis. Goldene Blitze entluden sich, als die Zauber langsam erloschen. Sie schaffte es gerade auf die Empore, als der Nebel schon durch das Gitter in den Altarraum waberte. Jazz wusste nicht, wie lange der Bannkreis zur Krypta den Weg versperren würde. Daher musste sie die Verzehrer von ihren Freunden weglocken.

Sie löste eine Seite aus ihrem Diarium und kniete sich auf den Boden. Kurze Zeit später leuchtete ein Verirrdichnicht in unstetem Licht.

Jetzt musste Jazz es nur noch rausschaffen und eine Tür finden. Sie stürmte die Empore entlang, sprang von dem Geländer ab, klammerte sich an einen Kronleuchter, der über dem Mittelschiff baumelte, und ließ sich schließlich zu Boden fallen.

Dann sah sie, dass sich weitere Verzehrer ihr zuwandten. Mit stakenden Schritten liefen sie im Gleichschritt das Mittelschiff entlang. Doch längst nicht alle.

»Große Mutter, gib mir Kraft.« So schnell sie konnte, zeichnete sie eine Glyphe auf den Boden. Das einfachste Zeichen für Schutz, das sie kannte. Die Kraft des Ortes floss durch das Zeichen und lockte weitere Verzehrer an. Gut so, jetzt musste sie es nur noch durch das Portal nach draußen schaffen, die Verzehrer weg von der Kirche führen und durch eine Tür zurück nach Arken verschwinden. Ihre Finger schlossen sich fester um den Schlüssel in ihrer Tasche. Sie konnte es schaffen!

Das aufgebrochene Portal war nur wenige Schritte entfernt. Sie brauchte sich nicht umzudrehen, um zu wissen, dass es die Verzehrer mittlerweile auf sie abgesehen hatten. Sie mussten begriffen haben, dass sie eine Hexe war und somit nicht nur einen Funken Magie, sondern eine Verbindung zum magischen Netzwerk besaß.

Als sie nur noch drei Schritte von dem Portal trennten, wuchs plötzlich ein Schatten wie aus dem Nichts in der Mitte der Öffnung empor. Sein dunkler Mantel flatterte im Wind. Kalte schwarze Löcher blickten sie aus einem bleichen Gesicht an. Dann tippte er sich an seinen schwarzen Hut und machte einen Schritt in die Kirche hinein. Hinter ihm folgten weitere Schatten. Schlitternd kam Jazz zum Stehen, als schon schwarzer Nebel aus seinem Schlund strömte. Hinter ihr versank die Welt in Schwärze. Es blieb nur ein Ausweg, und sie wusste, dass dieser eine Falle war. Sie löste den Zauber des Verirrdichnichts und schloss die Augen. Gleich darauf ließ ein greller Lichtblitz die Kirche aufleuchten. Sie hoffte, dass würde ihr etwas Zeit verschaffen. So schnell sie konnte, jagte sie die Wendeltreppe hinauf, die sie am Morgen erklommen hatte. Ihre Beine zitterten. Oben begann sie sofort, die Glyphen für Schutz und Unversehrtheit zu zeichnen. Sie lauschte: Waren da schon wieder klackende Schritte auf der Treppe, oder bildete sie sich das ein? Sie nahm ihren vorletzten Focus in die Hand, ein kleines verkorktes Glas, mit Mondmoos und Rosenachaten gefüllt. Der Focus aktivierte den Bannkreis. Jazz blickte auf die goldenen Glyphen. Die Linien waren zittriger, als sie sein sollten.

»Sie weiß, dass sie das nicht lange aufhalten wird?«

Jazz fiel der Stift aus der Hand. Hektisch sprang sie auf und griff nach dem Reizgas. »Arbeitest du für sie? Hast du sie zu uns geführt?«, zischte sie.

Reto schüttelte den Kopf.

»Wir sind ein Narr, aber kein solcher Tor. Wenn sie uns hier finden, machen sie das Gleiche mit uns wie mit ihr: Sie saugen uns die Magie aus. Das ist der einzige Zweck ihrer Existenz.« Er machte einen Schritt auf Jazz zu. »Wir müssen fliehen. Sonst hat sie keine Chance mehr, Arken zu retten.«

Jazz blickte die Treppe hinab. Schritte. »Aber wie?« Sie deutete zu dem schmalen Fenster, das kaum breiter war als ihre Hand. »Aufs Dach?«

Reto streckte ihr die Hand entgegen, von der Staub rieselte. »Es gibt nur einen Weg. Sie muss uns vertrauen.«

»Dir vertrauen?« Die Schritte waren jetzt so nah. Sie konnte schon das kreischende Schnattern hören. »Du weißt zu viel und sagst zu wenig. Du hast meine Märchen gestohlen. Du wusstest, dass die Magista in Gefahr ist!« Der erste Verzehrer hatte die oberste Stufe erreicht. Ohne hinzusehen konnte Jazz spüren, wie die Kraft des Banns aufgesogen wurde. Goldene Blitze entluden sich in dem kleinen Raum und zwangen sie, einen weiteren Schritt auf Reto zuzugehen.

»Wir werden es alles erklären, aber sie muss uns vertrauen. Zu ihrem Wohl und dem von Arken. Der Schlüssel zu Arkens Zukunft liegt in ihrer Hand.«

Jazz blickte zurück. Die Wendeltreppe versank in wabernder Dunkelheit. Die goldenen Zeichen schimmerten schwächer und die Entladungen ließen Putzbrocken hinabstürzen. Jazz schluckte. Hatte sie eine Wahl?

Sie warf ihren letzten Focus in die wilden Entladungen des Bannkreises und legte ihre Hand in Retos.

Der Staub legt sich

Adrian tastete erneut die Wände der Krypta ab. Seine Finger fuhren über den rauen Stein und untersuchten jede Fuge. Es musste einfach einen Weg nach draußen geben. »Ich kann nicht glauben, dass Jazz uns tatsächlich hier unten eingesperrt hat. Bisher haben wir doch alles zusammen hinbekommen, und jetzt hat sie uns hier festgesetzt und ist abgehauen?«

Juri gab ein tiefes Grunzen zur Antwort, das auch von einem Nashorn hätte stammen können. Der dunkle Nebel war verschwunden – wie auch immer Jazz das geschafft hatte.

Adrian war wieder zurück bei der Treppe. Die Kammer unter dem Altar maß gerade mal drei Schritte. Das wusste er genau, denn er war sie in der letzten Minute immer wieder abgelaufen. Stets mit dem gleichen Ergebnis. Sie waren hier unten gefangen. Es gab keinen anderen Weg hinaus als den, den sie gekommen waren.

Juri hatte inzwischen aufgehört, gegen die magische Barriere zu

trommeln. Er stand wie eine Statue auf den Treppenstufen, hielt Dianas Hand in der einen, das Schwert in der anderen und blickte auf die goldenen Glyphen, die mit jedem Atemzug schwächer leuchteten. Diana fuhr sich in einer müden Geste über das Gesicht. Sie wirkte noch immer erschöpft.

Adrian wollte sich gerade neben sie setzen, als ihn ein Beben zu Boden warf. Lose Steine und Staub rieselten von der Decke. Ein Donnern erfüllte die Luft. Das Fundament der Kirche erzitterte wie unter dem Schlag einer riesigen Faust. Weiterer Donner erklang. Diesmal etwas schwächer. So schnell, wie das Beben gekommen war, hörte es auch wieder auf. Nur vereinzelt rieselten noch kleine Steine herab.

Adrian kam hustend auf die Beine und taumelte in die Richtung, in der es am hellsten war. Der Staub in der Luft machte es schwer, etwas zu erkennen, aber er konnte sehen, dass sich vor ihm etwas regte.

»Was ist passiert?«, fragte eine vertraute Stimme.

»Diana?«

Die Wehrwölfin rappelte sich wankend auf. Adrian hastete zu ihr. »Bist du okay?«

Diana nickte. »Ich glaub, schon. Bin nur so müde, und mein Kopf dröhnt.«

»Wir bringen dich wieder in Ordnung«, versprach Adrian und nahm ihre Hand, während er sich nach Juri umsah. Von dem Troll fehlte jede Spur. Adrian wedelte den Staub aus der Luft und machte einen Schritt die Treppe hinauf. Sein Blick fiel auf die schwarzen Symbole, die auf den staubigen Stufen prangten. »Der Bannkreis!«, rief er. »Er ist erloschen!«

Diana sah ihn nur fragend an.

Sie nahmen die wenigen Stufen hoch zum Altarraum. Die Kirche war kaum wiederzuerkennen. Als würde es schneien, wirbelte hier feiner, heller Staub umher und bedeckte alles.

»Jazz!« Durch die Wolken aus Staub erklang weit weg Juris Stimme. Der Troll musste noch während des Bebens aus der Krypta gestürzt sein, um nach der Freundin zu suchen. Sein Keuchen echote durch das Gewölbe, als Trümmer zur Seite gewälzt wurden. Ansonsten war es völlig ruhig.

Ein leises Maunzen unter einer der Bänke ließ Adrian innehalten. Er beugte sich hinab und sah Quasimodo, die zu einem kleinen Fellknäuel zusammengekauert unter der Bank hockte. Die Augen waren groß wie Monde, und die Katze zitterte am ganzen Körper. Adrian hob sie hoch und trug sie in seinen Armen durch die Verwüstung. Die Katze presste sich an ihn, während sie versuchte, sich tiefer in seinen Armen zu verkriechen.

»Jazz!« Juris Stimme hallte wieder durch das staubige Chaos. Adrian lief auf ihn zu und konnte ihn bald erkennen. Juri stand in der Nähe des Eingangs und hievte Steinbrocken beiseite.

»Sie ist nicht hier«, sagte Adrian ruhig.

Juri blickte ihn über die Schulter an. Die Trollaugen loderten rot in seinem hellen Gesicht. Adrian hatte seinen Freund noch nie so voller Sorge gesehen. Er legte ihm die Hand auf den Arm. »Sie hat getan, was sie gesagt hat. Sie hat die Verzehrer fortgelockt und den Schlüssel nach Arken benutzt«, sagte er leise. »Sicher ist sie schon wieder in der Eschenallee.«

Juri deutete auf den Staub und die von der Decke gefallenen Steinbrocken. »Und das?«

Adrian legte den Kopf schief und hob die Schultern.

»Vielleicht die Auswirkungen eines ihrer Zauber? Irgendwie

musste sie doch an den Verzehrern vorbeikommen. Und ohne die Zeichen auf ihrer Haut fiel es ihr schwerer, die Magie zu kontrollieren, hat sie gesagt.«

Juri blickte auf ein Bruchstück in seinen Händen. »Sie hätte das nicht tun sollen. Die Gruppe auflösen, ist immer eine schlechte Idee.«

Jetzt mischte sich Diana ein. Sie ging auf Juri zu, bis er sie ansah. Zwei Köpfe kleiner in dem übergroßen Pullover ihrer Schwester, wirkte sie dennoch stabiler als der Troll.

»Es ist die Aufgabe der Anführerin, das Rudel zu schützen. Sie hat alles getan, um uns in Sicherheit zu bringen.« Leiser fügte sie hinzu: »Meine Schwester hätte dasselbe getan.«

Adrian nickte langsam. »Die Verzehrer hatten uns eingekreist. Diana war bewusstlos. Wie lange hätten wir noch durchgehalten? Sie hat sie von uns weggelockt, damit wir eine Chance haben.«

Juri ließ den Stein polternd zu Boden fallen. »Weiß ich doch. Sie wollte nur auf uns aufpassen.« Er blickte Adrian direkt an und sah dabei aus wie ein Hund, der bei Regen vor die Tür geschickt wird. »Aber wer passt jetzt auf sie auf?«

Adrian wusste nicht, was er sagen sollte. Gemeinsam mit dem Staub hing jetzt auch Stille in der Luft. Er blickte an Juri vorbei zu den großen Steinbrocken, die aus dem Glockenturm gestürzt waren. Hinter dem rieselnden Staub erkannte er den hellen Umriss des Eingangsportals: Der Weg nach draußen lag frei.

Jazz musste es nach Arken geschafft haben!

Jeden anderen Gedanken verbannte er aus seinem Kopf. Diana zupfte an seinem Ärmel und deutete zurück zum Altar. Und da sah auch er es: Im Staub regte sich etwas. Ein Geräusch wie von zerquetschten Käfern erreichte sein Ohr. Etwas schob sich zwischen

den Gebetsbänken hervor, richtete sich in unnatürlich kantigen Bewegungen auf. Der Kopf der Gestalt schwang hin und her, als wolle er Witterung aufnehmen. Adrian wich einen Schritt zurück. Jetzt sah und hörte er sie überall. Bewegung. Steine, die über den Boden rollten. Eine zuckende Hand unter Trümmern. Schnarrende Geräusche aus dem Seitenschiff. Klackende Schritte unter der Kanzel.

Nicht alle Verzehrer waren Jazz gefolgt!

»Nichts wie raus hier«, flüsterte Adrian und wich zurück. Keine zwei Schritte vor ihnen wuchs etwas aus den Trümmern empor. Ein Verzehrer in einem zerfetzten Anzug. Sein Arm zuckte vor, doch Juri war schneller. Das Schwert blitzte silbern in der Luft. Ein Geräusch von zersplitterndem Glas erklang, und gleich darauf fiel der Unterarm des Verzehrers zu Boden, wo er in Scherben auseinanderbrach. Ein lautes Schnarren erfüllte die Luft, doch Juris Schwert setzte dem ein Ende. Scherben regneten zu Boden und klirrten auf den Steinen. Für einen Moment erstarrten alle Bewegungen in der Kirche, um kurz darauf mit unverminderter Heftigkeit wieder einzusetzen. Juri wollte losstürmen und sich auf die verbliebenen Verzehrer stürzen. Aber Adrian packte ihn bei der Weste.

»Jazz würde wollen, dass wir uns in Sicherheit bringen.«

Juri umklammerte das Schwert fester. Schließlich nickte er aber, und die drei kletterten durch Staubwolken und über Trümmer ins Freie.

Sie liefen zu dem Gebäude, dessen Tür Diana eingetreten hatte. Vom Dach aus hatten sie einen guten Überblick über das Viertel. Regenwolken zogen über Grotenheim und verbargen die Sonne.

Die Welt bestand nur aus Schattierungen von Grau, als wäre sämtliche Farbe aus ihr gewaschen worden.

Sie konnten sehen, dass ein Teil des Glockenturms eingestürzt war. Es sah aus, als hätte ihn ein zorniger Riese eingedrückt. Im oberen Bereich fehlte eine Außenwand, und auch die Wendeltreppe war kaum mehr vorhanden.

Aus dem Zentrum der Stadt näherten sich Blaulicht und Sirenen. Aber Sorgen bereitete Adrian der Mann, den er gerade in einer Nebenstraße entdeckt hatte. Adrian hielt seinen Blick auf ihn geheftet. Unbeeindruckt von dem leichten Nieselregen, der gerade eingesetzt hatte, lief der Mann in einem dunklen Anzug die Gasse hoch und wieder runter, und zwar im immer gleichen Tempo. Er war ein Verzehrer, da war sich Adrian sicher. Juri deutete auf zwei weitere, die Adrian verborgen geblieben waren. Die beiden standen im Halbschatten. Ihre Finger zuckten, als würden sie etwas Unsichtbares würgen, ansonsten verharrten die Männer ohne jede Bewegung. Diana stützte sich auf Adrians Schulter und gab ein leises Knurren von sich, als einer von ihnen den Blick hob.

Das Rabennest

Noch bevor Jazz die Augen öffnete, spürte sie eisige Kälte. Frost brannte auf ihrem Gesicht. Wind fuhr ihr mit kalten Fingern durch die Haare und zerrte an ihrem Wollmantel. Sie öffnete die Lider und blickte in graue Augen mit goldenen Einsprengseln. Reto.

Sie standen am Waldrand. Bäume streckten sich kahl, uralt und gewaltig in die Höhe. Schnee bedeckte den Boden, und der Geruch nach Tannennadeln und Kälte hing in der Luft. Dies war nicht Grotenheim, da war sie sich sicher. Aber Arken war es auch nicht und auch sonst kein Ort, den sie kannte. Hinter Hügeln aus Eis und Schnee erhob sich eine Kathedrale, deren spitze Dächer in den Wolken verschwanden. Das Gemäuer war hell wie Elfenbein. Schneeweiße Vögel umschwirrten die zahlreichen Türme, die dem Himmel entgegenstrebten. Um sie herum zog sich ein dichter Tannenwald, der ihnen warnend seine Nadeln entgegenzustrecken schien.

»An was für einen Ort hast du mich gebracht?«, fragte sie tonlos.

Reto blies in seine hohlen Hände und blickte sie über seine Finger hinweg an.

»Willkommen im Rabennest. Wir dachten, es würde ihr hier gefallen. Wir sollten uns beeilen, sie erwartet uns schon.«

Er wollte sich umdrehen, als Jazz die Arme verschränkte.

»Ich gehe nirgendwo hin. Zuerst will ich Antworten. Antworten! Keine Rätsel oder Andeutungen.«

Reto rieb die Hände gegeneinander. Die fingerlosen Handschuhe schienen nur wenig Schutz gegen die Kälte zu bieten.

»Sicher werden ihre Antworten warten können, bis wir im Inneren sind, wo Behaglichkeit und Wärme …«

»Jetzt, Reto.«

Sein ewiges Halblächeln verschwand. Er blies eine Wolke Atem in die Luft und sah hinauf zu den Vögeln in der Ferne.

»Was will sie wissen?«

»Fangen wir damit an, wer du bist?«

Reto seufzte. Die Schatten unter den Augen wurden tiefer, während sich Falten zwischen den Brauen bildeten.

»Unser Name ist Cerreto de Alba, und wir dienen dem Zirkel von Arken.«

Jazz wich einen Schritt zurück. Ihre Hand schloss sich um das Reizgas in ihrer Tasche.

»Lügner.« Ihre Augen verengten sich. »Dem Zirkel von Arken dienen nur Frauen. Die Magista hätte es mich wissen lassen, wenn je eine Ausnahme gemacht worden wäre.«

Reto hob in einer Geste der Beschwichtigung die Hände.

»Die Magista konnte nur weitergeben, was sie wusste. Und wir dienen dem Zirkel nicht freiwillig.«

Reto schlang die Arme um seinen Körper. Eine Böe zupfte an seinem langen Schal, als er weitersprach.

»Wir kommen aus Florenz. Vor vielen Jahren tauchte dort eine Dame auf. Kurze dunkle Haare, verschiedenfarbige Augen. Eine Aura des Geheimnisvollen umgab sie. Damals waren wir noch ich.« Er machte eine kurze Pause und sah Jazz an. »Zu jener Zeit habe ich meinen Lebensunterhalt damit bestritten, Eigentum an besser geeignete Besitzer zu verteilen.«

»Du warst ein Dieb.«

Reto breitete die Handflächen aus.

»Wir können eben nicht alle zaubern. Sobald die Dame in Florenz auftauchte, wusste ich, dass sie etwas zu verbergen hatte. Und üblicherweise sind Geheimnisse viel wert, wenn man den richtigen Käufer findet. Ich beobachtete, wie sie Notizen in ein Buch schrieb, und dachte, dass sie darin Geheimnisse über Bankkonten oder geheime Liebschaften festhielt.« Er atmete tief durch. »Also bin ich eines Abends in ihr Hotelzimmer eingestiegen, um mir das Buch genauer anzusehen.« Er betrachtete seine Hände, als könne er das Buch noch immer in seinen Fingern sehen. Mit leiserer Stimme fuhr er fort: »Bis heute wünschen wir uns jeden Tag, ich hätte an diesem Abend etwas anderes getan. Einen Freund besucht, geschlafen, ein Eis gegessen, einen Unfall gehabt.«

»Sie hat dich erwischt«, vermutete Jazz, die Arme noch immer gekreuzt.

Er stöhnte. »Sie stand plötzlich im Zimmer. Sie war weder überrascht noch wütend. Sie sagte nur: Vergeben heißt vergessen. Erinnern heißt handeln. Damals verstand ich nicht, was sie meinte, aber es sollte nicht lange dauern.«

»Was soll das heißen?«

»Wie sie sicher schon ahnt, handelte es sich bei der Frau um eine Hexe. An diesem Abend hat sie mich verflucht. Sie meinte, wenn ich so besessen davon sei, anderer Leute Bücher zu lesen, soll dies fortan mein Schicksal sein.« Er blies sich Staub von den Fingern. »Seit jenem Tag müssen wir lesen, wollen wir nicht zu Staub zerfallen. Wir brauchen solche Geschichten, wie sie sie uns beschafft hast, oder unser Leben endet.«

Jazz schluckte. Sie wusste wenig über Flüche. Diese Magie war erst für das letzte Lehrjahr vorgesehen.

»Und wann endet der Fluch?«

»Wenn die Hexe meint, unsere Schuld sei abgezahlt. Aber wir glauben nicht, dass der Zeitpunkt bald kommen wird. Zu wertvoll sind wir für sie geworden.«

Jazz runzelte die Stirn.

»Sie muss verstehen, dass der Fluch ein doppelter ist. Ich bin an das Buch gebunden, das ich stehlen wollte, und das Buch an mich. Seit jener Nacht gibt es nur noch uns. Es ist ein Teil von uns. Wir pendeln zwischen dem Buch und jener Hexe hin und her, denn wir sind dazu verdammt, ihr zu dienen.«

Der Wind blies Jazz die dunklen Locken aus dem Gesicht. Retos Worte wollten zu nichts passen, was ihr die Magista über den Zirkel erzählt hatte. Aber machte das seine Geschichte zu einer Lüge?

»Wer ist sie?«, fragte Jazz schließlich.

»Morgana Nachtschatten.« Seine Stimme war kaum mehr als ein Flüstern.

Jazz nickte. Diese Antwort kam für sie nicht unerwartet. »Eine Hexe aus dem verbannten Haus. Eine Verräterin.«

Reto legte den Kopf schief wie ein Vogel. »Das kommt darauf an,

wen sie fragt. Die Gewinner schreiben die Geschichte. Morgana wird ihr die ihre erzählen, wenn sie sie lässt. Und Teile davon kennt sie ohnehin schon.«

Er deutete mit dem Finger auf Jazz' Oberkörper.

Jazz' Augen weiteten sich.

»Das Buch! Das braune Buch, das du mir gegeben hast, ist ihr Diarium! Und du bist daran gebunden?«

»Wir sind eins. Wir sind, wo das Buch ist. Seine Aufzeichnungen sind unsere Erinnerungen.«

Jazz betrachtete Reto von der Seite. Er wirkte aus der Zeit gefallen, das hatte sie schon immer gedacht. Konnte es stimmen, was er sagte? Es würde einiges erklären. Aber die Magista hätte niemals zugelassen, dass ein solcher Fluch ausgesprochen wurde. Magie war ein Instrument, um Schönes zu erschaffen, um zu heilen, um zu bewahren, nicht, um zu bestrafen.

Reto las den Zweifel in ihrem Blick und schüttelte den Kopf. »Wer glaubt schon dem Wort eines Diebes?« Dann zog er sich den fingerlosen Handschuh aus und zeigte ihr seine bleiche Hand. Dünne Fahnen aus Staub wirbelten von seiner Handfläche auf. Als er darauf blies, löste sich die Fingerspitze seines kleinen Fingers in Staub auf und wurde vom Wind fortgetragen.

»Nur Geschichten halten uns zusammen«, sagte er nüchtern und betrat einen schmalen Pfad, der in den Wald führte. »Vielleicht will sie jetzt an einen Ort gehen, an dem es wärmer ist?«

Zögerlich folgte ihm Jazz. Ihre Stiefel ließen den Schnee knirschen. »Was für ein Ort ist dieses Rabennest?«

Er drehte sich zu ihr um und hob eine Augenbraue.

»Einst war es die Akademie der weißen Raben. Ihre Vorfahrinnen haben diesen Ort gegründet, Jasmina Oleander.« Er drehte sich

wieder um und verschwand in dem Zwielicht unter den Tannen. Der Wind trug ihr seine Worte zu. »Hier ist der große Frieden gescheitert.«

»Bist du dir sicher?« Diana blickte in den dunklen Schacht, der vor ihr lag, und rümpfte die Nase. »Soll ich dir verraten, wie viele Ratten sich da unten rumtreiben?«

Adrian unterdrückte ein Schütteln. »Mir fällt kein besserer Weg ein. Du hast die Verzehrer selbst gesehen. Sie könnten jeden Moment hier sein.« Er sah sich in dem kleinen Innenhof um. Das Dach, von dem aus sie sich gerade noch umgesehen hatten, lag vier Stockwerke über ihnen. Kaum hatten sie die Verzehrer erspäht, waren sie die Treppen hinuntergeeilt und hatten hier im Hinterhof den Abfluss entdeckt. Juri hatte das Abflussgitter vorsichtshalber gegen das Tor gelehnt, aber Adrian bezweifelte, dass sie das aufhalten würde. Fast erwartete er, dass sich die Pforte öffnen würde, um einen Strom von Verzehrern auszuspucken. Hatten sie Glück gehabt und waren unentdeckt geblieben, oder warteten die hohlen Kreaturen nur darauf, dass sich mehr von ihnen zusammenscharten?

Diana war noch nicht überzeugt. »Und wenn wir einfach bis zum Einbruch der Nacht warten, um uns aus der Stadt zu schleichen?«

Adrian schüttelte heftig den Kopf, hielt den Blick aber weiter auf das Tor gebannt. Der Innenhof, in den sie geflohen waren, war winzig. Wer immer durch das Tor käme, würde sie sofort entdecken.

»Zu riskant. Sie haben es schon einmal geschafft, uns zu finden. Und sie wissen, dass wir in Grotenheim sind.«

Juri fuhr mit dem Daumen über den Schwertknauf. Sein Blick ging zwischen dem dunklen Schacht unter ihnen und dem Tor hin und her. »Den Gegner, den man nicht sieht, kann man nicht angreifen. Lasst es uns versuchen.«

Adrian klopfte seinem Freund auf die Schulter.

»Wir müssen es nur bis in ein anderes Viertel schaffen. Sie können unmöglich überall zugleich sein.«

Diana schnaubte. »Fein! Aber wenn wir danach stinken wie nasse Hunde, finden sie uns umso leichter.«

Dann verschwand ihre silberne Mähne zusammen mit den Rinnsalen aus Regenwasser in dem Schacht.

Quasimodo räkelte sich unter Adrians Pullover. Die Wärme der kleinen Katze breitete sich auf seiner Brust aus. Hoffentlich war dies tatsächlich die richtige Entscheidung. Er war sich längst nicht so sicher, wie er getan hatte. Langsam kletterte er die Sprossen hinab.

»Katze, wenn du dafür sorgen könntest, dass ich den Tag überlebe, opfere ich dir jeden Abend ein Bündel Katzenminze.«

Wenn du dafür sorgen könntest, nicht abzustürzen, müsste ich nicht wieder mit einem anderen Grünschnabel von vorn anfangen. Du bist nicht sonderlich fähig, aber es gibt noch weit Unfähigere. Was Unfähigkeit angeht, hört die Menschheit nie auf, meine Erwartungen zu übertreffen.

Sie folgten dem tropfenden Tunnel in der Richtung, in die das Wasser floss. Adrian glaubte, dass sie sich so dem Fluss näherten. Sicher war er sich aber nicht. Die Wände waren aus glattem Beton, auf

dem Abwasser kleine Risse hinterlassen hatte. Algen und Moose nutzten jeden Lichtstrahl, um hier zu existieren. Durch Abflussgitter drang schwaches Licht. Sobald das Klacken von Absätzen über ihnen ertönte, blieben sie stehen und hielten die Luft an. Jedes Mal, wenn sie unter einem Kanaldeckel hindurchgingen, drehte sich Diana zu Adrian um und deutete stumm nach oben. Immer wieder schüttelte Adrian den Kopf. Durch die Straßen von Grotenheim zu laufen, schien ihm das größere Risiko.

»Ich finde es hier unten nicht sonderlich gemütlich, aber irgendwie kann ich mir nicht vorstellen, dass die Verzehrer in ihren teuren Maßanzügen hier durch die Abwasserkanäle stapfen«, brummte Juri, als sie an einer Stelle ankamen, von der mehrere Tunnel abzweigten. So hatte es Adrian bisher noch nicht gesehen, aber er musste seinem Freund in Gedanken recht geben. Lange Zeit waren das Gurgeln und Tropfen des Wassers ihre einzigen Begleiter. Auf schmalen Seitenstegen folgten sie dem Regenwasser, das inzwischen zu einem kleinen Bach angeschwollen war. Adrian hoffte, dass es in den Fluss fließen würde. Dann wären sie der Predi näher. Alle anderen Pläne würden warten müssen, bis sie an Bord ihres Schiffs waren.

Doch dann verschwand das Wasser in einem schmalen, kantigen Abfluss, und der Tunnel machte eine Kehre, führte mitten hinein ins Schwarze.

Diana sagte nichts, aber ihr Gesicht sprach Bände. Adrian blickte zurück. Wann hatten sie den letzten Kanaldeckel gesehen? Juri zuckte nur mit den Schultern: »Umdrehen können wir immer noch.«

Also folgten sie dem Tunnel weiter. Aus Gittern weit über ihnen drang diffuses Licht. Es wurde zunehmend trockener, und die

Wände waren nicht länger betoniert, sondern gemauert. »Das muss ein älterer Teil des Abwassersystems sein«, stellte Juri fest, als sich das Geräusch seiner Schritte veränderte. Unter Adrians Füßen knirschte es. Es klang, als würde er über ausgetrocknete Muscheln laufen. Als er sich hinabbeugte, fand er bleiche Scherben, die den Boden bedeckten. Adrian und Juri tauschten einen Blick. Der Troll zeigte auf Kratzspuren an den Wänden und zog sein Schwert. Ein dunkles Knäuel erregte Adrians Aufmerksamkeit: ein zerfetzter dunkler Anzug, neben dem etwas kleines Schwarzes lag. Ein Portemonnaie, erkannte er, als er es aufhob. Es war leer, bis auf eine weiße Bankkarte ohne Namen und eine Visitenkarte, auf der nur zwei Wörter standen: *die Firma.*

»Wir gehen besser wieder zurück«, sagte Adrian atemlos. Diana überkreuzte die Arme und setzte ein Ich-hab's-dir-ja-gesagt-Gesicht auf. Als Adrian sich umwandte, hörte er Katzes Stimme in seinem Kopf.

Hast du immer noch nicht gelernt, hinzuhören? Ihr seid nicht die einzigen Gäste in diesen Rattentunneln.

Adrian legte einen Finger an seine Lippen. Er hörte nur das Pochen in seinen Ohren. Doch dann war es da, ein klackendes Geräusch, das sich wiederholte. Diana hatte die Augen geschlossen. Als sie sie wieder öffnete, flüsterte sie: »Wir werden verfolgt!«

Adrian lief der Schweiß den Rücken hinab. Er blickte zu Juri. Seine roten Augen hatten sich zu Schlitzen verengt. Sein Schwert hielt er fest gepackt. Adrian legte ihm beschwichtigend die Hand auf den Arm und schüttelte den Kopf. »Wir wissen nicht, wie viele es sind. Kämpfen können wir immer noch, fliehen vielleicht nicht.« Dann stürmten sie los. Sie achteten nicht mehr darauf, leise zu sein. Scherben zerbarsten zu Staub unter ihren Sohlen. Zwielicht und

Dunkelheit wechselten sich ab, als die Tunneldecke von Abwassergittern durchbrochen wurde. Doch stets waren sie zu weit entfernt. Sie rannten an dunklen Seitentunneln vorbei, ohne ihnen einen zweiten Blick zu schenken. Wenn sie sich hier unten verliefen, waren sie den Verzehrern hoffnungslos ausgeliefert. An einer Kreuzung hielten sie inne. Adrian hörte nichts als den eigenen keuchenden Atem. Diana wirkte kaum angestrengt und legte den Kopf schief.

»Die Schritte«, sagte sie, »sie folgen uns.«

Von nun an machten sie keine Pausen mehr, liefen und liefen, vorbei an flackernden Grubenlampen, die in unregelmäßigen Abständen aufblitzten. An manchen Stellen brannten sogar Fackeln. Adrian überlegte kurz, sie mit sich zu nehmen. Verwarf den Gedanken aber schnell wieder. So würden ihre Verfolger sie nur noch besser erkennen.

Als er schon fürchtete, sie würden im Kreis laufen, weitete sich der Tunnel und ging in einen großen runden Platz über. Der Boden bestand hier aus runden Pflastersteinen, die Adrian an Arken erinnerten. Pechfackeln spendeten warmes Licht. Über ihnen erhob sich eine hohe Kuppel, in der durch ein rundes Loch fahles Tageslicht sickerte.

Auf der anderen Seite des Raumes konnte er ein großes eisernes Gitter erkennen, groß genug, um mit einem Auto hindurchzufahren. Dahinter leuchtete der Tag. Auch Bäume und Sträucher waren zu sehen. Ein Wald? Dort würden sie sich verbergen können. Auf jeden Fall waren sie außerhalb des Stadtzentrums. Die Freiheit war zum Greifen nah.

Doch zwischen ihnen und jenem Tor standen ein Dutzend Männer in grauen Waffenröcken und silbernen Rüstungen. Einige von

ihnen hatten sich über provisorische Tische gebeugt, andere verluden Kisten auf schwarze Wagen. Noch hatten sie sie nicht bemerkt … oder? Juri steckte zögernd das Schwert unter seine Weste, als Adrian auf eine Kiste zeigte, hinter der sie in Deckung gehen sollten.

Doch zu spät.

Eine befehlsgewohnte Stimme rief: »Wer zum Henker seid ihr?«, und ein bärtiger Mann ohne Umhang streckte ihnen eine Lanze entgegen. Seine Waffenbrüder griffen nach Speeren und zogen ihre Schwerter. Hinter sich konnte Adrian das Trampeln von Stiefeln vernehmen. Gehetzt blickte er sich um. Vor allen Wegen, die von dem kreisförmigen Raum abgingen, standen Ritter mit langen Lanzen. Und der Kreis der Ritter zog sich enger um sie. »Wer zum Henker ihr seid, habe ich gefragt!« Die Stimme des Mannes hallte von den Wänden des Tunnels wider.

Adrian schluckte und sah, dass Juri nach dem Schwert unter seiner Weste griff. Jetzt bloß keinen Fehler machen! Er räusperte sich und schüttelte unmerklich den Kopf. »Entschuldigung, ich glaube, wir sind hier ganz falsch. Wir wurden von dem Rest unserer Klasse getrennt, haben uns verlaufen und finden den Weg zurück nicht mehr.«

Keiner der Männer blickte milder. Sie alle hielten die Waffen erhoben, blieben aber auf Abstand. Ein Mann in einem grauen Mantel kam näher. In der gepanzerten Faust trug er eine Öllampe. Als er wenige Schritte von ihnen entfernt war, hielt er sie hoch über den Kopf und musterte Adrian und Diana. Das bärtige Gesicht war wie aus Stein gemeißelt und zeigte keine Regung. Als sein Blick auf Juri fiel, riss er auf einmal das Schwert aus der Scheide an seiner Seite und brüllte: »Abnorme!«

Adrian spähte zu Juri. Seine gewundenen Hörner glänzten. Die roten Augen verengten sich. Und dann zog er das Schwert unter seiner Weste hervor. Er hatte es gerade mit beiden Händen gepackt, als der Ritter heran war. Klinge traf auf Klinge. Die Waffen bewegten sich so schnell, dass Adrian ihnen nicht folgen konnte. Einen Atemzug später flog der Helm des Mannes durch den Raum und er selbst zu Boden, wo er die Hände gegen das Gesicht drückte.

Adrian ahnte, wie das hier weitergehen würde. »Es muss nicht in Blutvergießen enden! Wir wollen einfach nur durch dieses Tor.«

Die Antwort erklang gleichzeitig aus einem Dutzend Kehlen: »Eisen durch Feuer! Stärke durch Glauben!«

Der Ring aus Rittern kam näher. Die Lanzen richteten sich auf die Brust von Adrian, Juri und Diana. Die Gefährten drückten sich Rücken an Rücken. Adrian blickte sehnsüchtig zu dem Tor. Es war so nah und doch so unerreichbar.

Diana zog den Kopf ein und gab ein Knurren von sich, in das Juri einstimmte. Adrian sah sich verzweifelt nach einer Waffe um, während der Ring aus Rittern sich immer enger um sie zog. Ein Dutzend gerüstete Krieger gegen drei verlorene Magika aus Arken.

Da mischte sich in das Klirren von Rüstungen ein neues Geräusch. Die Ritter verharrten. Einige drehten sich der neuen Gefahrenquelle zu. Aus dem Tunnel, durch den die drei Freunde den Raum betreten hatten, erklang mit jedem Augenblick deutlicher eine Melodie. Fragmente eines Gesangs, der von den Tunnelwänden widerhallte. Einige der Ritter wechselten Blicke, doch keiner sprach ein Wort.

Auch Adrian blickte über die Schulter in den dunkeln Stollen. Das Klirren von Ketten mischte sich mit der Stimme und dem langsamen Lied. Bilder von einsamen Nächten im Dunkeln tauchten in

seinem Kopf auf. Er fühlte die Kälte und das Verlassensein, von dem die Melodie kündete. Momente ohne Hoffnung, Dunkelheit, die selbst die Schatten fürchteten, verloren wie eine Schneeflocke im Sommer, wie ein Mensch ohne Heimat.

Dann erstarb das Lied, und eine Gestalt trat in die Kuppel. Es war Merle.

Adrian riss die Augen auf. Merle? Konnte das wirklich wahr sein? Die bunten Haare hingen ihr schmutzig ins Gesicht, und sie schien Schmerzen beim Gehen zu haben, denn sie lief gekrümmt. Aber ja, es war definitiv Merle, auch wenn ihre Kleidung zerrissen und dreckig war. Adrian wollte rufen, zu ihr laufen, als ein Ritter in einem zerfetzten grauen Umhang hinter ihr ins Licht trat. In seiner Faust trug er ein Schwert, in der anderen Hand die Kette, mit der Merle gefesselt war. Das Gesicht des jungen Mannes war ausdruckslos, die dunklen Haare hingen ihm in die Stirn, aber die grünen Augen blitzten.

Adrian ballte die Hände zu Fäusten und zog den Kopf zwischen die Schultern. Er machte sich bereit zum Sprung. Merle würde nicht länger wie ein Tier …

Der Ritter machte noch einen Schritt. Und dann erklang seine Stimme, und er wirkte plötzlich viel jünger, als seine Statur vermuten ließ.

»Eisern ist mein Wille, glühend mein Zorn …«

Ein Dutzend Kehlen stimmten feierlich mit ein: »… und unerschütterlich mein Glauben!«

Dann verlangsamte sich die Zeit.

Der Ritter hämmerte den Knauf seines Schwertes gegen den Helm des nächsten Ritters.

Merle sprang nach vorn und zog die Hände hinter dem Rücken vor. Die Kette flog auf Adrian zu, der sie aus der Luft fing. Es war

so einfach, den Schwung der Kette aufzunehmen, abzuspringen und die Gewalt der Kettenglieder auf den bärtigen Ritter niederfahren zu lassen.

Diana rollte über den Boden, wich zwei Lanzenstößen aus, sprang auf und bekam dadurch das Schwert des Ritters in die Hand, den Juri zuvor zu Boden geschickt hatte.

Als hätten sie es geübt, nahmen die Freunde Merle in die Mitte. Sie standen mit den Rücken zueinander und ließen die Waffen kreisen. Adrian ließ die Kette vorschnellen und wickelte sie um den Fuß eines Ritters. Diana stieß ihm das Schwert so gegen das andere Bein, dass der Mann nach hinten fiel. Adrians Körper reagierte nicht mehr. Er wurde zum Zuschauer. Bilder flogen an ihm vorbei. Eine Lanze bohrte sich neben ihn in den Boden. Diana, die von einem Schild gerammt wurde. Juri, der gegen zwei Ritter gleichzeitig kämpfte. Merles Begleiter, der sich mit einem Ritter in einem dunklen Umhang maß. Waffen klirrten. Schmerzensschreie gellten durch die Luft. Irgendwas riss Adrian zur Seite, und sein Bein wurde warm. Jemand schrie etwas, das er nicht verstand.

Juri zog Adrian mit sich. Aus einem Tunnel strömten weitere Ritter. Adrian wich einer Lanze aus, schleuderte sie zurück und wurde von etwas Hartem in den Rücken getroffen. Er stolperte vorwärts, Juri hinterher. Wo war Merle? Da vorne, vielleicht, er sah dort einen bunten Haarschopf. Eine Fackel flog durch die Luft. Ein brennender Umhang rauschte an ihm vorbei. Das Tor kam näher, Juri zog ihn zur Seite. Warum?

Juri stürmte auf einen der schwarzen Wagen zu. Die Breitseite seines Schwertes schlug gegen den Helm eines Ritters. Ein waffenloser Ritter schlug nach Juri. Seine Hand krachte gegen dessen Hörner. Als er sie zurückzog, war Diana schon über ihm.

Juri riss die Tür des Wagens auf. Metall quietschte. Merles Ritter presste eine Hand auf die Seite und hievte sich hinter das Lenkrad. Adrian schob Diana in den Wagen. Eine Fackel schlug neben ihm auf dem Wagen auf. Funken waren überall. Er fiel, wurde gepackt und in den Wagen gezerrt.

Wo war Merle? Bunte Haare auf dem Beifahrersitz. Er sank auf ein Knie. Mehrere Ritter stürmten mit Lanzen in den Händen auf den Wagen zu. Als Adrian zu Boden gepresst wurde, stand Juri in der offenen Wagentür, hielt sich mit einer Hand fest und wehrte mit dem Schwert einen Lanzenstoß ab. Der Van schlingerte. Reifen quietschten. Die Luft stank nach Gummi und Benzin. Mit einem Ruck beschleunigte der Van und sprengte das Eisentor auf. Der Wagen bockte, als sie über das aus den Angeln gerissene Tor preschten. Adrian wurde gegen die Seiten des Wagens gepresst, aber etwas, jemand hielt ihn fest. Wind zerrte an seinen Haaren. Sie jagten zwischen kahlen Winterbäumen einen Waldweg hinunter.

Der Schatten der Harpyie

Jazz folgte Retos Schritten durch den Wald. Der Schnee war hier kaum mehr als ein dünner Teppich. Die Nadeln der riesigen Weißtannen bildeten ein natürliches Dach, das kaum Schnee oder Sonne hindurchließ. Die Bäume erinnerten Jazz an den Arkener Forst. Etwas in ihr zog sich zusammen bei dem Gedanken an die Eschenallee und die Abende, die sie dort mit der Magista verbracht hatte. Ein umgefallener Baum lag quer über dem Pfad. Schösslinge siedelten sich bereits darauf an. Farne leuchteten, wo die zarte Schneedecke aufbrach. Alles in diesem Wald wirkte seltsam unberührt.

Reto ging stumm vor ihr über den gewundenen Waldpfad. Seine aschblonden Haare wippten über dem ausgeblichenen Schal und dem verstaubten Tweedjackett. Er hatte sie hierhergebracht, sie vor den Verzehrern gerettet. Aber war das genug, um ihm zu vertrauen? Er wollte sie zu der Hexe bringen, in deren Diensten er stand, doch ließ diese in keinem guten Licht erstrahlen. Umso länger Jazz darü-

ber nachdachte, desto mehr glaubte sie aber seinen Worten. Auch wenn sie im Widerspruch zu allem standen, was sie über den Zirkel zu wissen glaubte. Ihre Finger spielten mit dem braunen Buch in ihrem Mantel. Hatte sie das richtig verstanden – dieses kleine Diarium war der Grund, aus dem Reto sie immer wieder fand? Er musste ein seltsames Leben führen – ständig mit der Angst vor dem Verfall, der sich nur durch Geschichten aufhalten ließ. Jazz dachte an ihre erste Begegnung in der Bibliothek, wie er dort über einem Haufen Bücher gesessen hatte. Jetzt verstand sie den hungrigen Blick, mit dem er die Seiten aufgeschlagen hatte, und auch, warum er Alice gestohlen hatte.

»Es war kein Zufall, dass wir uns in der Bibliothek getroffen haben«, sagte sie laut genug, dass er es hören musste.

»Kein Zufall«, bestätigte er.

»Aber warum das Ganze?«

Reto war stehen geblieben und wartete, bis sie näher herankam. »Damit sie versteht, was hier passiert ist.«

»Aber ich verstehe gar nichts. Was ist dieser Ort, und warum wurden die Friedensverhandlungen hier geführt? Weshalb haben die Nachtschattenhexen den Zirkel verraten?«

Reto blieb stehen und zog den Schal enger um seinen Hals, obwohl es hier im Wald weit weniger windig war.

»Sie wird es ihr erzählen wollen.«

Jazz stampfte mit dem Fuß auf. Sie hatte es satt. Sie war so weit gekommen, und sie wollte endlich Antworten.

»Den Worten einer Verräterin werde ich nicht trauen. Denen eines Diebes vielleicht schon.«

Reto sah ehrlich überrascht aus. »Die Nachtschattenhexen sind vieles, aber Lügnerinnen sind sie nicht.«

Jazz' Zeigefinger bohrte sich in seine Brust, als sie nähertrat.

»Aber du kennst das Buch. Du weißt alles, was darin steht. Ich will es von dir hören.«

Reto betrachtete sie eine Weile aus seinen rätselhaften Augen, dann zuckte er mit den Schultern.

»Wie sie wünscht ...« Doch er kam nicht dazu weiterzusprechen. Ein Schatten senkte sich aus dem Himmel. Die Schwingen verdunkelten die wenigen Sonnenstrahlen, die es durch die Nadeln der Tannen schafften. Die Federn rauschten, als sich ein gewaltiger Vogel auf einem toten Ast niederließ.

Pechschwarze Augen starrten sie über einem gebogenen Schnabel an. Die Federn am Kopf waren zu einer drohenden Haube aufgestellt. Fingerlange Krallen schlangen sich um den armdicken Ast und ließen ihn ächzen.

»Eine Harpyie«, flüsterte sie. Reto nickte.

»Ich sagte ihr ja, dass wir erwartet werden. Das ist ihre Art, uns zur Eile zu ermuntern.«

Ohne ein weiteres Wort setzte er seinen Weg zwischen den Tannen fort. Die Harpyie warf Jazz einen Blick zu, der ihr Gänsehaut bescherte, dann erhob sie sich von ihrem Ast und schraubte sich über ihnen in die Höhe, bis sie zwischen den Baumwipfeln verschwand.

Jazz blickte der aus einem Albtraum geborenen Kreatur hinterher, als Retos Stimme erklang.

»Sie weiß, dass sich drei der vier Häuser mit Rittern des Ordens treffen wollten, um den Krieg zu beenden?«

Jazz nickte und beeilte sich, zu ihm aufzuschließen.

»Weil das Haus Nachtschatten den Frieden ablehnte, wollte es nicht kommen«, setzte sie hinzu. So hatte sie es von der Magista gelernt.

Reto fuhr sich mit der Hand über das Kinn, und Staub rieselte von seinen Fingern. Der Wald war hier so dunkel, dass sich der Stand der Sonne nicht mal erahnen ließ. Winzige Eiskristalle rieselten von den Ästen und tanzten gen Boden.

»Vielleicht. Morgana glaubte aber, dass Frieden unmöglich sei. Nach Jahrhunderten von Hexenverbrennungen, Verfolgung und Krieg bedeutete Frieden nach ihrer Auffassung, die Opfer zu vergessen. Morgana glaubte, dass die Friedensgespräche nur eine Taktik des Ordens waren, weitere Hexen zur Strecke zu bringen und die Geheimnisse des Zirkels zu erfahren. Für den Orden rechtfertigte die Vernichtung von Hexen jedes Mittel und jede List.«

Jazz' Ohrringe klirrten, als sie den Kopf schüttelte.

»Angst und Misstrauen schaffen niemals Frieden. Ist die Alternative endloses Blutvergießen, bis eine Seite die andere ausgelöscht hat?«

Ihre Stimme war lauter geworden, als sie es beabsichtigt hatte. Ein Hase schreckte aus einem Gebüsch auf und verschwand mit wenigen Sprüngen tiefer im Dickicht. Reto blickte sie über seine Schulter an und sagte mehr zu sich selbst: »Sie ist tatsächlich eine weiße Rabin.« Bevor Jazz etwas erwidern konnte, fuhr er fort: »Mag sein, dass sie recht hat. Allerdings übersieht sie etwas.«

Jazz tat ihm nicht den Gefallen, nachzufragen. Reto vollführte eine Geste, die den gesamten Wald einschloss. »Das Zeitalter der Magie hatte begonnen. Die Hexen würden stärker werden, und Magika würden wieder über die Welt wandeln. Nach Jahrhunderten der Verfolgung sollte sich der Zirkel auf einen Frieden einlassen, genau zu dem Zeitpunkt, an dem er endlich an Stärke gewann und endlich in der Lage wäre, den Krieg zu gewinnen!«

Jazz blickte auf ihre Handrücken, von denen jede Spur der Zeichen verschwunden war, die sie darauf gezeichnet hatte.

»Mit Verzehrern und Ghulen erwachten Magika, die ihre Fähigkeiten nicht kontrollieren konnten. Es warteten so viele Schwierigkeiten auf den Zirkel. Hätte es da nicht Sinn gemacht, einen Konflikt zu beenden, bevor neue ausbrechen?«

Reto blieb stehen und schnippte gegen einen Tannenzweig. Er sah den Schneeflocken zu, die von den Nadeln fielen, ehe er weiterging.

»Ähnliche Gespräche wie das, was wir gerade führen, haben Hexen der Häuser Oleander, Eisenhut und Nachtschatten geführt. Das Haus Oleander hatte diesen Ort als eine Begegnungsstätte zwischen Magie und Wissenschaft gegründet. Sie wollte ein neues Zeitalter ausrufen. Ein Zeitalter, das nicht länger von Angst und Aberglauben beherrscht werden sollte. Doch die Häuser Eisenhut und Nachtschatten lehnten ab.«

»Die Magista hat den Frieden abgelehnt?«

»Nicht Frieden an sich, sondern Veränderung. Bisher hatte der Zirkel überlebt, weil sie alles so machten wie seit Jahrhunderten. Welche Auswirkung es hatte, den Orden zu vertrauen, konnte sie nicht absehen. Das Haus Eisenhut vertraut auf Altbewährtes und misstraut Veränderungen.«

»Dass mehr Wissen zu mehr Weisheit führt, ist der größte Trugschluss der Menschheit«, erinnerte sich Jazz an die Worte der Magista.

»Doch ihre Schwestern überstimmten sie. Als Adrian geboren wurde und sich ihre jüngste Schwester in einen Ordensritter verliebte, wuchs ihr Wunsch nach Frieden und ihre Hoffnung auf eine bessere Zukunft«, sagte Reto.

Jazz wusste, um welchen Ritter es sich dabei handelte. Björn Eriksson, der angefangen hatte, an den Wegen des Ordens zu zweifeln, weil er sich in die jüngste Schwester der Magista verliebt hatte. In eine von zwei Eisenhuthexen, die die Friedensverhandlungen nicht überlebt hatten.

Jazz tastete nach dem Schlüssel, dem gleichem Schlüssel, der Björn und seine tote Geliebte damals nach Arken gebracht hatte.

»Ich weiß nicht, wie sie sich kennenlernten. Aber ihre Liebe änderte alles. Der Ritter suchte heimlich nach Unterstützern innerhalb des Ordens. Er sah die Gefahren, die das Erwachen der Magie mit sich brachte. Er ahnte, dass neue Aufgaben auf den Orden warteten. Er schaffte, was viele für unmöglich hielten, und überzeugte andere.«

»Waren das die Ritter, die zur Friedensverhandlung kamen?«

Reto nickte. »Ritter Eriksson brachte einige Verschwörer – Ordensritter und Sariantbrüder – dazu, unbewaffnet zu dem geheimen Treffen zu kommen. Doch die Nachtschattenhexen, die ein Treffen ablehnten, misstrauten ihm und allen anderen Rittern. Sie schickten ihre Späher aus.«

Bilder aus dem Traum in der *Bachforelle* stiegen vor Jazz' geistigem Auge auf. Von oben sah sie einen dichten Tannenwald unter sich hinweggleiten. Sie flog durch die Luft, bis die Spitzen der Bäume zum Greifen nah waren. Zwischen dem dunklen Grün und dem weißen Schnee glitzerte etwas. Sie flog tiefer.

»Am Tag der Friedensverhandlung trafen sich die Verschwörer des Ordens und die Hexen aus den drei Häusern hier, um einen jahrhundertealten Krieg zu beenden. Während im Rabennest verhandelt wurde, entdeckten die Späher der Nachtschattenhexen, dass sich weitere Ritter im Wald verbargen. Sie waren gerüstet und

mit modernen Waffen ausgestattet. Es gab keinen Zweifel: Einer von Erikssons Männern musste ihnen den geheimen Treffpunkt verraten haben. Sie wollten dem Zirkel den Todesstoß versetzen, die Hexen des Zirkels und Abweichler in den eigenen Reihen mit einem Mal auslöschen. Morgana und ihre Schwestern kamen dem Hinterhalt zuvor. Sie griffen die Ordensritter an. Ein Kampf entbrannte. Die Gewehre der Ritter forderten einen hohen Blutzoll, bis Morganas Fluch einen der Ritter traf. Darauf richtete er die Waffe auf die eigenen Männer.«

Wieder stiegen Traumfragmente in Jazz auf. Explosionen wuchsen wie orangefarbene Blüten im Wald. Der Boden bebte. Erde regnete auf Männer in Rüstungen.

»Die Nachtschattenhexen wüteten gnadenlos unter den Ordensbrüdern. Die Verschwörer waren zerschlagen und flüchteten. Die Bäume standen in Flammen, als sich die verbliebenen Nachtschattenschwestern aufmachten, Eriksson und die seinen für den Verrat des Ordens bezahlen zu lassen.«

Jazz sah lodernde Tannen und die rußverschmierten Gesichter von drei Hexen in dunkler Kleidung, die mit Schattenklingen in den Fäusten das Portal stürmten.

»Als der erste Fluch einen Ritter traf, wanden sich nicht nur die Ritter, sondern auch einige Hexen gegen die Nachtschattenhexen. Was folgte, sprengte den Zirkel und machte jede Hoffnung auf Frieden zunichte.«

Verkohlte Ritterhelme zuckten vor Jazz' innerem Auge auf. Marmor splitterte, als ein Kaminstein explodierte. Die Skulptur einer weißen Dame stürzte zu Boden und zerbrach. Eine Frau brannte, als sie einen Bannkreis betrat. Eulen aus Licht schirmten blaues Feuer ab. Bleiche, steinerne Raben jagten einer Nachtschattenhexe

hinterher. Ein Ritter, der ihr merkwürdig bekannt erschien, beugte sich über eine Hexe, unter der sich eine rote Pfütze bildete.

Jazz blinzelte, und die Bilder verschwanden.

»Was du siehst, ist, was die Augen der Harpyie gesehen haben. Sie ist ihr Späher. Was sie sieht, sieht auch Morgana.«

Sie hatten den Rand des Waldes erreicht. Die Stümpfe verbrannter Tannen ragten wie Mahnmale in die Luft. Vor ihnen erstreckten sich frostige Kälte und weißer Stein. Jazz schwindelte. Sie stützte sich an einem Baumstamm ab. Der Schnee vor ihnen wurde wieder tiefer, und dahinter ragte das Rabennest empor, als wäre es aus den Knochen eines Urzeitgiganten gemeißelt. Ein Ort, geschaffen zur Verständigung und Annäherung, jetzt ein Denkmal für Blutvergießen und Verrat. Jazz' Finger fuhren über den Schlüssel in ihrer Tasche. Sie versuchte zu verstehen. Versuchte, die Puzzleteile, die ihr Reto gegeben hatte und die sie von der Magista hatte, zu einem Bild zusammenzusetzen. War es wirklich möglich, dass dem Angriff der Nachtschattenhexen ein Verrat des Ordens vorausging? Hatte man nach dem, was geschehen war, den Nachtschattenhexen Gehör geschenkt? Hatte ihre Mutter von diesem Verrat gewusst, bevor sie sich dem Orden angeschlossen hatte? Jazz schwirrte der Kopf. Eine ausladende Treppe führte zu einem steinernen Portal. Würde sie dahinter Wahrheit und Antworten finden oder eine Falle?

»Was glaubst du, was tatsächlich passiert ist?«

»Morgana lügt nicht. Lügen sind die Waffen ihrer Feinde, würde sie sagen, und ein Zeichen von Schwäche. Aber ich frage mich oft, was passiert wäre, hätten die Nachtschattenhexen nicht eingegriffen. Wären dann heute alle Hexen vernichtet, oder würde Frieden herrschen?« Er zuckte mit den Achseln, als wären ihm beide Ant-

worten recht. Jazz griff nach den beiden Familienamuletten auf ihrer Brust. Es war an der Zeit, mit einer Hexe zu sprechen!

Sie löste sich aus dem Schatten des Waldes und schritt auf das Portal zu. Die bleichen Vögel, die die Türme umschwirrten, flogen zu ihr hinab und kreisten über ihrem Kopf. Ihr heiseres Krächzen klang wie ein Willkommensruf. Dann stoben die weißen Raben auseinander, als der dunkle Schatten der Harpyie über sie glitt.

Der Van krachte von dem Waldweg auf eine Landstraße. Steine und totes Holz wirbelten hinter ihnen auf. Adrian hielt sich das schmerzende Bein und kämpfte sich auf die Knie, um durch das Heckfenster zu spähen. Hinter ihnen lag nichts als eine leere Landstraße, die sich zwischen Bäumen dahinwand. Adrian atmete auf und rutschte zu Boden. Dianas Finger gruben sich in seinen Unterarm. Ihre wilde Silbermähne war verklebt, dunkle Flecken übersäten ihren Pullover, und ein übel aussehender Schnitt zog sich über ihre Stirn. Aber ihre gelben Wolfsaugen strahlten. »Haben wir's geschafft?«

Adrian nickte. »Ja, wir haben's geschafft!« Diana legte sich flach auf den Boden und lächelte.

Juri hatte den Rücken an den Beifahrersitz gelehnt. Blut tropfte von seinem Ellenbogen, und ein Stück von seinem rechten Horn fehlte. Er hob den Kopf und schenkte Adrian ein müdes Grinsen. »Guck mal, wer unbedingt bei uns mitfahren wollte«, sagte er und zog ein kleines Pelzknäuel von seinem Schoß empor. Quasimodo maunzte vorwurfsvoll. Adrian schloss die Katze in seine Arme, als er bemerkte, dass ihn über Juri hinweg ein zweites Augenpaar anblickte.

»Ich kann immer noch nicht glauben, dass ihr wirklich gekommen seid!«, flüsterte Merle. Tränen standen ihr in den Augen. »Kackmist, die ganze Zeit hab ich nicht geheult, und jetzt …« Der Rest des Satzes ging in Schluchzen unter. Juri drehte sich um und umarmte sie und den gesamten Beifahrersitz.

Adrian blickte zum Fahrer, dem Jungen mit den grünen Augen. Er keuchte unnatürlich. »Ich glaube, wir müssen anhalten«, sagte Adrian gerade noch, da sank der Junge zusammen.

»Verdammter Kackmist!« Merle griff nach dem Lenkrad, als der Wagen immer langsamer über die Straße rollte.

Juri hatte den Ritter nach hinten zu sich gehoben, während Merle den Van in eine schmale Forststraße lenkte. Kaum war der Motor aus, krabbelte sie über die Sitze nach hinten. Juri war schon dabei, die Schnallen des Harnischs zu lösen. Er presste die Lippen zu einem Strich zusammen und schüttelte fast unmerklich den Kopf. »Er hat 'ne Menge Blut verloren.«

Sie schälten den Ritter aus Unterkleidung und Hemd. Als Adrian die weißen Narben auf seinem Oberkörper sah, schluckte er. Wie alt mochte der Junge sein? Nicht älter als neunzehn, schätzte er. Wie konnte er sich dann schon so viele Wunden zugezogen haben?

Juri wusch, verband und desinfizierte die Wunde mit dem, was er im Erste-Hilfe-Kasten fand. »Ich glaube, ein Lanzenstoß hat ihn unter dem Arm erwischt. Der Gambeson hat Schlimmeres verhindert, aber die Wunde sollte genäht werden. Die Rippen sind sicherlich geprellt.« Merle hockte neben dem Jungen und hielt seine

Hand. So einen sorgenvollen Ausdruck hatte Adrian noch nie bei ihr beobachtet. Er tauschte einen überraschten Blick mit Diana.

»Es geht schon«, murmelte der Ritter. Seine grünen Augen öffneten sich einen Spaltbreit. Er wollte sich aufrichten, aber Merle drückte ihn mit sanfter Gewalt wieder zu Boden und schüttelte den Kopf. »Du bleibst liegen!« Der Ritter atmete aus, legte sich aber wieder auf die Decke, die sie unter ihm ausgebreitet hatten, und schloss die Augen.

Merle strich die Decke über ihm glatt. Adrian lächelte sie an. »Ich hatte schon aufgehört, daran zu glauben, dich in Grotenheim zu finden. Aber was ist denn überhaupt passiert? Wir haben deinen Brief bekommen und uns auf den Weg gemacht. Und plötzlich waren überall Verzehrer …«

Merle nahm die Brille ab und wischte sich über die Augen. Dann blickte sie zu dem Ritter, und ihr Gesicht bekam einen milden Ausdruck.

»Ohne ihn hätte ich es nicht geschafft. Ich war gefesselt in einem ihrer Wagen eingesperrt, als der Orden angegriffen wurde. Bevor ich wusste, was los war, hat sich der Wagen überschlagen. Gabriel hat mich aus dem Wrack geholt. Wir haben uns zusammen versteckt. Der Kampf tobte die ganze Nacht. Überall Geschrei und Schüsse.« Sie schloss die Augen und atmete tief durch. »Seitdem verbergen wir uns. Die Verzehrer scheinen Magika spüren zu können, weshalb ich mich nicht aus unserem Versteck getraut habe. Zweimal sind wir ihnen nur knapp entwischt.«

Der Wagen knackte, als der Motor abkühlte. Adrian sah die tiefen Schatten unter Merles Augen. Er hatte so viele Fragen, aber war das der Moment, sie zu stellen? Die Karosserie quietschte, als Juri sein Gewicht verlagerte. Sie saßen alle im hinteren Teil des Wagens,

zwischen ihnen der verwundete Ritter. Schließlich war es Diana, die wieder das Wort ergriff.

»Aber warum hilft er dir? Er gehört doch zu den Leuten, die dich entführt haben. Und woher wusstet ihr, wo wir waren, als ihr uns zu Hilfe gekommen seid?«

Merle blickte zu Boden und nagte an ihrer Lippe. Als sie seufzte, schien sie die Last der Welt auf ihren schmalen Schultern zu tragen. »Gabriel ist im Orden aufgezogen worden. Für ihn waren alle Magika Abnorme und eine Bedrohung für andere Menschen. Erst in den letzten Tagen hat er verstanden, dass man Monster nur an ihren Taten erkennt. Jederzeit hätte er mich dem Orden ausliefern können. Doch er hat es nicht getan, weil er wusste, was dann mit mir geschehen würde …« Sie stockte und suchte nach Worten, um zu erklären, was geschehen war.

Juri streckte ihr seine breite Pranke entgegen. »Björn ist auch im Orden aufgewachsen. Niemand kann etwas dafür, wo er herkommt. Am Ende zählt nur, wofür man sich entscheidet.« Er machte eine Pause und blickte auf den schlafenden Ritter. »Ohne ihn hätten wir es nicht rausgeschafft.« In Merles Augen glitzerte es, als sie zu ihm hinaufblickte. »Aber du bleibst mein Lieblingsfaun.« Dann wischte sie sich über die Augen, schmierte dabei Rußspuren breit und lehnte ihren Kopf gegen Juris Schulter. Nach einigen schweren Atemzügen sprach sie weiter: »Wir haben die blaue Flammensäule gesehen. Ich wusste, so etwas kann nur Jazz. Also haben wir versucht, in die Nähe zu kommen. Als wir dann hörten, wie der Glockenturm einbrach, sind wir durch die Tunnel in Richtung Kirche geschlichen. Wir mussten aufpassen, nicht dem Orden in die Hände zu fallen. Als wir Schritte hörten, konnten wir nicht wissen, von wem sie waren. Und als wir uns sicher waren, war es schon zu spät.«

Merle hob die Schultern.

»Wir wussten, dies war unsere Chance zu fliehen. Und gleichzeitig eine große Chance, euch da rauszuholen.« Sie blickte zu Gabriel. »Wir hatten verdammtes Glück.«

Es gab keinen im Wagen, der das anders sah.

»Aber ich glaube, wir werden erst in Sicherheit sein, wenn wir in Arken sind«, sagte Adrian.

Merle nickte. Dann fragte sie: »Wie geht es Jazz?«

Juri zog die Beine an und legte den gehörnten Kopf auf seine Knie. »Das erfahren wir, wenn wir in Arken sind.«

Sie saßen noch einen Moment beieinander, bis Adrian fragte: »Kann eigentlich irgendwer von uns fahren? Sonst wird es ein verdammt langer Weg bis nach Hause.«

Merle ließ ihre Finger knacken. »Ich bin den Traktor von meinem Opa gefahren, dagegen ist so ein Wagen doch ein Kinderspiel!« Kurzentschlossen hockte sie sich hinter das Lenkrad, und Juri schwang sich auf den Beifahrersitz. Der Wagen erwachte brummend zum Leben.

»Weiß eigentlich jemand, in welche Richtung wir müssen?«

»Kratzbach liegt im Süden«, erklärte Juri, deutete mit zwei Fingern auf die Frontscheibe und befahl: »Energie!«

Merle schüttelte den Kopf. »So ein Nerd!« Aber das Lächeln nahm ihren Worten die Schärfe.

Als der Van wieder auf die Landstraße bog, ging die Sonne hinter dem Horizont unter. Kurze Zeit später rollte ein SUV aus dem Waldweg auf die Straße und blieb stehen. Eine Autotür klappte auf, und polierte Schuhe klackten auf dem Asphalt. Ein Mann in einem schwarzen Anzug betrat die Straße, überprüfte seinen Haarschnitt und blickte dem Kleintransporter hinterher.

Hekates Segen

Ihre Schritte riefen sanfte Echos hervor, während sie über die hellen Marmorfliesen schritt. Säulen schraubten sich in schwindelerregende Höhen und stützten weit über ihr luftige Kuppeln. Einige Fenster waren zerborsten. Jazz stieg über einen zerschmetterten Kronleuchter hinweg. Einige Stufen der Treppe, die aus der Halle führte, waren entzweit. Das Geländer an einer Stelle herausgebrochen. Schmauchspuren prangten auf den hellen Steintafeln an den Wänden. Doch Jazz konnte die Schönheit der Vergangenheit in all der Zerstörung erkennen.

»Was für ein schöner Ort das einmal gewesen sein muss«, sagte sie mehr zu sich selbst, als sie sich unter der Kuppel um ihre Achse drehte. An den Säulen wanden sich lebensechte Rabenskulpturen hinauf. Die weißen Raben fanden sich auch in den Stuckverzierungen der Wände. Selbst die Kristalle der Kronleuchter waren Federn nachempfunden, wie Jazz feststellte, als sie einen aufhob.

Reto hinterließ Spuren aus geschmolzenem Schnee, wo immer er stand. Seine Stiefel waren aufgeweicht, und er schlang noch immer frierend die Arme um den Oberkörper. Dennoch glitt sein Blick staunend durch den hellen Kuppelsaal. War er nicht schon oft hier gewesen?, fragte sich Jazz. Trotzdem sah er sich mit leuchtenden Augen um.

Er führte sie einen langen Flur entlang, an den sich eine schlanke Wendeltreppe anschloss. Mittlerweile hatten sie einen unversehrten Bereich des Rabennestes erreicht.

Hohe schmale Fenster ließen die letzten Sonnenstrahlen des Abends herein, und der Marmor spiegelte den violetten Himmel. An den Wänden zogen sich Bücherregale entlang, so hoch, dass Leitern an ihnen montiert waren. Immer wieder blieb Jazz stehen, um ein Buch aus dem Regal zu nehmen. Sie fand handgeschriebene Almanache, deren Tinte fast völlig verblasst war. Illustrierte Abhandlungen über baltische Schwammpilze standen neben Lexika über statistische Thermodynamik. Wer immer diese Bibliothek sortiert hatte, tat es nach einem System, das sich Jazz nicht offenbarte.

Sie musste sich überwinden weiterzugehen. In diesen Regalen mochte sich die Vergangenheit ihrer Familie und tausend Antworten auf ihre Hunderte von Fragen verstecken. Zu ihrer Überraschung drängte sie Reto nicht zur Eile. Aber wer, wenn nicht er, könnte ihre Faszination für Bücher teilen?

»Wie viele von diesen hast du gelesen«, fragte sie ihn, als ihr Blick über die hohen Regale strich.

Reto seufzte. »Leider hatten die Oleanderschwestern wenig für Romane übrig. Aber Humboldts Asiatische Reisetagebücher haben uns für einen ganzen Monat ernährt.«

»Du meinst seine amerikanischen Reisetagebücher?«

Reto schüttelte den Kopf.

»Nein. Wobei die auch recht nahrhaft waren.«

Bevor Jazz weitere Fragen stellen konnte, verließ Reto den Raum. Sie folgte ihm durch einen schmalen Flur, auf dessen Boden ein dicker Teppich mit Abbildungen des Sonnensystems lag, zu einer unscheinbaren Tür.

»Morgana hat lange darauf gewartet, ihr zu begegnen«, sagte Reto und blieb neben der Tür stehen, in die eine Milchglasscheibe eingelassen war.

Als Jazz darin ihr Spiegelbild erblickte, wurde ihr bewusst, wie zerschunden sie aussah. Die Haare standen ihr wild vom Kopf ab, ihr Mantel war feucht und dreckig, rote Kratzer leuchteten auf ihren Wangen. Sie blickte auf ihre Hände. Von den schmutzigen Fingern blätterte dunkler Nagellack ab.

»Sie ist keine Hexe, die auf äußere Erscheinung wert legt«, versicherte ihr Reto, als er ihren Blick bemerkte. Jazz ärgerte sich über sich selbst. Hinter der Tür saß eine Hexe, die den Zirkel verraten hatte, ob sie dafür nun einen Grund hatte oder nicht. Sie war hier, um Antworten zu bekommen, nicht Eindruck zu schinden. Und doch spürte sie, wie ihr Herz höherschlug. Sie würde gleich eine andere Hexe kennenlernen. Ihre Finger zitterten, als sie die Klinke nach unten drückte und die Tür nach innen aufschwang.

Jazz wusste nicht, was sie erwartet hatte, aber ganz sicher nicht das. Sie hätte vielleicht mit einer großen Bibliothek oder einem Thronsaal gerechnet. Aber sie fand sich in einem kleinen Raum wieder,

der kaum größer war als ihre Dachkammer. Bis auf einen altertümlichen Schreibtisch, der vor einem hohen schmalen Fenster stand, war der Raum vollkommen leer. Auf dem Tisch funkelte ein ovaler Spiegel, hinter dem eine Frau aufragte. Sie hatte die Fingerspitzen aneinandergelegt und den Kopf gesenkt. Die Art, wie ihre Schultern hervortraten und sich die Sehnen an den Unterarmen abzeichneten, verlieh ihr den Ausdruck eines lauernden Raubtiers. Die dunkle Kleidung war schmucklos, grob und überraschend modern. Ein Tuch der gleichen Farbe wand sich um ihren Hals.

Als ein Schatten durch das offene Fenster flog und die Schwingen ausbreitete, musste Jazz sich zusammenreißen, um nicht zurückzuweichen. Eine Harpyie! Sie stieß einen hohen Schrei aus und landete auf einer Stange neben dem Schreibtisch. So nah wirkte der Vogel noch gewaltiger. Jazz zwang sich, einen Schritt in den Raum hineinzutreten. Die Frau hob den Blick. Dunkle kurze Haare hingen ihr in die Stirn. Schmale Lippen wurden von harten Falten eingerahmt. Doch es waren ihre Augen, die Jazz nach Luft schnappen ließen. Während das eine komplett schwarz war, wie die Augen der Harpyie, hatte das andere eine leichenblasse Iris.

»Ich freue mich, dich wiederzusehen, Schwester Jasmina«, sagte eine Stimme weich wie Seide.

Was?

Das war doch …

»Du?« Jazz machte drei Schritte auf den Schreibtisch zu, während die Harpyie bereits drohend die Flügel ausbreitete.

»Schön, dass du mich wiedererkennst«, antwortete die Nachtschattenhexe mit einem Lächeln, das ihre Augen nicht erreichte.

»Lady Morgana! Die Avalonpriesterin? Die Hochstaplerin mit dem Wohnwagen voller Kristalle und Traumfänger?« Entgeistert

sah Jazz die Frau an, die sie damals in Frankfurt auf Juris Wunsch hin aufgesucht hatten.

Die Hexe hob lediglich eine Augenbraue. Mit einer Hand bot sie Jazz einen Platz auf einem hochlehnigen Stuhl aus dunklem Holz an. Jazz ließ sich auf den Stuhl fallen. Sie konnte es nicht fassen: Die ganze Zeit hatte sie nach Hexen gesucht, und dabei hatte sie längst eine gefunden.

»Warum? Wozu die Scharade?«, war alles, was Jazz herausbrachte.

Die andere musterte sie aus ihren ungleichen Augen wie ein Krokodil ein Zebra am Wasserloch.

»Die Welt außerhalb von Arken ist eine andere. Unsere Feinde sind zahlreich. Der Orden macht seit Jahrhunderten Jagd auf Hexen, und es gibt einen Grund, warum nur so wenige von uns übrig sind.«

Weil ihr den Zirkel verraten habt, wollte Jazz sagen, aber sie biss sich auf die Zunge.

Morgana fuhr fort. »Niemand vermutet eine echte Hexe hinter New-Age-Unsinn. Nicht einmal du hast es gemerkt.«

»Aber warum hast du dich damals nicht zu erkennen gegeben? Der Schleier in Arken ist gefallen! Wir hätten …«

Die Frau schnitt ihr mit einer Geste das Wort ab.

»Es hätte nichts genützt, Elevin!« Ihre Stimme hatte ihren samtenen Klang verloren und war jetzt kalt wie Stahl. »Vier Hexen aus vier Häusern haben den Schleier gewoben. Und es braucht vier Hexen, um ihn wieder zu wirken. Ich habe dir damals die Wahrheit gesagt, aber du wolltest sie nicht sehen. Hab ich dich damals nicht davor gewarnt, nach Arken zurückzukehren?«

Jazz richtete sich auf. Sie hatte eine Weile nicht mehr daran ge-

dacht, zu viele andere Sorgen hatten ihr Leben ausgefüllt und sie beschäftigt gehalten. Jetzt aber erinnerte sie sich an die Worte, als hätte sie sie gestern gehört. *Wenn du jetzt dorthin zurückkehrst, wird eine Hexe sterben, das prophezeie ich dir.*

Jazz schluckte. Sie hatte das als Hokuspokus abgetan. Doch jetzt? Die Prophezeiung hatte sich erfüllt. Ihre Mutter war gestorben, kurz nachdem Jazz und Juri wieder in Arken angekommen waren.

Schlagartig wurde Jazz kalt. Was wäre gewesen, wenn sie nicht zurückgereist wären? Wäre ihre Mutter dann noch am Leben? Jazz klammerte sich an den Armlehnen fest. Die Last drückte auf ihre Brust und nahm ihr den Atem.

»Du wolltest Arken retten. Nur das zählt. Ich weiß, was Kamelia über mich erzählt hat, und alles ist wahr. Aber glaub mir: Das Haus Nachtschatten ist da, um dem Orden Einhalt zu gebieten und den Zirkel zu schützen. Was immer ich tue, tue ich, um Arken zu beschützen. Genau wie du.«

Sie stellte eine tönerne Schale auf den Schreibtisch und füllte sie mit einer dunklen Flüssigkeit. »Trink das, und es wird dir besser gehen.«

Sie schob die Schale über die dunkle Schreibtischplatte. Jazz' Blick glitt von der Hexe zur Schale und wieder zurück. Morgana verdrehte die Augen und nahm selbst einen Schluck. Dann erst hob Jazz das Gefäß an die Lippen. Das Getränk roch nach Lakritze und schmeckte ölig und salzig. Aber schon nach den ersten Schlucken ließ der Druck auf ihrer Brust nach. Die Müdigkeit wich von ihr, als würde sich ein Schleier lichten, selbst ihr Hunger verging.

»Was ist das?«

»Hekates Segen haben es die Goldregenschwestern genannt. Die

Wirkung hält leider nicht lange an, und man sollte es auch nicht regelmäßig zu sich nehmen. Davon abgesehen ist es sein Gewicht in Gold wert.«

Jazz blickte auf die dunkle Flüssigkeit, die in ihrer Schale träge umherschwappte.

»Warum bist du hier, Elevin?«, fragte Morgana unvermittelt. Jazz schloss die Augen. Es gab so viele Antworten auf diese Frage. Um eine andere Hexe zu treffen? Um zu erfahren, was sich damals wirklich ereignet hat? Um zu verstehen, wieso sich ihre Mutter dem Orden angeschlossen hatte? Sie öffnete die Augen wieder und blickte die Nachtschattenhexe direkt an. »Um Arken zu retten.«

Morgana legte die Hände flach auf den Tisch. Dünne helle Linien zogen sich über ihre Hände und Unterarme. Ihre Fingernägel waren kurz geschnitten, und sie trug weder Ringe noch Schmuck. Alles an ihr war zweckmäßig und auf das Wesentliche beschränkt.

»Arken zu retten, ist auch der Grund, aus dem ich dir mein Diarium gab. Ich wollte, dass du siehst.«

»Was genau? Wolltest du, dass ich sehe, was damals geschehen ist? Als der Frieden gescheitert ist?« Jazz dachte an die Bilder vom Kampf mit dem Orden zurück, die sie durch die Augen der Harpyie gesehen hatte, damals in der *Bachforelle.*

»Ja! Denn einige von uns Nachtschattenhexen haben die Gabe, das Schicksal zu erahnen. Eine Tatsache, die deine Familie uns nie geglaubt hat. Aber sie ist wahr. Auch ich habe diese Gabe. Allerdings habe ich bis jetzt nur dreimal in die Zukunft blicken dürfen.«

Jazz beugte sich vor. Sie saß jetzt nur noch auf der Stuhlkante. »Als ich dich in dem Wohnwagen getroffen habe …«

Die Hexe nickte.

»Das war das zweite Mal. Das erste Mal war, als ich den Verrat

des Ordens vorausgesehen habe. Damals habe ich mit Kamelia darüber gesprochen, habe sie gewarnt, dass uns der Orden verraten wird. Aber meine alte Freundin hat mir nicht geglaubt. Sie meinte, mein Hass mache mich blind für die Hoffnung auf eine friedliche Zukunft.«

Sie stockte und ballte die Hand zur Faust.

»Ich wünschte, ich hätte sie überzeugen können. Gemeinsam hätten wir an jenem Tag den Orden vernichten können. Auf sie hätten die anderen Schwestern gehört.«

Jazz überlegte, wie sie an der Stelle der Magista reagiert hätte. Die Hoffnung auf Frieden opfern? Den Worten einer Hexe glauben, für die Rache der Lebenszweck war? Als das Schweigen den Raum auszufüllen begann, fragte Jazz:

»Wann war das dritte Mal?«

Morgana blickte auf. Ihr Gesicht wirkte plötzlich ausdruckslos, die schwarzen Augen ein dunkler Gebirgssee, kalt und unergründlich. »Das dritte Mal sah ich den Untergang von Arken, falls wir versagen.«

Jazz schluckte. Mit zitternder Stimme fragte sie: »Wie viel Zeit bleibt uns?«

Morgana schloss die Augen. »Wir haben noch zwei Tage, vielleicht weniger.«

Jazz sprang auf. Der Stuhl hinter ihr schlug auf den Boden.

»Weniger als zwei Tage? Wie sollen wir in der Zeit zwei Hexen finden und den Schleier neu weben?«

Die Nachtschattenhexe schüttelte den Kopf. »Gar nicht. Die einzigen weißen Raben, von denen ich weiß, sind im Orden gefangen, und es ist unmöglich, an sie heranzukommen. Glaub mir, ich habe es versucht. Die Goldregenschwestern ziehen als Nomaden

durch die Welt. Ich weiß nicht, wo sie sind, und sie würden mir auch nicht helfen.«

Jazz stützte sich auf den Schreibtisch. »Dann gibt es also keine Hoffnung mehr?«

»Es gibt immer Hoffnung!« Jetzt lächelte die Hexe, aber es war ein trauriges Lächeln, als würde sie ein alter Schmerz plagen. »Du, Jasmina Oleander, bist unsere Hoffnung. Du bist der Schlüssel, um Arken zu retten.«

»Ich?« Jazz verstand nicht. Es wurde so schummrig in dem Raum … Sie zwinkerte mehrmals, aber die Dunkelheit nahm zu. Jetzt begann sich der Raum langsam nach links zu drehen.

»Mach dir keine Sorgen, Elevin. Wenn du aufwachst, wirst du verstehen.«

Zwischenspiel

»Also fünf Burritos mit extra Brokkoli, drei Enchiladas ohne Hack, sechs Veggie-Tacos, zweimal Gemüse Paella und einen Jumboproteinshake?« Der Blick der Verkäuferin glitt von ihrem Bildschirm über die drei abgerissenen Jugendlichen, die vor ihr standen. Ein dürrer Junge mit verstrubbeltem braunem Haar, dem eine kleine Katze aus dem Kragen guckte. Ein Mädchen, das kaum über die Theke gucken konnte, mit einem Verband über der Stirn, wilden Silberhaaren und einem schmuddeligen, viel zu großen Pullover, der sie bereits zum dritten Mal erklären musste, dass sie nicht auf die Verkaufstheke klettern durfte. Und, als wäre das noch nicht schräg genug, ein bulliger Typ mit breiten Schultern, einem noch breiteren Grinsen, der mitten in der Nacht eine Kapuze und eine dunkle Sonnenbrille aufhatte, von der noch das Preisschild herunterbaumelte.

Sie musterte die drei über den Rahmen ihrer Brille hinweg.

»Wenn ihr das als Menü nehmt, kriegt ihr noch gratis Pommes dazu.«

Der Bullige deutete auf seinen Bauch und dröhnte: »Nein, danke, Kohlenhydrate sind nicht unsere Freunde.«

»Richtig«, erwiderte die Verkäuferin langsam und massierte ihre Stirn. Sie konnte es nicht erwarten, Denisa in der Pause von den Freaks zu erzählen.

»Und wie wollt ihr das bezahlen?«

Der Junge mit der Katze legte ein Stück Plastik auf den Tisch. Eine weiße Karte, auf der viele Zahlen, aber kein Name stand. Sie nahm die Karte und sah die Gruppe mit gerunzelter Stirn an. Kurz überlegte sie, ob das wirklich ihre eigene Karte sein konnte, kam aber dann zu dem Schluss, dass es ihr egal war und sie besser keine neugierigen Fragen stellte. Bei Irren musste man vorsichtig sein.

Sie hielt die Karte an das Lesegerät, und mit einem lauten Piep wurde der Betrag abgebucht.

Sie war gerade damit beschäftigt, die Burritos in eine Papiertüte zu packen, als das Mädchen schon wieder versuchte, auf die Theke zu klettern. Bi sharafak! Hatte sie tatsächlich gerade ihre Schuhe ausgezogen? Doch bevor sie etwas sagen konnte, hob sie der bullige Typ auf seine Schulter, von wo aus sie ihr beim Einpacken zusah.

»Sind die Enchiladas aus Bio-Maismehl?«, fragte die Kleine.

Die Frau hob die Schultern. »Klar, warum nicht.«

»Und ist die Milch für den Käse von glücklichen Kühen?«

»Aber sicher doch.«

»Das sind schon Fairtrade-Bohnen in den Tacos, oder?«

So ging das, bis das gesamte Essen in der Papiertüte verschwunden war. Die Verkäuferin schob die gigantische Tüte über den Tresen.

»Wir freuen uns, Sie bald wieder als Kunden bei Turbo Tacos begrüßen zu dürfen«, leierte sie die vorgeschriebene Abschiedsfloskel herunter.

Der bullige Junge griff nach der Tüte und grinste noch breiter. Was waren denn das für Eckzähne? Hatte der einen Elefanten in der Familie?

»Herzlichen Dank…«, er schielte auf ihr Namensschild, »…Yara. Aber wir sind nur auf der Durchreise, und bis Arken ist es

noch ein weiter Weg. Wenn wir das nächste Mal in der Gegend sind, schauen wir total gern bei euch vorbei. Die Burritos sehen wirklich …«

Der Katzenjunge hatte ihn beim Ärmel gepackt und zog ihn zum Ausgang.

In dem Moment spuckte die gläserne Eingangstür zwei neue Kunden in den Laden. Na klasse, gerade wenn man Pause machen wollte. Als Yara im Nachhinein zurückdachte, war das der Moment, ab dem die Dinge völlig aus dem Ruder liefen.

Die beiden Neuankömmlinge in langen Ledermänteln warfen einen kurzen Blick auf die Jugendlichen und zogen im nächsten Moment Schwerter aus ihren Mänteln. Zuerst dachte Yara, dass das irgendeine inszenierte Nummer war. Aber als der eine Mann einen Tisch in zwei Teile hackte, änderte sie ihre Meinung. Der Katzenjunge sprang auf einen der Tische, kaum dass die Männer die Schwerter hoben. Der Schwertstreich verpasste ihn knapp. Noch bevor das Schwert den Tisch zerteilte, sprang der Junge ab und lief drei Schritte an der Wand entlang. Das Mädchen machte einen Satz von den Schultern des Bullen, segelte durch die Luft und rammte ihre Knie in den Nacken des Schwertkämpfers, der über dem gespaltenen Tisch zusammenbrach.

Der Bulle hielt noch immer die Tüte in der einen Hand, während er mit der anderen einen im Boden verschraubten Tisch aus der Verankerung riss und ihn auf den anderen Schwertkämpfer schleuderte. Der rettete sich mit einem Sprung zur Seite. Während das Geschoss ein tischgroßes Loch in die gläserne Eingangstür stanzte, stieß sich der Katzenjunge von der Wand ab und fegte dem Mann die Beine unter dem Körper weg. Der Schwertkämpfer fiel rücklings zu Boden, wo ihn ein Faustschlag des Riesen festnagelte.

In dem Moment rannte ein Mädchen mit blauroten Haaren durch das Loch in der Eingangstür und rief: »Ich habe ihnen die Reifen aufgeschlitzt, aber sie sind hinter uns her! Wir müssen hier weg!« Einen Atemzug später preschte ein dunkler Transporter durch das, was von der Tür noch übrig war. Die Heckklappen sprangen auf. Die Bunthaarige und die anderen kletterten in den Van, der gleich darauf in einem Regen aus Glasscherben rückwärts aus dem Gebäude jagte. Der bullige Typ winkte ihr noch mit der Papiertüte zu. Dann schloss er die Tür. Dabei rutschte ihm die Kapuze vom Kopf, und sie hätte schwören können, zwischen den braunen Haaren Hörner zu sehen.

Schlüssel zur Vergangenheit

Es war so dunkel. Sie konnte nichts erkennen als den schmalen Streifen roten Lichts, der durch die Tür drang. Ihre Finger spürten Vertrautes. Sie griff danach. Der Teddy war weich. Sein Fell roch nach Zimt. Sie hielt ihn fest, während sie sich gegen die Schranktür presste. Sie hörte ihren Bruder atmen. Seine Atemzüge wurden schneller, als sich die schweren Schritte näherten. Sie meinte, das Beben des Bodens unter sich zu spüren.

Sie hörte gedämpft eine tiefe Stimme. Ihr Bruder brüllte etwas. Ein dumpfer Laut erklang. Die Schritte entfernten sich. Sie wagte es, durch den Spalt zu blicken. Ihr Bruder war nicht mehr zu sehen. Aber ein Mann in einem Mantel von der Farbe frischen Blutes schritt durch die Tür. In seiner Hand glänzte silbern ein Schwert.

Jazz schrak hoch. Ihr Atem ging stoßweise. Sie wischte sich über die schweißnasse Stirn. Obwohl die Sonne durch die hohen Fenster

hineinleuchtete, war es so eisig, dass sie sich die dicke Daunendecke über die Schultern zog. Wo war sie?

Ihr Gespräch mit Reto und Morgana fiel ihr wieder ein. Sie hatten über Arken gesprochen. Nur noch zwei Tage blieben ihnen, um die Stadt zu retten, vielleicht weniger. Jazz richtete sich erschrocken auf. So wenig Zeit! Schnell stand sie auf und fand eine Schüssel mit Wasser und frische dunkle Kleidung, wie sie Morgana trug. Das Wasser war kalt, aber es weckte ihre Lebensgeister und Erinnerungen. Morgana hatte gesagt, dass es einen Weg gab, Arken zu retten. Das war der Gedanke, an dem Jazz sich festhielt.

Als sie die Zimmertür öffnete, lag Teeduft in der Luft. Sie ging dem Geruch nach. In einem langen Flur bemerkte sie ein Fries, das weiße Raben im Flug zeigte. Wie lebensecht es wirkte! Als ob sich die Raben jederzeit von der Wand ablösen könnten, um durch die Luft zu segeln. Was sie durch die Augen der Harpyie gesehen hatte, erinnerte sie daran, dass die Raben nicht nur zur Zierde hier waren.

Jazz zog die Finger von der Wand zurück und lief über knarzendes Parkett in einen kleinen Saal. Die Harpyie thronte mit kaltem Blick auf einem Kronleuchter. Ihren Kopf in einem unmöglichen Winkel verdrehend, wandte sie sich Jazz zu, als diese den Raum betrat. Vor den Fenstern stand eine lange Tafel, an der Reto und Morgana saßen. Reto blickte Jazz über die Seiten eines Buchs hinweg an. Unmerklich neigte er den Kopf und war gleich darauf wieder in seine Lektüre vertieft. Als Jazz nähertrat, stellte sie fest, dass sein kleiner Finger wieder vollständig war.

Morgana trug die gleiche Kleidung wie bei ihrer letzten Begeg-

nung am gestrigen Tag und hatte lediglich eine Lederjacke darübergeschwungen. Hatte sie überhaupt geschlafen? Sie blickte nicht auf, als Jazz nähertrat, winkte sie aber zu sich. Vor ihr lag der ovale Spiegel, der gestern noch auf ihrem Schreibtisch gestanden hatte. Die Nachtschattenhexe sah gebannt hinein. Jazz trat hinter sie und musste erstaunt feststellen, dass sie sich in dem Spiegel nicht selbst erblickte. Stattdessen sah sie von weit oben auf einen dunklen Van, der eine nächtliche Landstraße hinunterfuhr. An dem Bild schien weiter nichts Verwunderliches zu sein. Aber Jazz ahnte, dass Morgana den Wagen nicht ohne Grund verfolgte. Sie band sich die Locken zurück und beugte sich näher über den Spiegel. Irgendwie erinnerte sie der dunkle Van an die Transporter, die auf dem Katzbuckel beladen wurden. »Ist das ein Wagen des Ordens?«, fragte sie schließlich.

Morgana nickte. »Aber ich bezweifle, dass Brüder des Hammers darin sitzen. Der Orden ist immer in Kolonnen aus mindestens drei Fahrzeugen unterwegs.«

Jazz stützte sich auf den Tisch, um dem Spiegel noch näher zu sein. Wenn es keine Ordensritter waren, wer war es dann? Konnten es Adrian und Juri sein, die aus der Stadt entkommen waren? Doch dann änderte sich das Bild, die Harpyie flog in die entgegengesetzte Richtung, auch wenn sie noch immer der Straße folgte. Jazz wollte, dass sie umkehrte, damit sie sehen konnte, was mit dem Wagen geschah, wollte schon Morgana darum bitten. Aber die hob nur die Hand und deutete auf den Spiegel. Auf der nächtlichen Straße erschienen weitere Scheinwerfer. Grelle Lichter jagten über das Band, das den Wald durchschnitt.

»Ob das die anderen Wagen der Kolonne sind?«, mutmaßte Jazz.

»Oder es sind Verfolger«, antwortete Morgana. Dann färbte sich

der Spiegel dunkel und zeigte schließlich nur Jazz' besorgtes Gesicht. Sekundenlang blickte sie auf den Spiegel, in der Hoffnung, dass er wieder zum Leben erwachen und ihr mehr zeigen würde. Erfolglos.

»Setz dich, wir haben viel zu besprechen«, forderte sie die Hexe auf. Auf dem Tisch stand eine Teekanne, die von einem orange glühenden Kaminstein gewärmt wurde. Jazz war versucht, ihn in die Hand zu nehmen, hielt sich aber zurück. Das Frühstück war nicht das, was sie erwartet hatte. Eine Handvoll Trockenfrüchte und Müsli mit Wasser. Als Morgana ihren Blick bemerkte, zeigte ihr Lächeln spitze Zähne.

»Nachtschattenhexen müssen mit leichtem Gepäck reisen.«

Die Hexe hob einen Becher an ihre Lippen, der keinen Tee enthielt, sondern die schwarze, ölige Flüssigkeit, die auch Jazz schon zu trinken bekommen hatte.

Apropos …

»Ihr habt mir gestern ein Schlafmittel verabreicht«, stellte Jazz fest.

Die Hexe blickte sie über den Rand des Gefäßes an. »Nein, du irrst dich«, sagte sie. »Es ist anders. Hekates Segen schiebt die Erschöpfung nur hinaus, aber verhindert sie nicht. Ist die Wirkung des Tranks aufgebraucht, fordert der Körper sein Recht auf Erholung umso heftiger. Es war deine eigene Müdigkeit, die dich besiegt hat.«

Jazz sagte nichts dazu. Es erschien ihr nicht normal, wie schnell sie eingeschlafen war.

Eine Zeit lang sagte niemand etwas, und Jazz verstand, dass Morgana abwartete, bis sie ihr Frühstück beendete. Als sie den letzten Löffel Nüsse und Haferflocken mit einem Schluck Wasser hinun-

tergespült hatte, stellte sie das Glas ab und blickte Morgana an. »Also, wie retten wir Arken?«

Morgana legte den Spiegel flach auf den Tisch.

»Als die vier Schwestern Arken gründeten und den Schleier webten, erschufen sie Artefakte, die mit der Stadt verbunden waren«, begann sie ohne große Vorrede. »Es war die Magie der Oleanderschwestern, die dies ermöglichte und viele Hexenleben rettete. Kamelia hat diese Artefakte als Schlüssel zur Vergangenheit bezeichnet, weil sie uns zurück in das von der Zeit vergessene Arken gebracht haben.« Jazz wollte eine Frage stellen, doch Morgana schüttelte mild den Kopf. »Kamelia und ich waren enge Freundinnen vor einer langen Zeit.« Jazz dachte an die Geschichte der Magista zurück, wie sie sich aus dem Haus geschlichen hatte, um mit einer Freundin beinahe im Grundsee zu ertrinken. Morgana?

»Jede Familie verwahrt einen Schlüssel zur Stadt. Diese Schlüssel sind der einzige Weg, nach Arken zu gelangen, ohne den Schleier zu durchqueren.«

Jazz tastete unwillkürlich nach dem großen, eisernen Schlüssel in ihrer Tasche.

Morgana nickte. »Ja, du trägst den Eisenhutschlüssel bei dir. Du bist Kamelias Elevin.« Sie nickte ihr auffordernd zu.

Jazz holte den Schlüssel hervor und legte ihn zwischen sich und Morgana. Er war groß und altertümlich. Die Patina leuchtete türkis in den Vertiefungen. Davon abgesehen sah er einfach aus wie ein alter Schlüssel. Morgana deutete auf den Schlüsselbart. »Siehst du hier das A für Arken? Und hier«, sie deutete auf den Schlüsselkopf, »hier findest du die Eule des Hauses Eisenhut.« Jazz runzelte die Stirn. Warum war ihr das vorher noch nicht aufgefallen?

»Die Schlüssel öffnen nicht nur einen Zugang nach Arken, sie

können ihn auch verschließen.« Morgana ließ ihre Worte bedeutungsvoll in der Luft hängen.

Langsam nickte Jazz. »Sodass keine Verzehrer nach Arken gelangen können.«

Die Hexe hob die Hände. »Das Ganze war als Notfallplan gedacht. Arken darf nicht fallen, selbst wenn ein Haus ausgelöscht wird.«

Wieder nickte Jazz. »Aber wenn jede Familie einen Schlüssel verwahrt, müssten wir doch vier Hexen zusammenbringen?«

»Aber nein. Wir besitzen jetzt schon fast alles, was wir brauchen.«

Jazz' Augen weiteten sich. »Ihr habt den Schlüssel eures Hauses?«

Die Nachtschattenhexe schüttelte den Kopf.

»Dann verstehe ich nicht ...«

Bevor Jazz den Satz beenden konnte, legte Morgana einen goldenen Schlüssel auf den Tisch. Er war so groß wie der von Jazz, aber mit verschlungenen Symbolen versehen. Ein eleganter Schwung begleitete den Schlüssel und verlieh ihm den Eindruck, in ständiger Bewegung zu sein. In den Schlüsselkopf war ein Rubin eingelassen, in dessen Innerstem ein Feuer brannte. Im Vergleich zu ihm wirkte der Schlüssel der Eisenhuts plump.

»Die Oleanderschwestern fertigten für alle Häuser Schlüssel an. Aber die Häuser Eisenhut und Oleander waren zu unterschiedlich, als dass es große Liebe zwischen beiden gab.«

Jazz betrachtete die Schlüssel, der eine golden und kostbar, der andere schlicht und aus Eisen. Jeder, der die Schlüssel sah, würde erkennen, welches der beiden Häuser den Oleanderschwestern wichtiger war.

Jazz fuhr mit dem Finger über den goldenen Schlüssel. Das Haus Goldregen. »Freiheit durch Frieden. Heilung durch Wandel«, murmelte sie die Worte der Familie.

Morgana schnaubte. »Sie waren schon immer Träumer. Aber Träume ändern die Welt nicht, das schaffen nur Taten.« Jazz dachte über ihre Worte nach. Wurden Taten nicht immer aus Träumen geboren? Und wie war Morgana überhaupt an den Schlüssel des Hauses gekommen? Aber das wären Fragen, die sie sich für nach der Rettung von Arken aufhob.

»Also gut. Wir haben zwei von vier Schlüsseln …«

Die Nachtschattenhexe schüttelte sanft den Kopf. Am Rande registrierte Jazz, dass Reto das Buch beiseitegelegt hatte und ihnen zusah. Morgana deutete auf Jazz.

»Ich habe sehr lange nach den Schlüsseln gesucht. Mir war klar, dass das Bestehen von Arken von diesen Artefakten abhängen würde. Doch der Bann hielt mich von Arken und damit von zwei Schlüsseln fern. Also habe ich alles gelesen, was ich über sie finden konnte. So habe ich erfahren, dass der Schlüssel der weißen Raben ein Geheimnis birgt.«

Sie ließ die Worte bedeutungsschwer in der Luft hängen, während sie Jazz Tee eingoss.

»Die Oleanderschwestern fürchteten die Macht, die die Schlüssel mit sich bringen. Daher entschieden sie, dass keine Hexe ihres Hauses allein den Schlüssel verwahren durfte und erschufen einen zweigeteilten Schlüssel.«

Morgana blickte Jazz an, als würde dies alle Fragen beantworten. Aber diese konnte nur verständnislos die Hände ausbreiten. »War das ein guter Plan?«, fragte sie zögernd.

Morgana nickte. »Hätten sie anders entschieden, wäre der Schlüs-

sel vielleicht dem Orden in die Hände gefallen. So aber besitzt du ihn. Und zwar beide Hälften.«

Jazz schüttelte den Kopf. Ganz sicher besaß sie keinen zweigeteilten Schlüssel der Oleanderschwestern. Was hatte Reto Morgana bloß erzählt? Sie schien etwas falsch verstanden zu haben.

Morgana lächelte. Spitze Zähne erschienen zwischen ihren Lippen, während sie ihre Hand nach Jazz ausstreckte. »Oh, doch. Auch wenn du es nicht weißt, trägst du beide Teile mit dir.«

Jazz runzelte die Stirn, als sie plötzlich eine Ahnung überkam. Ihre Finger fanden die beiden Amulette, die sie um den Hals trug. Langsam zog sie sie vom Kopf und legte sie vor sich auf den Tisch.

Zwei rötlich schimmernde Medaillons an dünnen Ketten, in die feine Muster graviert waren. Nebeneinandergelegt setzte sich das Muster über beide Anhänger hinfort.

»Du bist eine Erbin des Hauses Oleander«, sagte Morgana. »Öffne die Amulette.«

Sie klappte die Deckel der beiden Anhänger auf. Im Inneren befand sich jeweils eine Locke dunklen Haars. Eine Locke ihrer Mutter.

Morgana sah sie unverwandt an, sagte aber nichts.

Jazz nickte. Sie ahnte, dass Morgana das Geheimfach auf der Rückseite der Anhänger meinte.

Jazz drehte an der Öse, an der die Kette befestigt war. Ein kleiner Deckel auf der Rückseite öffnete sich. Während das eine Amulett einen Raben im Innern zeigte, war in das andere eine Blüte eingraviert. Jetzt, wo beide geöffnet vor ihr lagen, bemerkte Jazz, dass die Deckel genau gleich groß waren. Da kam ihr eine Idee. Sie nahm einen der Anhänger in die Hand und drückte ihn in den Deckel des anderen. Mit einem leisen Klick verbanden sie sich und wurden

eins. Jazz hob sie verblüfft hoch und strich mit den Fingerspitzen darüber. Es ließ sich kaum mehr sagen, welcher Teil zu welchem Amulett gehörte.

»Und jetzt?«, fragte sie.

Morgana blickte sie aus ihren dunklen Augen an. Ihre Stimme klang wieder weich wie Samt. »Was glaubst du, Jasmina Oleander?«

Konnte es so einfach sein? Jazz legte das Amulett auf den Tisch und flüsterte: »Zweifeln, Lernen, Verstehen.«

Kaum hatte sie die Worte des Hauses Oleander gesprochen, als sich eine silberne Flüssigkeit aus dem Amulett ergoss und in der Luft gefror.

Innerhalb eines Atemzugs wuchs daraus ein Schlüssel. Er schillerte wie Perlmutt.

Jazz spürte, wie ihre Augen feucht wurden. Es war nicht zu glauben: Ihre Mutter hatte ihr das Medaillon und somit ihren Schlüssel nach Arken gegeben. Doch wie hing all das zusammen? Genervt wischte Jazz die Tränen fort. Es wurde Zeit, dass sie endlich verstand, was geschehen war.

»Warum? Warum hat sie das getan? Warum hat sie mich zurückgelassen und sich dem Orden angeschlossen? Warum hat sie uns im Stich gelassen?«

Morgana schloss ihre dunklen Augen, und Schmerz huschte über ihre Züge.

»Weil wir es nicht geschafft haben, den Zirkel zu schützen. Nach dem Verrat des Ordens und dem Scheitern des Friedens haben sie uns gejagt. Sie haben keinen Unterschied zwischen den Häusern gemacht. Aber das merkten wir erst, als es zu spät war. Die Ritter haben das Haus deiner Mutter gestürmt und mitgenommen, wen immer sie fanden.« Morgana verschränkte die Hände, ihre Lippen

waren ein Strich. »In jener Nacht ist auch dein Bruder entführt worden. Soweit wir wissen, hat ihn der Orden noch immer in seiner Gewalt. Er war stets das Faustpfand, um deine Mutter zu erpressen. Und tatsächlich hat sie für den Orden gearbeitet, jedenfalls, solange der Orden glaubte, sie hätten sie in der Hand. Ihr gab es die Chance, nach dir zu suchen.«

Also hatte ihre Mutter sich geopfert? Hatte in einer unmöglichen Situation eine unmögliche Entscheidung getroffen? Jazz ballte die Hände zu Fäusten.

»Es ist nicht das erste Mal, dass der Orden jemanden erpresst. Sie haben gelernt, dass gefangene Hexen kostbarer sind als tote, und sie haben Wege gefunden, Hexen zur Zusammenarbeit zu zwingen.« Morganas Knöchel traten weiß hervor, als sie ihre Hände zu Fäusten ballte. »Wenn sie das Gleiche mit den Magika in Arken machen, wird es keine Zuflucht mehr vor dem Orden geben. Deswegen müssen wir Arken schützen. Arken darf nicht fallen.«

Jazz stellte sich Wehrwölfe, Ghule oder Schamanen vor, die in die Dienste des Ordens gezwungen wurden, und es lief ihr kalt über den Rücken. Sie nickte und wiederholte Morganas Worte. »Uns fehlt also noch der Schlüssel des Hauses Nachtschatten«, stellte sie dann grimmig fest.

Morgana nickte. »Und ich denke, du ahnst, wo sich der befindet.«

»An einem Ort, den wir nicht betreten können«, sagte Jazz ernst.

»Du bist Kamelias Elevin, und du hast den Schlüssel der Eisenhutfamilie. Jetzt, wo es Kamelia nicht mehr gibt, bist du die Magista von Arken.«

Jazz lehnte sich zurück und blickte auf die drei Schlüssel vor sich. Sie, die Magista von Arken? Aus irgendeinem Grund fand sie

das fast beängstigender als den Fall des Schleiers. Die Verantwortung für das Schicksal so vieler lag auf ihren Schultern … Sie streckte die Hand über den Schlüsseln aus und spürte die Magie, die in ihnen schlummerte. Dann atmete sie tief durch. »Gut. Lass uns nach Arken aufbrechen!«

Der Transporter jagte durch die Nacht.

Juris Sonnenbrille baumelte vom Rückspiegel, in den Adrians Blick immer wieder glitt. Sie hatten Autobahnen gemieden und sich anhand der alten Karte über Landstraßen nach Süden gearbeitet. Seitdem sie dem Orden an einer Raststätte entkommen waren, hatten sie den dunklen Transporter nicht mehr gesehen. Dennoch rechnete Adrian damit, bei jedem Blick zurück ihre Verfolger hinter sich zu sehen.

Der Horizont auf der Fahrerseite begann, sich silbern zu färben. Aber vor ihnen herrschte noch finstere Nacht. Adrian gähnte und nahm einen weiteren Schluck von dem widerlich süßen Energy Drink, den sie an der Tankstelle gekauft hatten.

Ein grunzendes Geräusch ließ ihn zur Seite blicken. Diana hatte sich auf der breiten Beifahrerbank zu einer Brezel zusammengerollt und gab leise Schnarchgeräusche von sich. Quasimodo hatte sich an sie gekuschelt und ergänzte ihr Schnarchen mit seinem Schnurren. Juri deutete auf die beiden und grinste Adrian an. Der Troll saß am äußersten Rand der Sitzbank und quetschte sich gegen die Beifahrertür. Er war gerade damit beschäftigt, einen weiteren Burrito auszupacken. »Die Dinger schmecken echt gut. Der Dip hat zwar ’ne Menge Fett, aber ansonsten sind diese Burritos fast so gut wie

Falafel Dürüm«, ließ ihn der Troll ungefragt wissen. Adrian nickte nur. Er hatte so viel von dem mexikanischen Essen verschlungen, dass es ihm jetzt wie ein Stein im Magen lag.

Aus dem Laderaum hörte er Merle leise mit Gabriel sprechen. Der Ritter schien also wieder aufgewacht zu sein. Adrian versuchte, sich auf die Straße zu konzentrieren. Er hatte nicht erwartet, dass Fahren so einfach war. Er brauchte sich nur an dem Lenkrad festzuhalten, weil der Wagen von allein schaltete. Wenn sie in eine Ortschaft kamen, bremste er, und er gab wieder Gas, wenn sie den Ort verließen. Das war alles. So spät in der Nacht waren zum Glück nur wenig andere Autos unterwegs.

Kurz sah er Merles Gesicht im Rückspiegel aufblitzen. Sie lächelte ihn an, und er lächelte zurück. Sie hatten es geschafft. Sie waren aus Grotenheim entkommen und hatten Merle gefunden, wenn auch nicht so wie geplant. Bald sollten sie wieder in Arken sein. Dann würden sie alle in der Küche der Villa sitzen und frühstücken, und alles würde wieder in Ordnung sein. In seiner Vorstellung stand Tante Lia in der Küche, trug bunte Ponchos und begrüßte sie alle mit einer Kanne süßen Tee. Aber … Er wusste, dass das eine Illusion war. Tante Lia würde nie wieder in der Küche stehen. Das Lachen in der Villa würde nicht mehr dasselbe sein. Trotzdem würde Tante Lia ein Teil des Hauses und Arkens bleiben.

»Ich kann immer noch nicht fassen, wie du an der Wand entlanggelaufen bist«, bemerkte Juri laut schmatzend. Ein Teil des Burritos klatschte auf seine Weste, aber es schien ihn nicht zu stören.

Adrian grinste. »Das sagt der Richtige. Du hast einen Tisch aus der Verankerung gerissen und durch den Laden geworfen. Mit nur einer Hand!« Er blickte zu seinem Freund hinüber, der fast schüchtern den Blick abwandte.

»Hab gar nicht gemerkt, dass der verschraubt war.« Er zupfte sein Sweatshirt, das über der schlafenden Diana lag, zurecht.

»Was meinst du, was Jazz gerade macht?«

Adrians Blick suchte wieder den Rückspiegel. »Ich hoffe, sie schläft in ihrem Bett in der Eschenallee und macht sich nicht zu viele Sorgen um uns.«

Juri nickte ihm stumm zu. »Bald sind wir alle wieder zusammen.« Er streckte Adrian die Faust hin. Der stieß seine dagegen, dann flüsterten sie beide: »Go go Power Rangers.«

»Voltron ist viel cooler«, nuschelte Diana im Schlaf.

Der Morgen war angebrochen, als Juri wild gegen die Scheibe trommelte. »Adrian, schau doch! Dort!« Juri presste sein Gesicht gegen die Fensterscheibe. Aber Adrian hatte das Ortseingangsschild von Kratzbach schon längst gesehen. Noch nie hatte er sich so sehr gefreut, dort zu sein. Die abgehängte Stadt, in der nur blieb, wer nicht weggehen konnte, fühlte sich plötzlich an, wie nach Hause kommen. Sie mussten nur noch die mit Schlaglöchern gepflasterte Straße hinunter, an dem aufgegebenen Einkaufszentrum vorbei, durch die ausgestorbene Innenstadt und dann auf die Waldstraße nach Arken abbiegen.

Juri rüttelte Diana wach und rief in den Laderaum: »Merle! Wir sind gleich zu Hause! Wir haben es schon nach Kratzbach gesch…«

Der Rest des Satzes ging unter, als ein dunkler Transporter gegen sie prallte. Ihr Wagen schlitterte und mähte einige Parkuhren um, bevor Adrian wieder das Steuer rumriss. Neben ihnen holte ein zweiter dunkler Van aus, um sie erneut zu rammen. Adrian schlug

das Lenkrad ein. Der Wagen schlingerte in eine Seitenstraße. Im Rückspiegel sah er, dass ihnen zwei weitere Wagen folgten.

»Bockmist! Was sind das für Randhirne!«, rief Merle aus dem Laderaum.

»Der Orden muss euch aufgelauert haben.« Gabriels Stimme ging in dem Krachen unter, als ihr Wagen durch zwei Mülltonnen pflügte.

»Verdammt«, rief Adrian. Mit einem kratzenden Geräusch schabte der Van an einer Häuserwand entlang. »Es gibt nur diesen einen Weg nach Arken. Was sollen wir tun?«

»Wir versuchen, sie auf der Waldstraße abzuhängen«, schlug Juri vor.

»Wenn wir es bis zum Arkener Forst schaffen, können wir uns dort verstecken. Da finden sie uns nie«, rief Diana.

Adrian nickte. Er hatte alle Mühe, den bockenden Wagen auf der schmalen Straße zu halten. Zumindest war die Gasse hier so eng, dass die Ritter sie nicht überholen konnten.

Sie jagten die Brücke über die Eisenbahnschienen hinauf. Drei Wagen des Ordens folgten ihnen dichtauf. Irgendwo heulten Sirenen.

Adrians Finger klammerten sich um das Lenkrad, als die ersten Bäume in Sicht kamen. Die Waldstraße führt hier schnurgeradeaus. Doch die Verfolger schienen sie nicht länger rammen oder überholen zu wollen. Stattdessen folgten sie ihnen unnachgiebig in kurzem Abstand.

Gut machst du das, Kleiner, führe den Orden direkt nach Arken. Während sie sich auf die Magika stürzen, kannst du entkommen. Ich wusste, du hast es drauf.

Verdammt! Katze hatte recht. Ohne den Schleier gab es nun

nichts, was die Ritter aufhalten würde. Sobald der Orden wusste, dass sich in Arken noch mehr Magika versteckten, würden sie eine Hexenjagd ausrufen. Das konnte er nicht zulassen!

Die Lochbrücke, die über die Lethe führte, markierte die Grenze zwischen beiden Städten, und sie kam schon in Sicht.

»Wir können sie nicht bis nach Arken führen!« Er dachte an Titus, der irgendwo dort draußen durch den Wald irrte, an Merle, die gefangen genommen worden war. Damals hatte es der Orden bis zum Katzbuckel geschafft. Was würden sie tun, wenn sie bis in die Oberstadt gelangten?

Diana ließ die Finger knacken.

»Wir sind lang genug weggelaufen!«

Adrian warf einen Blick nach hinten. Merle nickte ihm zu. »Diese Kackvögel werden nicht noch mehr von uns in ihre Gichtfinger kriegen.«

Adrian schlug das Lenkrad ein. Reifen quietschten. Der Transporter brach aus, stellte sich quer und schlug gegen die Pfeiler der überdachten Lochbrücke.

Ein breiter Riss zog sich über die Frontscheibe. Rauch stieg von der Motorhaube auf. Es roch nach verbranntem Gummi und Benzin.

Juri rüttelte Adrian an der Schulter. »Bist du okay?«

Adrian schüttelte den Kopf. Alles drehte sich. In seinem Schädel pochte es. Doch nach einem Moment klärte sich sein Blick, und er lächelte müde. »Das nächste Mal fahren wir wieder mit dem Boot.« Er hustete. »Merle, ist alles okay bei euch?«

»Ich hab's so satt, in diesen Kisten durch die Gegend geschleudert zu werden!«

Hinter ihnen quietschten Bremsen. Türen klappten auf, und Stimmen erschallten. Als drei schwarze Transporter die Straße blockierten, kletterten die Freunde aus ihrem Wagen. Männer in silbernen Rüstungen standen ihnen gegenüber. Graue und schwarze Umhänge bauschten sich hinter ihnen. Juri packte sein Schwert fester, als ein Ritter in einem karmesinroten Umhang auf sie zukam. Er trug einen gewaltigen Hammer über der Schulter. Wenige Schritte vor der Gruppe baute er sich auf, den Kopf stolz erhoben. Die blonden Haare rahmten gleich einer Löwenmähne das grimmige Gesicht ein. Seine Stimme war tief und leise zugleich.

»Das ist eure einzige Chance, euch zu ergeben.«

Keiner der Freunde bewegte sich. Juri ließ sein Schwert durch die Luft kreisen. Diana stieß ein leises Knurren aus. Klackend schwang die Heckklappe auf, und Gabriel kämpfte sich aus dem Inneren. Er trug seinen Helm unter dem Arm und stützte sich schwer auf sein Schwert.

»Bruder Leon, ist es nicht Aufgabe des Ordens, jene zu schützen, die sich nicht schützen können? Welche Ehre liegt darin, Kinder zu jagen?«

Die Haltung des blonden Ritters veränderte sich. Er hob den Hammer, und die bernsteinfarbenen Steine, die in die Rüstung eingelassen waren, begannen zu glühen.

»Schweig! Du hast den Orden und dich selbst entehrt. Wir werden über dich Gericht halten, noch bevor wir den Abnormen den Prozess machen.« Der Blonde hob seinen Kriegshammer und stürmte auf sie zu. Mit drei wuchtigen Schritten hatte er die Gruppe erreicht und ließ seinen Hammer niederfahren.

Gabriel sprang zur Seite, und der Hammerschlag verfehlte ihn um Haaresbreite. Die Waffe donnerte gegen den Wagen und warf

ihn auf die Seite. Gabriel kam gerade auf die Beine, als ihm der Ritter einen Tritt verpasste, der ihn über die Straße schlittern ließ. Juri ließ das Schwert fallen, griff nach Arm und Gürtel des Ritters und schleuderte ihn mit einem Schulterwurf zu Boden. Mit einem lauten Krachen schlug der Ritter auf den Boden auf, die Bernsteine auf der Rüstung leuchteten auf, und der Hammer fiel ihm aus der gepanzerten Faust. Doch statt nach seiner Waffe zu greifen, verpasste er Juri einen Schlag, der den Troll von den Füßen holte und gegen das Autowrack schleuderte. Stöhnend rutschte er an dem Wagen nach unten und blieb schließlich liegen. Adrian wechselte einen ungläubigen Blick mit Diana. Der Troll war eine unaufhaltbare Kraft, und jetzt lag er stöhnend am Boden! Was nun? Wenn doch nur Jazz hier wäre … Sie hätte einen Weg gekannt, den Ritter mit der magischen Rüstung aufzuhalten.

Aber die Hexe ist nicht hier, um deine Kämpfe für dich auszufechten.

Adrian rollte sich über die Schulter, schnappte sich den Helm, den Gabriel fallen gelassen hatte, und sprang ab. Er flog auf den Ritter zu, der zum Schlag ausholte, um Adrian aus der Luft zu fegen. Adrian schleuderte den Helm von sich, der mit einem krachenden Geräusch gegen den Kopf des Ritters prallte. Schon nahten die anderen Ritter. Nur mit einem Hechtsprung konnte Adrian einem Lanzenstoß ausweichen.

Der Blonde schwankte. Blut lief ihm aus der gebrochenen Nase. Er brüllte wie ein Löwe, doch Diana griff nach dem Hammer. Das Teil war so schwer, dass sie es kaum anheben konnte. Sie stöhnte, drehte sich um die eigene Achse und hämmerte die Waffe gegen das Knie des Ritters. Mit einem knirschenden Geräusch zersprang einer der goldenen Steine, bevor der Ritter auf ein Knie ging. Der

Schwung der Waffe riss Diana mit sich und auf den Ritter zu. Sie kam ihm zu nah. Der Ritter griff nach ihr, und die gepanzerten Arme schlossen sich um sie. Adrian erkannte, dass sie keine Luft mehr bekam, und hörte ihre Knochen knacken. Ihre Gliedmaßen wurden schlaff. In einer letzten Anstrengung stieß sie ein Wolfsheulen aus, bevor sie die Augen schloss.

Adrian wollte ihr zu Hilfe eilen, doch um ihn zuckten Lanzenstöße wie silberne Blitze. Stahl biss ihn in die Seite. Er sprang zurück und presste die Hand auf die Wunde. Er hörte Merle jaulen und sah um sich nur glitzerndes Metall, als sich ein weißer Nebel über alles legte. Jazz! Sie musste den Schleier neu gewoben haben. Doch dann sah er, dass es Merle war, einen Feuerlöscher in den Händen, die Wolke um Wolke aus weißem Pulver auf die Ritter niedergehen ließ. Es war nicht der Schleier, aber in dem Dunst war er für die Ritter schwieriger zu erkennen. Auf einmal ertönte das Geräusch umstürzender Bäume, und aus dem Wald erklang ein tiefes Knurren. Ein Schatten jagte heraus, riss drei Ritter um und stürzte sich auf den Blonden. Adrian sah nur Fell und Klauen, Zähne und Rüstung. Die beiden ungleichen Gegner gingen zu Boden und verschwanden in weißen Wolken. Adrian stürzte zu Diana. Sie lag vor ihm wie eine verlorene Puppe, die Glieder weit von sich gestreckt. Er hörte, wie sie hustete. Ihre Augenlider flackerten. Adrian hob sie auf. Hinter ihnen stöhnte Juri, vor ihnen löste sich zunehmend die Pulverwolke auf, und die Ritter bildeten einen Ring um sie. Die Speerspitzen wie die Zähne eines hungrigen Monsters auf sie gerichtet.

Ein Heulen ertönte, dann flog ein Geschöpf, halb Mensch, halb Wolf, über sie, prallte gegen den Wagen und blieb winselnd neben Juri liegen. Diana kroch zu ihm. »Titus, du bist gekommen.« Ihre Hände fuhren über sein Fell, dann legte sie ihren Kopf an seinen.

Der blonde Ritter schlurfte auf sie zu. Sein blondes Haar war blutverklebt, sein Schulterpanzer abgerissen, und dunkle Flüssigkeit lief seinen Arm hinab. Seinen Panzerhandschuh hatte er verloren. Von den Steinen in seiner Rüstung leuchteten nur noch die wenigsten, aber das Feuer in seinen Augen loderte. »Löscht sie alle aus!«, rief er den Rittern zu, die prompt ihre Speere hoben. »Den Verräter nehmen wir mit. Der Ordensmeister wird ihn verhören.« Er deutete auf Gabriel, der nach Atem ringend am Straßenrand kniete.

Gabriel kämpfte sich auf die Beine und schwankte auf die anderen Ritter zu. »Ihr werdet sie nicht anrühren«, rief er und richtete drohend einen zerbrochenen Speer auf seine Brüder. Kratzer zogen sich über sein Gesicht. »Der Hass muss enden. Es gibt einen anderen Weg. Wir sollten der Schild sein, doch wir sind die Monster in der Nacht.« Er hielt den Rittern die Hand hin. »Wir haben zusammen Blut vergossen, jetzt lasst uns gemeinsam heilen.« Noch während er sprach, schlug ein Speer gegen seine Schläfe, und Gabriel sank zu Boden.

Adrian keuchte auf. Der Blonde drückte den Speer wieder dem Ritter in die Hand, dem er ihn abgenommen hatte. Dann deutete er auf die Gruppe. »Ihr habt Befehle …«

Jetzt wäre der geeignete Augenblick, um sich aus dem Staub zu machen. Deine Freunde sind so oder so verloren.

Adrian schüttelte nur stumm den Kopf. Wenn dies das Ende war, würden sie gemeinsam untergehen.

Kiesel und Zweige rieselten auf die Ritter. Sie prallten harmlos von den Rüstungen ab. Dann sah Adrian die kleinen Geister. Pflanzen, die sich aus dem Boden erhoben und auf Wurzelbeinen auf die Straße tappten. Wesen, die aus faustgroßen Steinen bestanden und

wild Tannenzapfen auf die Ritter feuerten. Durchscheinende Wassergeister, die wenige Fingerbreit über dem Boden schwebten und ein Geräusch von sich gaben wie kochendes Wasser.

Von den Planken der Lochbrücke drangen laute Schritte.

»Dies ist Arken, und ihr seid hier nicht willkommen.«

Zwei Männer liefen über die Holzbrücke auf sie zu. Der eine so riesig und breit, dass er kaum durch eine Tür passte, der andere klein, rund und zerlumpt.

Björn schob mit einem Ruck den Wagen beiseite, und beide stellten sich an Adrians Seite. Barnaby hob einen Arm und deutete auf den Blonden. Sein zerfranster Parka flatterte im plötzlich aufkommenden Wind. »Dieser Ort ist nicht für euch.« Eine rauchig silbrige Maske wogte über Barnabys Gesicht. Der Kopf eines Igels formte sich in dem Silberdunst. Stacheln wuchsen aus Barnabys Haut, und seine Züge verzerrten sich.

Der Blonde donnerte: »Dieser Ort ist ein Nest aus Verrätern und Abnormen! Der Orden wird kommen, und Feuer wird auf euch herabregnen. Ihr werdet vom Angesicht der Welt getilgt. Und mit dir fange ich an, Verräter Eriksson.«

Er griff seinen Hammer und schien einen Schritt auf ihn zu machen zu wollen, verharrte aber stattdessen. Seine Füße waren unter Erde und Stein begraben. Mit aufgerissenen Augen blickte er auf die aufgerissene Straße, deren Pflaster sich auf einmal bewegte, als ob etwas von unten dagegen drückte.

Barnaby hob eine Hand. Unter dem Ritter riss der Boden auf. Baumdicke Säulen aus Erde erhoben sich wie ein Käfig um den Ritter. Gigantische Finger aus Erdreich, Moos und Stein. Ungläubig starrte der Ritter auf die Faust aus Erde, in deren Zentrum er auf einmal gefangen war. »Mein Wille ist Feuer …«

Dann schloss Barnaby die Faust, und eine Welle aus Erde riss den Ritter mit sich in die Tiefe. Wo eben noch der Blonde gestanden hatte, war jetzt nur noch aufgewühlte Erde.

Die ersten Ritter ließen ihre Lanzen fallen. Aus dem Wald drang das Heulen von Wölfen, das wieder und wieder aufgenommen wurde, bis der ganze Wald vom Geheul erfüllt war.

»Legt eure Waffen nieder, oder es wird euer Ende sein«, donnerte Björns Stimme.

Tatsächlich ließen darauf einige Ritter ihre Lanzen fallen, andere stürmten zu den Wagen, ließen den Motor an und rasten davon. Ein Speer flog über die Brücke hinter ihnen her und bohrte sich in einen Reifen. Der Wagen kam von der Straße ab und überschlug sich.

Adrians Knie gaben unter ihm nach, und er sackte in sich zusammen. Da fühlte er eine Hand auf seiner Schulter. Ein strubbliges Gesicht schob sich vor seine Augen. »Den hast du dir verdient, Kleiner.« Barnaby hielt ihm einen roten Apfel hin. Dankbar biss Adrian hinein.

Dann wandte sich der Schamane Juri zu. Als er ihm Öl auf die Stirn rieb, sah Adrian wieder die silberne Maske über seinem Gesicht flackern und erkannte, dass es für ihn noch viel zu lernen gab. Juris Augenlider flackerten. Dann hustete er und rieb sich das Gesicht.

»Ein Glück hast du so einen Dickkopf«, sagte Björn und drückte ihm den Arm. Adrian lief zu Diana, die sich über Titus beugte. Beide sahen zerschunden und zerkratzt aus, aber sie würden es schaffen. Als er spürte, dass jemand hinter ihm stand, richtete er sich auf.

Malinkas Haar leuchtete rot. In der Hand hielt sie einen Speer. Sie lächelte Adrian an. »Vielleicht gehörst du zu Katze, aber du kämpfst wie ein Wolf.«

Dann beugte sie sich zu Diana hinunter und reichte ihr die Hand. »Ich glaube, im Forst ist genug Platz für zwei Rudel.« Diana lächelte und drückte ihre Hand. Gleich darauf verschwand Malinka wieder im Wald zwischen den Bäumen, wo sich erste Nebelschwaden wanden.

Adrian stemmte sich in die Höhe. Sein Blick glitt über die drei Ritter, die ihre Lanzen vor sich gelegt hatten. Hinter ihnen stand Björn, sein Schwert hatte er vor sich auf den Boden gestellt. Adrian blickte weiter zu Merle, die Gabriel aus seiner verbeulten Rüstung half. Zu Diana, die Titus zwischen den Ohren streichelte. Barnaby stand neben ihnen und unterhielt sich mit den Waldgeistern, als plötzlich Juri auf die Beine sprang und keuchte: »Jazz!«

Artemis Atem

Ein stählerner Himmel erwartete Jazz, als sie aus der Schuppentür in den Garten der Eschenallee 26 trat. Wie beim letzten Mal hatte sie der Eisenhutschlüssel wieder zurück in den Garten der Magista gebracht. Morgana trat hinter ihr ins Freie und schloss die knarrende Pforte. Schimpfend flatterte eine Amsel von einem kahlen Ast der nahen Weide und drehte eine Runde über ihrem Kopf, ehe sie verschwand. In der Villa brannte Licht, weil die Sonne so wenig davon spendete. Jazz atmete auf. In dem Zwielicht würde niemand sie bemerken. Dennoch entkorkte Morgana vorsichtshalber ein kleines Fläschchen. Schwefliger Rauch strömte aus dem Gefäß und wand sich wie eine Schlange um sie beide, ehe er sich verflüchtigte.

»Artemis Atem«, erklärte Morgana. »Für die meisten Leute sollten wir jetzt so unbedeutend wirken, dass sie uns übersehen.«

Jazz nickte. Es musste ähnlich funktionieren wie der Talisman, den sie für Juri erschaffen hatte. Juri … Wie es ihm jetzt wohl ging?

Wie lange hatte der Bannkreis sie geschützt, bis die Energie der Foci aufgebraucht war? Saß Juri mit Adrian zusammen an einem warmen Ort und verputzte Müsliriegel? Sie ahnte, dass er sich ihretwegen Sorgen machte, und hoffte, dass Adrian ihn davon überzeugen konnte, Grotenheim zu verlassen.

»Das ist also der Ort, der die geheimen Märchen der Gebrüder Grimm beherbergt?«, fragte Reto halblaut, während er sehnsüchtig an der Fassade hinaufschaute.

»Denk nicht einmal dran!« Jazz funkelte ihn so zornig an, dass er einen Schritt zurückwich.

»Für solche Spielereien haben wir keine Zeit«, erklärte Morgana und schritt durch den Garten.

Als sie an dem kleinen Teich vorbeikamen, blieb Jazz kurz stehen. Sie sah die Magista vor sich, wie sie im Gras lag, die Augen geschlossen, die Kleidung durchweicht. Morgana wartete auf sie, ohne etwas zu sagen. Ein rätselhafter Ausdruck spiegelte sich auf ihrem Gesicht.

»Sie hat Arken so lange beschützt. Dabei wollte sie als Kind nur weg von hier. Ich war mir immer sicher, dass eine ihrer Schwestern in Arken bleiben würde, während Kamelia die Welt erkundet.«

Die Nachtschattenhexe blickte zur Villa.

»Jetzt ist sie für immer hier.«

Jazz folgte ihrem Blick. Wie gern wäre sie einfach hineinspaziert und hätte die Villa begrüßt. Ob Björn oben war und süßen Tee trank? Doch sie schüttelte den Kopf, um die Gedanken zu verscheuchen. »Arken darf nicht fallen«, murmelte sie.

Morgana nickte mit unbewegter Miene. »Du hast mein Wort, dass ich das nicht zulassen werde.«

Ohne ein weiteres Mal stehen zu bleiben, verließen sie den Garten und strichen dann durch die trüben Gassen der Stadt. Die Win-

tersonne war so schwach, dass die Gaslaternen entzündet wurden und Jazz mit ihrem warmen Schein willkommen hießen. Sie kannte hier jede Gasse und jedes Haus. Sie liefen an dem bunten Schild vorbei, das auf Julius Rohms beste Rauchwaren aufmerksam machte. Davor stand die hölzerne Bank, auf der Jazz die »Moose und Kräuter Europas« auswendig gelernt hatte. Ein warmes Gefühl breitete sich in ihrer Brust aus, das mit jedem Schritt stärker wurde.

»Es ist gut, wieder zu Hause zu sein«, sagte Morgana, als sie das Tor zur Altstadt passierten. Jazz runzelte erst erstaunt die Stirn, aber klar, Arken war auch Morganas Zuhause. Ein Ort, den sie seit Jahren nicht hatte betreten dürfen. Wie es wohl für sie war, nach all der Zeit zurückzukehren? Ihr Gesicht verriet nichts.

Einige Teenager auf Fixies jagten an ihnen vorbei über das Kopfsteinpflaster, ohne von ihnen Notiz zu nehmen.

Kurz darauf kam ihnen Konstantin Carl mit seinem Bollerwagen entgegen, der von einem großen Hund und einem kleinen Pony gezogen wurde. Zum ersten Mal rief er Jazz nicht sogleich zu, sich bei ihm die Schuhe putzen zu lassen. Stattdessen nickte er ihnen nur zu, ohne sie wirklich anzusehen. Jazz wusste selbst nicht, warum ihr das einen Stich versetzte. Als sie sich umdrehte, bemerkte sie, dass Reto ihnen nicht mehr folgte. Doch ein Blick auf Morgana zeigte ihr, dass diese sein Fehlen nicht im Geringsten zu beunruhigen schien.

Obwohl es früher Nachmittag war, begegneten sie nur wenigen Menschen. Ob dies mit dem Fall das Schleiers zu tun hatte?, fragte sich Jazz. Einige Ghule mit hochgeschlagenen Kapuzen liefen an ihnen vorüber, ohne sie eines zweiten Blickes zu würdigen. Jazz sah ihnen nach und musste dabei unwillkürlich an das denken, was in dem vergessenen Hafen geschehen war.

Morgana musterte sie. »Wir werden nicht zulassen, dass so etwas in Arken geschieht«, sagte sie zu Jazz' Verwunderung.

»Ihr wisst von dem Hafen?«, fragte sie erstaunt.

Die Nachschattenhexe lächelte vielsagend. »Wir haben unsere Augen überall.«

Jazz musste an den Vogel denken, den sie in jener Nacht erahnt, aber nicht gesehen hatte. Hatte er sie ausspioniert? Ihr fiel ein, dass Reto ständig den Himmel beobachtete, wenn er mit ihr sprach. Es schien plötzlich Sinn zu machen. Er will wohl nicht, dass sie alles erfährt, was er mir sagt, begriff sie.

Als eine ältere Dame mit einem Korb Äpfel in den Armen direkt auf sie zuhielt, wollte Jazz die Straßenseite wechseln, doch Morgana ging unbeeindruckt weiter. Die Frau rief: »Ist es zu viel verlangt, ein wenig Platz …« Doch ein Blick in Morganas Augen ließ sie verstummen und die Straßenseite wechseln. Die Nachtschattenhexe verlangsamte nicht einmal ihren Schritt.

Kurze Zeit später hatten sie die Gasse erreicht, in der sich die Dächer berührten. Die wenigsten Fenster hier waren beleuchtet. Spinnweben hingen von den Dachsparren wie dünne Bärte. Ein Schatten löste sich von einem der Dächer und flog über sie hinweg. Umso näher sie ihrem Ziel kamen, desto ausladender wurden Morganas Schritte. Ihre Stiefel platschten durch Pfützen und setzten über Löcher im Pflaster hinweg. Jazz hatte Mühe, mit ihr Schritt zu halten.

Endlich erblickten sie die Festung des Hauses Nachtschatten. Morganas Schritte wurden wieder langsamer, bis sie kurz vor dem Zaun stehen blieb. Stumm blickte sie auf das Gründungshaus.

»Einen behaglichen Unterschlupf haben sich die Nachtschattenschwestern da gebaut. Wir sind uns nicht sicher, was mehr *zu Hause* schreit, die Schießscharten oder das Fallgitter vor der Tür.« Reto war

wieder aufgetaucht, ohne das Jazz gewusst hätte, woher. Aber inzwischen hatte sie sich schon fast daran gewöhnt, dass er aus dem Nichts kam und ging, wie er wollte. Morgana drehte nicht einmal den Kopf.

»Spar dir deine Ironie, Dieb. Dieser Ort ist gebaut worden, um standzuhalten, nicht um irgendwelche Eitelkeiten zu befriedigen.« Sie streckte ihre Hand nach dem schmiedeeisernen Gartentor aus, aber zog sie zurück, bevor sie es berührte.

»Der Bann ist immer noch aktiv«, sagte sie mehr zu sich selbst.

Jazz betrachtete das goldene Netzwerk um sich herum. »Ich habe keine Ahnung, wie wir ihn überwinden sollen.«

Morgana lächelte. »Nur die Magista kann diesen Bann lösen«, sagte sie und deutete auf das Tor.

Jazz atmete tief ein und zog den Eisenhutschlüssel aus der Tasche. Die Hexe nickte ihr auffordernd zu. Mit zitternden Fingern steckte Jazz den Schlüssel in das Schloss. Nichts geschah. Langsam drehte sie ihn. Er begann, von innen zu glühen wie heißes Metall. Auch der Zaun leuchtete in der gleichen Farbe auf. Das Leuchten nahm zu, bis es so hell wurde, dass Jazz den Blick abwenden musste. Dann ließ das Glühen nach und erstarb schließlich. Schlüssel und Zaun waren so dunkel wie zuvor. Morgana streckte die Hand aus. »Du kannst das Tor jetzt berühren, es ist ganz kalt.« Und tatsächlich: Als Jazz die Hand austreckte, fühlte sie nur kaltes Eisen unter ihren Fingern. Sie schritten durch das Tor, das quietschend nach innen aufschwang. Mit langsamen Schritten gingen sie auf das düstere Gebäude zu. Das Unkraut im Garten raschelte. Ansonsten war es völlig still. Bei der Tür angelangt, strich Morgana über das Gitter, worauf es ratternd nach oben fuhr. Die Eingangstür begrüßte sie mit einem tiefen Knarren.

Wo die Eisenhut-Villa die Atmosphäre einer altehrwürdigen

Bibliothek ausströmte, fühlte sich dieses Haus wie ein Wachturm oder Kloster an. Alles war zweckdienlich. Die Wände waren schmucklos aus massiven Feldsteinen gemauert. Durch die schmalen Fenster drang kaum Licht herein. Die Möbel waren sämtlich aus grobem Holz, Polster gab es keine. Jazz war überrascht, wie leer die meisten Räume waren, durch die sie gingen. Bücherregale türmten sich an den Wänden bis zur Decke, doch dazwischen gab es viel leeren Platz. Reto wagte nicht einmal einen Schritt in Richtung der Bücher. Als Morgana das sah, lächelte sie schwach. In einem Raum hingen Dutzende blinde Spiegel von der Decke. Ein anderer bot lediglich einer Pritsche und einer Vogelstange Platz. Als Morgana ihren Blick bemerkte, erklärte sie: »Alles, was du besitzt, kann dir genommen und gegen dich verwendet werden. Besitz ist Verpflichtung. Unsere einzige Verpflichtung gilt den Opfern der Vergangenheit und ihrer Rache.«

Jazz fragte sich unwillkürlich, ob Nachtschattenhexen jemals glücklich waren. Wie musste es für ein Kind sein, hier aufzuwachsen? Selbst das Haus wirkte hart und gefährlich wie eine Waffe.

Morgana führte sie eine Treppe hinab und befahl Reto, hier zu warten, bevor sie Jazz durch eine dicke Metalltür führte. Sie hatten den Keller erreicht. Es war der einzige Raum des Hauses, der Jazz gefiel. Von zahllosen Balken baumelten irdene Gefäße, verkorkte Flaschen und getrocknete Kräuter. Mannshohe Spiegel lehnten an den Wänden oder hingen an Ketten. An einer Wand klemmten Schwerter mit dunklen Klingen, von denen dünne Rauchschwaden aufstiegen.

Morgana entzündete einige Petroleumlampen, die an filigranen Ketten baumelten.

»Dieser Ort ist unser größtes Heiligtum.« Sie deutete auf den

Schrein in der Mitte. »Den Mutterschrein gab es schon lange, bevor dieses Haus errichtet wurde.« Jazz trat näher und betrachtete den steinernen Altar, der in der Mitte des Raums stand. Drei grobe Findlinge trugen eine massive graue Felsplatte, in deren Zentrum sich eine kleine Vertiefung befand. Gefäße aus Bronze und Ton, Bündel von getrockneten Kräutern und Knochen schwangen über dem Altar. Mehrere Dutzend dunkle Kerzen erhoben sich schwerelos wie von unsichtbaren Bändern gehalten, als sie nähertraten.

»Jede Kerze steht für eine Nachtschattenschwester, die im Kampf gefallen ist«, erklärte Morgana.

Jazz betrachtete die vielen Kerzen. Wie viel Leid und Blut war in den vergangenen Jahrhunderten erlitten und vergossen worden! Wie viele Opfer waren heute vergessen? Morgana trat an den Schrein, und die Kerzen entzündeten sich. Als sie einige Räucherstäbchen in die Flammen hielt, breitete sich ein angenehmer schwerer Duft in dem Gewölbe aus.

»Endlich bekommt meine Familie zurück, was ihr so lange verwehrt war.«

Jazz betrachtete das Gesicht der Hexe. Etwas hatte sich verändert. Die Augen wirkten größer, die Bewegungen hektischer. Sie schien kaum Kenntnis von Jazz zu nehmen, als sie nach einem Krug griff und dessen Inhalt in die Vertiefung des Altars schüttete. Wie flüssiges Silber lief der Inhalt aus dem Krug und erstarrte zu einer spiegelnden Oberfläche, kaum dass er den Altar berührte. Eine Pfütze aus Silber inmitten eines steinernen Schreins.

Morganas Stimme erklang, kratzig und schwer: »Vergeben heißt vergessen. Erinnern heißt handeln.«

Dann streckte sie ihre Hand in die silberne Flüssigkeit. Sie atmete tief ein. Als sie ihre Hand wieder hervorzog, hielt sie einen

pechschwarzen Schlüssel in den Fingern. Der Schlüssel funkelte wie schwarzes Glas. Seine Kanten waren hart und scharf, wie die Züge Morganas. Jazz erkannte keinen Schmuck und keine Verzierung daran. Wie die Nachtschattenhexen wirkte der Schlüssel gefährlich und zweckmäßig.

Morgana presste die Hand mit dem Schlüssel gegen ihre Brust und schloss die Augen. Ihre harten Züge entspannten sich für einen Atemzug. Als sie die Augen schließlich wieder öffnete, ruhten sie auf Jazz. »Es ist nun Zeit, über das Schicksal von Arken zu entscheiden.«

Morgana hob einen der großen Spiegel von einer Säule und bedeutete Jazz, sich auf den Boden zu setzen, während sie das Gleiche tat. Der Spiegel reflektierte das Licht der Kerzen, bis Morgana ein Pulver darauf streute und etwas murmelte, das Jazz nicht verstand.

Auf dem Spiegel formierte sich ein Bild, das sich bewegte, wie Wasser, in das man einen Stein geworfen hatte. Leichte Wellen kräuselten sich und verschwanden. Jazz sah wieder eine Straße von oben, und diesmal erkannte sie, was dort vor ihr lag. »Das ist die Straße nach Kratzbach!« Das Bild änderte sich. Ein dunkler Transporter jagte über die Straße, gefolgt von drei weiteren Wagen. Auf Höhe der Lochbrücke stellte sich der Wagen quer, und die Insassen sprangen auf die Straße.

»Juri! Adrian!« Sie hatten es nach Arken zurückgeschafft. Als sie auch noch einen bunten Haarschopf sah, lächelte Jazz breit. »Merle…« Doch die drei anderen Wagen waren schnell heran. Männer in Rüstungen stürmten heraus.

Das Bild änderte sich wieder. Sie sah Juri im Kampf mit einem gerüsteten Mann mit einem roten Umhang. Diana und Adrian, die einen blonden Ritter zu Fall brachten. Ein Transporter qualmte.

Ein anderer jagte die Straße hinunter, kam vom Weg ab und stürzte in den Wald.

Als sich das Bild wieder änderte, lagen sich Björn und Juri in den Armen. Jazz sah Merle lachen und einen Ritter in silberner Rüstung, der ihre Hand hielt. Jazz' Herz schlug schneller. Ihre Freunde hatten es tatsächlich geschafft! Wie gern wäre sie jetzt bei ihnen! Doch neben der Freude spürte sie auch Schmerz. Denn sie hatte Geheimnisse vor ihnen, hatte sich von ihren Freunden entfernt.

»Eine Hexe zu sein, bedeutet, allein zu sein«, sagte Morgana unerwartet mitfühlend. Jazz blickte zu ihr auf.

»Sie haben es geschafft. Sie haben die Ordensritter aus Arken vertrieben!«

Morgana nickte. »Sie haben gekämpft und sind für sich selbst eingestanden.«

»Dann brauchen wir die Schlüssel vielleicht gar nicht zu benutzen? Wenn Arken sich selbst verteidigt, können wir doch stattdessen nach anderen Hexen suchen.«

Morgana blickte sie an, und ihr Ausdruck jagte Jazz einen kalten Schauer über den Rücken. »Es ist zu spät. Der Fall von Arken hat bereits begonnen.«

Wieder änderte sich das Bild. Jazz flog die gepflasterte Straße entlang, welche die beiden ungleichen Städte miteinander verband. Kahle Äste ragten aus dem Wald heraus. Nadelbäume wiegten sich im Wind. Als die Straße wieder zwischen den Bäumen erschien, machte sie etwas Dunkles auf der Straße aus. Zuerst meinte sie, es sei der Schatten des Waldes, der die Straße verdunkelte. Dann aber erkannte sie die Kolonne aus schwarzen Limousinen. Dutzende schwarze SUVs standen mit laufenden Motoren auf der Straße. Eine lange Reihe aus schwarzem Metall, deren Ende sie nicht sehen

konnte. Sie flog tiefer und dichter an einen der Wagen heran und blickte hinein. Durch die spiegelnde Scheibe nahm sie eine unmenschliche Grimasse wahr. Die Verhöhnung eines menschlichen Gesichts drehte ihr den Kopf zu. Weiße, gesplitterte Haut spannte sich, als sich ein Riss unter den Augen bildete, der immer breiter wurde. Scherben lösten sich und fielen in das hohle Innere, als dunkler Dunst aus dem Spalt drang.

Jazz schraubte sich in die Höhe und sah die nicht enden wollende Kolonne im Dunkel des Waldes verschwinden. Es mussten Hunderte Verzehrer sein.

»Worauf warten sie?«, fragte Jazz tonlos.

»Darauf, dass noch mehr von ihnen eintreffen, damit ihnen kein einziger Magika Arkens entgeht. Es gibt nichts, was den Hunger dieser Kreaturen stillen kann. Wenn sie es nach Arken schaffen, wird dieser Ort zu einem Friedhof, genau wie der Hafen, den ihr gesehen habt.«

Jazz schluckte. »Was muss ich tun?«

Wenige Minuten später hatte Jazz den Bannkreis nach Morganas Anweisungen um den Schrein gezogen. Es ging einfacher, als Jazz vermutet hatte. Im Vergleich zu den filigranen Glyphen, die die Magista sie gelehrt hatte, wirkten diese Formen schlicht und ursprünglich. In jeder Himmelsrichtung waren Kreise für die verschiedenen Häuser angelegt, die sich an den Rändern überschnitten. In diesen Bereich hatte Morgana jeweils einen kleinen versiegelten Krug gestellt.

»Alles, was uns jetzt fehlt, sind die Schlüssel.« Als Jazz sie an die

entsprechenden Plätze legte, konnte sie spüren, wie das magische Netzwerk pulsierte. Der Bannkreis erstrahlte in einem goldenen Licht.

Morgana griff nach Jazz' Händen. Sie begann, eine Melodie zu intonieren, die Jazz gleichermaßen vertraut wie unbekannt war. Sie spürte, wie sich die Haare auf ihren Armen aufrichteten. Morganas Augen leuchteten in einem blauen Feuer. Auch die goldenen Zeichen des Kreises gingen in blauen Flammen auf. Doch Jazz spürte keine Hitze. Als die Melodie ihren Höhepunkt erreichte, strömte violetter Rauch aus den Tonkrügen und verteilte sich am Boden. Innerhalb von Augenblicken war der gesamte Untergrund des Gewölbes mit dem purpurnen Dunst bedeckt. Die Stimme Morganas brach ab, und die Flammen erloschen. Nur der Bannkreis glomm noch vor sich hin.

»Es ist vollbracht«, verkündete Morgana müde. »Die Monster können Arken nicht mehr erreichen.«

»Wir haben den Schleier wieder beschworen?«

Morgana nickte. »Ich hatte dir mein Wort gegeben, dass Arken sicher sein wird. Keine Gefahr wird diesen Ort mehr erreichen.«

Morgana stellte den mannshohen Spiegel wieder an die Wand.

Jazz schüttelte ungläubig den Kopf. Konnte es wirklich wahr sein? Und konnte es wirklich so einfach sein? »Wir haben den Schleier neu gewoben?«, flüsterte sie mit einem Fragezeichen in der Stimme.

Morgana drehte sich zu ihr um. »Elevin, der Schutz von Arken steht über allem. Ich habe deiner Mentorin und dir selbst versprochen, dass Arken nicht fallen darf. Und ich habe mein Wort gehalten. Arken ist für tausend Jahre sicher.«

Der Ton, in dem sie das sagte, hatte etwas seltsam Endgültiges, das Jazz alarmiert aufblicken ließ. »Was genau meinst du damit?«

»Es gab nur einen Weg, Arken zu schützen: Wir mussten die Stadt verstecken. Daher haben wir Arken aus der Welt entrückt und unerreichbar gemacht, für Monster – und auch für Magika. Bis zum Anbruch des nächsten Millennia wird niemand mehr einen Fuß nach Arken setzen. Das ist unser Opfer, um diese letzte Zuflucht zu schützen.« Jazz spürte den Blick der Magista, während sie zu verstehen versuchte, was sie gerade gehört hatte. »Es gab keinen anderen Weg, Elevin.«

Dann wandte sich Morgana um, stieg in den Spiegel, ohne sich umzusehen, und verschwand. Jazz sprang auf und rannte zu dem Spiegel. Doch sie sah nur sich selbst darin. Nein! Nein, das durfte nicht sein. Jazz schmetterte den Spiegel zu Boden. »Morgana! Komm zurück!« Sie klaubte die Schlüssel vom Boden und trat die Tongefäße um. Doch der purpurne Nebel breitete sich weiter aus.

Jazz stürmte aus dem Haus und in den Garten. Überall stieg Nebel aus dem Boden auf. Sie heulte verzweifelt auf. Nein, nein, das durfte nicht passieren! Sie hatte Arken schützen und nicht aus der Welt schneiden wollen!

»Wenn sie ihre Freunde wiedersehen will, muss Eile ihr Gebot sein.« Reto stand hinter ihr, aber seine Haltung hatte sich verändert. Alle Gelassenheit schien von ihm abgefallen. Er griff nach ihrem Arm. »Versteht sie nicht? Sobald der Nebel komplett aufgestiegen ist, kann sie den Weg aus Arken nicht mehr finden.«

»Aber warum? Ich verstehe nicht, warum hat Morgana …«

»Wir hatten sie gewarnt. Harpyien kennen keine Gnade. Sie wollte Arken um jeden Preis schützen und war bereit, alles dafür zu opfern. Versteht sie nicht?«

Jazz blickte ihn verstört an, sie verstand überhaupt nichts mehr.

»Sie muss uns zuhören. Morgana ruft uns bereits. Es war alles lang

geplant. Morgana brauchte den Schlüssel, und sie war die Einzige, die ihn ihr bringen konnte. Deswegen musste als Erstes die Magista sterben. Dann musste Morgana sie aus Arken locken. Morgana hat auch dafür gesorgt, dass der Motor des Bootes ausfällt, damit sie mit eigenen Augen sieht, welches Schicksal auf Arken wartet.«

»Mor-Morgana hat die Magista auf dem Gewissen?«

»Morgana würde alles opfern, um ihr Ziel zu erreichen. Sie würde den gesamten Zirkel opfern, wenn es nötig wäre, um Arken zu retten.«

»Aber sie waren einmal Freundinnen!«

Reto schüttelte den Kopf. »Nachschattenhexen kennen keine Freundschaft, nur Pflicht und Rache.«

Der Nebel stand inzwischen kniehoch.

»Morgana ruft uns. Wir sind bald fort. Und sie muss gehen. Jetzt. Sie muss außerhalb des Schleiers sein, bevor der Nebel …« Reto begann, sich aufzulösen, und verschwand wie Asche im Wind.

Jazz blickte aus dem violetten Dunst, der über den Garten und durch die Gassen waberte. Wenn sie es nicht aus Arken rausschaffte, müsste sie für immer allein hierbleiben. Also rannte sie los. Sie stürmte unter den vorstehenden Dächern hindurch und über die Kanalbrücke, als ihr der Nebel schon bis zum Bauch ging. Sie lief durch die Altstadt und die Oberstadt an allem vorbei, was für sie in den letzten Jahren ein Zuhause gewesen war. Das einzige Zuhause, was sie je gekannt hatte. Tränen liefen ihr über das Gesicht, als sie verstand, dass sie nichts davon wiedersehen würde, es sei denn, sie wollte ihre Freunde, die einzige Familie, die sie kannte, aufgeben. Sie sah, wie die Eschenallee im Dunst verschwand, und rannte die Platanenallee hinunter. Schmerzen stachen ihr in die Seiten. Ein metallischer Geschmack machte sich in ihrem Mund breit. Aber sie

lief weiter, auch als der Nebel ihre Schultern erreichte. Sie konnte die Straße schon nicht mehr sehen, die aus Arken hinausführte, und vertraute auf das harte Gefühl von Steinen unter ihren Füßen, als der Nebel über ihren Kopf aufstieg. Panik sprang sie an wie ein hungriges Tier. Sie rannte weiter. Irgendwo auf dieser Straße waren ihre Freunde. Sie rief ihre Namen. Schrie nach Juri. Auf einmal spürte sie Waldboden unter den Füßen. War sie von der Straße abgekommen? Das konnte nicht sein ... Das durfte nicht sein! Sie sah nur noch violetten Dunst. Sie rief wieder Juris Namen und machte ein paar Schritte zurück. Doch der Boden unter ihr blieb weich. Als sie die Hände ausstreckte, fühlte sie feuchte Rinde unter ihren Fingern. Ein kahler Ast verfing sich in ihren Haaren. Sie sah nichts mehr als den verdammten Nebel. Sie stolperte und stürzte zu Boden.

Es war alles umsonst. Sie hatte alles verloren. Ihre Mutter. Die Magista. Nie würde sie ihren Bruder kennenlernen, niemals ihre Freunde wiedersehen. Tränen schossen ihr in die Augen.

Auf einmal fühlte sie etwas Hartes auf ihrer Schulter. Sie wurde vom Boden gehoben. Sie tastete um sich und spürte Hände, die ihre ergriffen. Dann sah sie ihn. Juri. Er war ihr so nah, dass sie jede Unebenheit auf seinem Gesicht erkennen konnte.

»Wir müssen hier raus«, sagte er und zog sie einfach mit sich. Im Dunst erkannte sie erste Schemen, Bäume, Äste und Sträucher. Sie hörte das Murmeln der Lethe und dann: Stimmen. Stimmen, die sie kannte, die ihr vertraut waren. Mit einem Schritt traten sie aus dem Nebel. Sie fühlte die letzten Sonnenstrahlen des Tages auf ihrem Gesicht, als Adrian, Diana und Merle auf sie zustürmten. Ihre Gesichter sah sie nur verschwommen durch einen Tränenschleier. Aber sie spürte ihre Umarmung, als sie sich gegenseitig festhielten.

Epilog

Adrian stand am Rand des Windlochfelsens. Altes Laub wurde von einer Brise aufgewirbelt. Er blickte über kahle Baumwipfel, zwischen denen sich Tannengrün und Felsen erhoben. Der Purpurnebel hatte sich schon vor zwei Tagen verzogen, und seitdem hatte sich die Aussicht nicht geändert. Wald, so weit das Auge reichte.

Diana trat lautlos neben ihn und blickte mit ihm über den Wald, der nicht länger der Arkener Forst war.

»Ich vermisse ihre Stimmen in der Nacht«, sagte sie nach einer Weile.

Adrian legte seinen Arm um sie. »Ich auch.«

In den letzten zwei Nächten antworteten keine Wölfe auf die Rufe von Titus und Diana. Ob es dem Rudel in Arken genauso ging und sie ebenso vergeblich auf Antwort warteten?

»Ist Juri immer noch dort draußen?«, fragte Diana.

Adrian nickte. An jenem Abend, als der Nebel erschien, hatten

sie in den Windlochfelsen Zuflucht gesucht. Genau wie Jazz gesagt hatte, irrte eine Kolonne aus dunklen Luxusautos die ganze Nacht durch den Wald. Ihre Scheinwerfer krochen wie ein glühender Wurm durch die Nacht. Als der Morgen graute, verschwanden sie nach und nach. Seitdem waren Juri und Björn immer wieder die Waldstraße hoch- und runtergefahren, aber es änderte sich nichts. Die Straße führte nicht mehr nach Arken, sondern von Kratzbach direkt nach Waldshut. Dazwischen warteten nur Winterwald, kahle Eichen und dunkle Tannen. Es war, als hätte es Arken nie gegeben.

Adrian hatte sich nicht an der Suche beteiligt. Katze hatte ihm schon unverblümt mitgeteilt, dass Arken für ihn unerreichbar war. Und Barnaby sagte das Gleiche.

»Ja. Juri wird von uns allen am längsten brauchen, um es zu akzeptieren. Er ist in Arken geboren und hat immer dort gelebt.«

»Genau wie ich«, stellte Diana leise fest. Adrian drückte sie. So standen sie noch eine Weile beieinander, blickten auf Baumwipfel und die dunklen Vögel, die über dem Wald kreisten.

»Wie geht es dem Ritter?«, fragte Adrian schließlich. Er war sich sicher, dass Diana genau wusste, welchen Ritter er meinte, obwohl sich im Camp zwischen den Felsen mehrere versteckten. Und er schien recht zu behalten.

»Er ist aufgewacht. Es wird aber dauern, bis die Rippen geheilt sind.« Diana kickte einen Kiesel über die Kante, und sie sahen zu, wie er in die Tiefe stürzte.

»Schön, dass er wach ist. Gute Neuigkeiten brauchen wir gerade am meisten. Aber es wird schwer für ihn werden: Ein Leben ohne den Orden. Alles hat sich für ihn verändert.«

Diana nickte. Der Wind griff nach ihrer Silbermähne. Den Verband hatte sie abgenommen, und nur eine dünne, helle Linie war

ihr als Andenken geblieben. Adrian strich sich über seine Seite. Er wünschte, seine Verletzung würde genauso schnell heilen.

Dianas Stimme klang viel zu alt, als sie weitersprach. »Das ist genau wie bei Titus. Er streift durch die Wälder, geht aber nie weit weg. Weißt du, ich glaube, es steckt noch viel von dem alten Titus in ihm. Manchmal habe ich das Gefühl, er versteht jedes Wort, das ich sage.«

Adrian nickte, auch er hatte das schon bemerkt und fragte sich nicht zum ersten Mal, wie viel Mensch noch in Titus übrig war.

Ein Transporter kam die Waldstraße entlanggefahren. Adrian drückte Diana die Hand. »Lass uns zurück ins Camp gehen und sie begrüßen.«

Ein Lagerfeuer prasselte bereits zwischen den Felsen. Die Flammen warfen flackernde Schatten auf die Gesichter der drei Ritter, die sich ergeben hatten und nun dort am Feuer hockten. Adrian wusste nicht, wie Barnaby das Zeug beschafft hatte, aber sie hatten Planen vor die Höhle gespannt, die sich tief in den Fels erstreckte. Aus der Öffnung hörte er Merles Stimme: »Kackmist verdammter, was haben diese Vollpfosten sich denn dabei gedacht, Ringe an die Konservendosen zu machen, die so leicht abreißen?«

Autotüren klappten, und kurz darauf erschienen Juri und Björn. Beide trugen Papiertüten, aus denen es wunderbar duftete. Gleichzeitig kam Jazz einen Klettersteig herab. »Dieses Signum, was du uns gezeichnet hast, hat ausgezeichnet funktioniert«, sagte Björn zu ihr und hielt die Papiertüte mit dem Essen hoch. Juri setzte sich wortlos ans Feuer. Adrian blickte zwischen Juri und Jazz hin und

her. Er brauchte gar nicht erst in Jazz' Gesicht zu sehen, um zu wissen, wie sie sich fühlte.

Schuldig.

Schuld. Eine Erfindung der Menschen, um sich ein Leben lang miserabel zu fühlen. Sie macht das Herz schwer und ändert nicht das Geringste.

Was geschehen ist, ist geschehen, dachte Adrian und sah wieder den toten Ghul im Hafen vor sich. Was Jazz getan hatte, war das einzig Richtige gewesen. Wie hätten sie Hunderte Verzehrer aufhalten können? Arken wäre gefallen. Jetzt waren seine Bewohner vor dem Orden und den Verzehrern sicher. Doch es gab nun keine Zuflucht und keinen Schutz für alle übrigen mehr. Der Preis für Arkens Sicherheit war für sie alle hoch, und doch hätte es viel schlimmer kommen können. Auch Juri würde das eines Tages verstehen.

»Wer will Tacos?«, versuchte Björn, die Stimmung aufzulockern.

Sie saßen um das Lagerfeuer, als der Abend den Tag vertrieb und die Nacht begann, ihren Mantel über die Welt zu werfen. Sie waren satt, warm und sicher. Sie hatten es so viel besser als andere Magika, die dort draußen gejagt wurden. Wie viele Ghule würden jetzt erwachen und nach einem sicheren Unterschlupf suchen, während Verzehrer ihnen auflauerten und der Orden sie einkerkern wollte?

Er sprach seine Gedanken laut aus. Die drei Ritter tauschten nur stumme Blicke. Björn blickte Adrian ernst an. »Darüber habe ich schon nachgedacht«, brummte er dann. »Jetzt, wo Arken unerreichbar ist, gibt es keine sichere Zuflucht mehr für Magika.« Er lehnte sich zurück, und die Flammen des Feuers zeichneten scharfe

Schatten in sein Gesicht. Merle schob ihre Brille auf die Nase und biss in ihren Taco.

»Der Orden wird nicht aufhören, Magika zu jagen, und die Verzehrer machen es noch härter, unentdeckt zu bleiben. In Grotenheim gibt es mit Sicherheit keine Magika mehr.«

Eine Zeit lang war nur das Prasseln der Flammen zu vernehmen. Sterne glitzerten zwischen den Wolken. Als Gabriel sprach, klang seine Stimme schwach, aber seine Augen funkelten. »Der Orden hat die Firma unterschätzt. Sie hat überall ihre Spione und ist gut vernetzt. Ganze Städte sind schon unter ihrer Kontrolle. Für Magika brechen schwere Zeiten an.«

Einer der anderen Ritter räusperte sich. »Der Orden ist nicht, was er sein sollte. Aber ich habe Monster gesehen, die über Dörfer hergefallen sind. Wer außer dem Orden schützt die Menschen?«

Björn brummte und drückte seine Faust in die hohle Hand, bis es knackte. »Wir brauchen eine Kraft, die die Schwachen schützt. Egal ob Mensch oder Magika, niemand sollte in Angst leben müssen. Jemand muss für Gerechtigkeit sorgen, den Hilflosen beistehen und die Monster in die Schatten treiben.«

Der Ritter, der zuvor gesprochen hatte, sah ihn an. »Was schlägst du vor?«

»Wir brauchen einen neuen Orden. Keinen Orden des Hammers, einen Orden des Schilds. Wenn es keine Zuflucht mehr für die Schwachen gibt, müssen wir ihr Schutzschild sein!«

Er blickte alle nacheinander an. Dann hielt er sein Schwert über das Lagerfeuer. »Woher wir kommen, spielt keine Rolle, wohin wir gehen, macht uns zu Rittern. Wer geht mit mir?«

Gabriel erhob sich als Erster und sank auf ein Knie. Die drei anderen Ritter folgten ihm einer nach dem anderen.

Björn berührte jeden von ihnen mit seinem Schwert an der Schulter. Schließlich deutete seine Klinge auf Juri.

»Was ist mit dir, Juri, schließt du dich uns Rittern an?«

»Aber ich bin kein Ritter«, sagte Juri zögerlich, den Blick auf den Boden gerichtet.

Björn trat auf ihn zu und legte ihm die Klinge erst auf die eine, dann auf die andere Schulter.

»Du bist es jetzt, Juri, Schwert von Arken.« Dann überreichte er Juri sein Schwert.

»Schwert von Arken«, wiederholten die anderen Ritter.

Juri stand langsam auf. Seine Augen leuchteten wie kleine Kohlen. Das Licht des Feuers verfing sich auf seinen Hörnen. Er neigte den Kopf und ließ sich auf ein Knie nieder. Das Lächeln, das Adrian seit zwei Tagen nicht auf dem Gesicht seines Freundes gesehen hatte, erstrahlte wieder.

Als sich später in der Nacht alle nach und nach erhoben, um sich in der Höhle schlafen zu legen, saßen sie nur noch zu viert am Feuer. Die gleichen vier, die vor Monaten gegen die Verzehrer in Kratzbach gekämpft hatten.

Die Äste im Feuer knackten. Juri blickte auf die breite Klinge, auf der sich die Flammen spiegelten.

Jazz scharrte mit den Stiefeln auf dem Boden. Sie blickte mehrmals auf zu Juri. »Juri, ich wollte dir die ganze Zeit etwas sagen.« Sie fuhr sich durch die Haare. »Es tut mir leid …«

Juri schüttelte den Kopf, den Blick noch immer auf das Schwert gerichtet. »Du hast das Richtige getan. Ohne dich würden alle

meine Freunde in einem Kerker des Ordens verrotten oder Schlimmeres. Du hast Arken und alle, die dort leben, gerettet.«

Es schimmerte feucht in Jazz' Augen. Merle drückte ihre Hand.

»Glaubst du, es ist für immer verloren?«, fragte Juri ruhig, dann blickte er auf zu Jazz.

Jazz steckte eine Hand in ihre Manteltasche, in der es klimperte. Als sie sie herauszog, hielt sie einen großen Eisenschlüssel in der Hand.

»Auf normalem Weg wird man Arken nicht mehr erreichen können«, sagte sie nachdenklich. »Die Schlüssel funktionieren nicht mehr. Aber es schlummert immer noch Magie in ihnen. Sie wurden von den Oleanderschwestern erschaffen ... vielleicht können sie die Schlüssel auch reparieren. Wir müssten nur eine finden.«

Juris Grinsen wurde so breit, dass man seine gigantischen Eckzähne sehen konnte. »Das klingt in meinen Ohren ganz nach einer Quest.«

Er begann schon, Pläne zu schmieden, wo sie mit ihrer Suche anfangen sollten, als Merle Jazz beiseitezog. Die Gläser ihrer Brille waren gesprungen und zerkratzt, aber die Augen dahinter funkelten wie Sterne. Sie nahm Jazz' Hand und führte sie etwas abseits. Jazz blickte sie fragend an.

»Jazz, ich bin noch gar nicht dazu gekommen, ihn dir vorzustellen. Das ist er. Gabriel.«

Der Ritter nahm ihre Hand, und Jazz blickte in Augen, die genauso grün waren wie ihre eigenen.

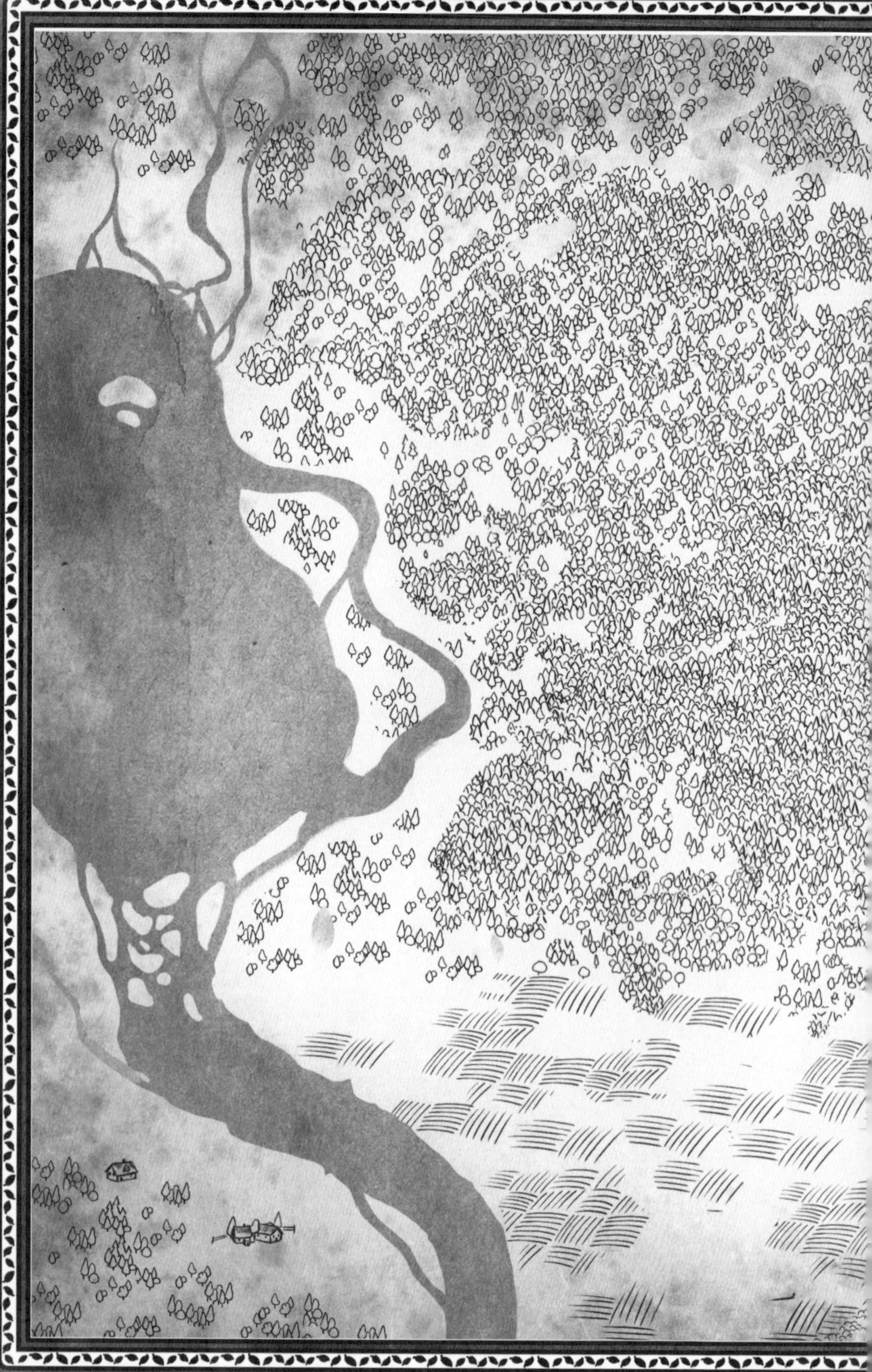